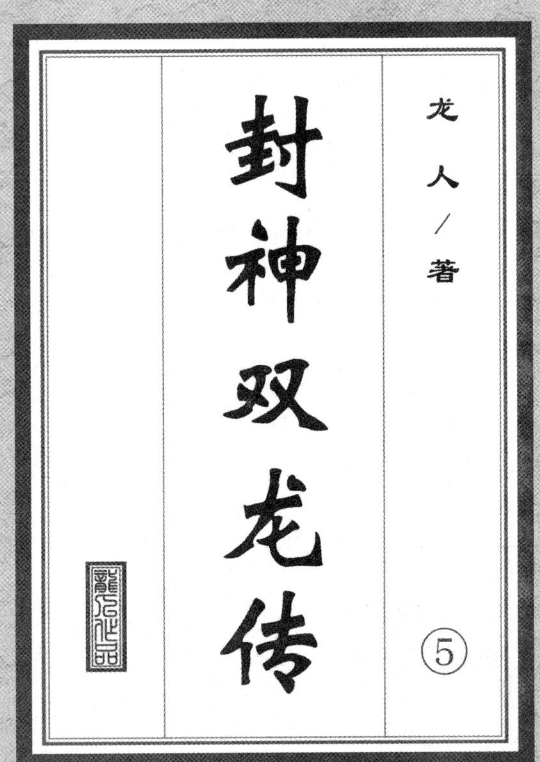

21 二十一世纪出版社集团
21st Century Publishing Group
全国百佳出版社

图书在版编目（CIP）数据

封神双龙传：全10册／龙人著．-- 南昌：二十一世纪出版社集团，2017.10

ISBN 978-7-5568-3102-9

Ⅰ．①封… Ⅱ．①龙… Ⅲ．①侠义小说－中国－当代 Ⅳ．①I247.5

中国版本图书馆CIP数据核字（2017）第243767号

封神双龙传 龙 人 著

责任编辑 敖登格日乐
出版发行 二十一世纪出版社集团
（江西省南昌市子安路75号 330025）
www.21cccc.com cc21@163.net
出 版 人 张秋林
经　　销 新华书店
印　　刷 北京龙跃印务有限公司
版　　次 2018年1月第1版 2018年1月第1次印刷
开　　本 710mm × 1000mm 1/16
印　　张 160
字　　数 1728千
书　　号 ISBN 978-7-5568-3102-9
定　　价 498.00元（全10册）

赣版权登字—04—2017—744

如发现印装质量问题，请寄本社图书发行公司调换 0791-86524997

目　录

第六十六章　族地风云

莨城——位于殷商南陲，乃是南伯侯鄂崇禹的守地，比邻大英、南巢与西南大国濮国。因其地理位置独特，自然成了周边部族、公国与殷商经济交流的枢纽地带，也是古来兵家必争之地。

月升日落，华灯初上。

此时的莨城街道上人流依然不见减少，只因此时乱世方至，各处战火连绵，此处却地处偏安地带，加上安定富足的生活环境。人人醉生梦死，沉迷于片刻的苟安当中，丝毫不见流离惊惶之态。

倚弦跟在土行孙身后四处闲逛，穿行在一众人流之中，体会到诸多行人心中的安定并心满意足的情绪，他不由感慨倍至，忽然觉得融入这种平常人的生活其实是一件极为安逸之事。

他看着身前比自己更显兴奋的土行孙，摇头轻笑，忍不住运足元能将声音紧缩成一线，尝试运用新近领会的“秘语传声”，问道：“老土，你不是要带我去你们有炎氏族地吗？为什么却跑到这莨城夜市闲逛?”

土行孙一双贼眼正盯着一位貌美的女子身影隐入人群，闻言才恋恋不舍地转过头来，撇嘴道：“俺土行孙这段时间跟着你，吃不好，睡不香。唯一值得安慰就要到手的大美人邓玉婵，也被你搅散了。你没看这里的大姑娘、小媳妇到处乱跑，俺当然得好好放松一下，看个眼足才是。”

倚弦听得目瞪口呆，随即大为光火，一把拎起土行孙，也不管身周人们的异样眼光，任由土行孙悬空手舞足蹈，哇哇大叫，径直走到一处僻静巷子，才一把将他丢下地来，大声道：“拜托，快点带我到族地去吧，我可没工夫与你……与你在这里厮混。你莫要忘了，应龙前辈说不定已经回到潜龙泥潭等咱们哩。”

土行孙顾不得拍去身上灰尘，一把跳起来，极端不满地指着倚弦鼻尖叫道：“你不说应龙那老家伙也就罢了，既然你提起来了，咱们就好好说说……”说到这里，他掳起袖子，一副拼命的模样，接道：“你知道九土息壤那是什么宝贝？三言两语就给人家骗去了，真够笨的，亏我这个聪明人当时给你猛打眼色，你居然还是不开窍……”

倚弦打断他的话，没好气地道：“你少用你这小人之心度人家君子之腹。应龙前辈当时如若没有诚意，根本不必将乾元绫交还给我，还约好半月后在潜龙泥潭将息壤还给我。否则他大可自己动手从我这里将息壤抢了去，又何须如此大费周章。”

土行孙听后一脸不屑地摇头道：“幼稚，幼稚得可笑！只怕到时候，他完全可以随便找个借口推托，可怜了这么一件好宝贝！还有，我说让小千、小风他们跟着咱们，好借助他们去跟踪应龙那老混蛋，你却将他们赶回梦冢。其实这也就罢了，那两个无知小贼我倒不在乎，只是小仙女那么一个美人儿，你也给赶走了，真是气死我了……”

倚弦听他说了半天废话，才终于说到点子上了，摇头叹道：“我看这些男男女女的事情，还是等到解决了你本命元根的禁制以后，再说吧！”

土行孙知道这是实话，于是狠狠瞪了倚弦一眼，领先向巷外走去。

倚弦跟在土行孙身后，在城中七拐八转，终于走到一处僻静药庄的后门处，停了下来。倚弦看这药庄也是寻常药庄的模样，从外面看来，根本看不出什么异样状况。

土行孙倒也不客气，抬起一脚便踹开大门，径直走了进去。

倚弦心中奇怪，忙问道：“老土，这……这里不会是你们族地吧？这里应该有人居住的？”

土行孙听到这个问题，立刻眉开眼笑，拍着胸脯傲然道：“这当然就是我们族地了，你难道没有听说过‘越危险的地方越安全’这句话吗？只看我土行孙这么杰出的人才，就可推断我族内必定个个都是绝顶聪明之人，不过，今天是有点怪，居然没人看守入口……”

倚弦一边走一边四处观望，此时这处院落四周静寂一片，不但偌大的地方毫无一个人影的踪迹，即便在月光下细细巡望，也无法在院中发现哪怕一丁点灯火。

土行孙八字眉紧锁，显然也被当前死气沉沉的形势所震惊，喃喃道：“奇怪，门口没有人守护也就罢了，怎么连庄内也没有一个人？难道……”

倚弦心念一动，凑近院中大门前的匾联，伸手略加摩拭，擦出薄薄的一层尘垢，随后对土行孙道：“有没有出事，我不知道。但如果按照匾联上的未曾擦拭的尘垢来推断，此处地方起码已有二日未曾打扫过。”

此言一出，土行孙更是心急如焚，快步领着倚弦绕过前院，来到后院一处巨大的假山石前。

土行孙从怀中掏出一方玉石，握于手中，张手挥出一道金芒，看模样似是要施展某种法术一般。只见他凝神聚念，顿时暴起一阵金芒，玉石迅速消融于他掌心，金芒更见璀璨。土行孙将右手在左手上虚捏两遭，疾旋而出，金芒随着他右手缓慢而又快速地摆动韵律，迅速形成一道玄异符录，隐入假山石中。

假山石继而发出一阵轻微的“嗡隆”震响，一道虚如幻影的门户显现出来，青光幽烁，金芒点点。

土行孙当先踏入，倚弦紧随其后。

倚弦跟着土行孙在假山石中的秘道中穿行，那条石径弯弯曲曲向地下深入，在如此幽暗的秘道中尤显深邃神秘。不过好在两旁岩壁上多有点点微光的晶石，可以照耀二人脚下石径。走了约有一盏茶时分，二人眼前这才豁然开朗，来到现今立身之地。

眼前是一片广阔无垠之地，百丈距离以内的地面，铺满了一层晶莹剔透且似乎缓缓流动的软玉。软玉之上，星罗棋布的地罗列着无数高矮不同的青莹玉柱，玉柱之上滴滴玉露缓缓流下，注入地面软玉之中，瞬间便融入渗透其中，消逝不见。

倚弦看着这些物事，不由震惊莫名。他怎能不知，这些活生生的眼前情景，跟《圣元本草经》再三复述的一种旷世奇珍——

“其名菱湟，玉质软腻，千年成型，色呈琥珀，衄血生肌……”

然而当倚弦眼光透过“菱湟玉”，向下望去，登时又是一惊，那玉下流动的血红液体，滚滚沸沸，不正是当初在地底轮回殿前所见到的熔浆吗？他只道“菱湟玉”乃是救死扶伤的不世圣品，但却不知它竟然还能包住这足以焚化人神于无形的可怕物事。

土行孙扯了他一把，撇嘴道：“傻了？甭发愣，小心跟在我后面，记住我行走的地方与脚步，然后跟着过来，这可是我有炎氏族地的守护大阵，丝毫马虎不得。在这里不能施展任何遁法，只能步行进入，否则必将遭至万劫不复的境地。”言罢，当先一步踏在面前的“菱湟玉”上，然后走将起来，一步一步向前行去。

倚弦正容以待，思忖片刻，蹲下身来，撮指成法，五道异芒摄了脚下些许“菱湟玉”，扭成一团封印起来，然后置入腰间的皮囊中。

倚弦不敢有丝毫托大与轻视之意，起身跟在土行孙身后，目不转睛地紧紧盯视着他脚步，以相同的步子踏足在土行孙方才的立足之地，顿时只觉脚下柔软轻浮，仿佛一踏即沉一般。感觉虽然如此，但结结实实踏足其上，又是另外一番滋味。

倚弦跟着土行孙迂绕回转，不时可以感受到脚下传来的烈焰气息与身侧隐晦汹涌的莫名异能。这不过是区区百丈的有炎氏族地守护大阵，却真可谓步步危机，艰险无比。倚弦心下虽然紧张非常，但却在土行孙的引领下，毫无危险地向前行进。

倚弦心中一动，好奇地问道：“想不到你们族地竟用如此大阵封锁进口，只是不知如果有类似你这等的土遁高手遁入此间，又如何能够防范呢？”

土行孙大笑数声，道：“这个你就不知道了吧，我族族地除了这一道守护大阵外，尤其对旁门的五行遁法有先天性的克制作用，因为构筑整个族地的土壤尽是来自于南寒极地的‘元磁石泥’，阴阳相逆，五行不生，又有什么遁法可以到达此处呢?”

行了好长一段路，倚弦心中想到一些讶异的事情，忍不住又问道：“老土，你从前根本不知自己便是有炎氏族民，现在为何却对这族地如此熟悉呢?”

土行孙一边凝神引路，一边答道：“其实爷爷每过百年便会带着我回族地一次，只是始终没有说出有炎氏的秘密给我听而已。当我知道自己身为有炎氏族民，为了通报爷爷的死讯，所以重新回到此处……说起来，也可以算是认祖归宗了!”

说到这里，二人已经走完大阵，再转过一条不长的秘径，终于踏足在一块实地之上，倚弦环目望去，只见眼前是一座海舍林屋的繁丽街市，将一副地下城堡的卷幅展现开来，而且不知从出何处映射而出的柔和光线，衬着不远处房舍冒出的烟柱齐齐飘摇，清清楚楚得透出平凡中的自在安逸。

但倚弦却在这寂静安逸中察觉到一丝异样，原来街上与药庄院中情景一样，竟然没有丝毫人影的踪迹，有的只是几只溜来逛去的禽畜，他不由回头向土行孙递出一个询问的眼神。

土行孙怔怔站在那里，傻呆呆一语未发，好半晌才发足狂奔，口中呼道：“我的族人，我的兄弟姐妹呢？我的族人……”

倚弦连忙追上前去，哪知身形甫动，体内的归元异能便生出连锁反应，使残余在他体内、本不属于他的朱雀灵力，瞬间爆发出来，一丝丝微弱魔能映现在他的神识思感当中，倚弦猛然醒悟过来。

他身形飞遁而起，一把抓住土行孙，止住他的狂呼，低声道：“附近有魔宗人在!”

土行孙挣脱他的掌控，安然落于地下，焦急却也冷静道：“在哪里？快带我去!”

倚弦凭借思感之中的一丝感应，小心翼翼地带着土行孙在族村中转悠了半晌，才来到一座怪异的庙宇外，体内魔能荡漾之感大增，他顿时明白过来，随即飞身钻入庙宇外堂，刺鼻的血腥味传来，隐隐还有喝骂与痛呼的声音从里面传来，令他眉头一皱，心中暗自推测着事情严重程度，点头道：“应该在里面，人数不少……”

他又望着土行孙道：“……你万万不可莽撞，里面该有你的族人在内。凡事一定要冷静!”

土行孙当然感应到自己的族人在此，更加可以猜测出里面发生的事情，咬牙切齿地含泪道：“此处是我有炎氏祖祠，列祖列宗的牌位均列在堂前，没想到魔宗那些王八蛋竟然在此……”

倚弦拍拍他的肩膀，安慰道：“老土，我陪你进去转转。”

说罢，倚弦并起右手中、食两指，在空中极具韵律地勾划曲弹，归元异能随之从他指尖缓泻而出，在空中逐渐凝结成道道青蓝弧线，交接成一道玄芒符录，“吱”地一声钻入土行孙印堂之间，再也不见痕迹，随即便可以发现土行孙的身形缓缓隐入无形之中。

“千符隐”是一种隐身遁法，是倚弦经过轮回集大战之后，利用前来南陲的几日时间，根据“琅寰洞天”中的魔道法术，配合本身冰晶火魄的异能运行之法，改良而来的几种法术之一。

倚弦又以同样的手法为自己做出一道符录，待到自身同样隐遁不见之后，才道：“好了，咱们现在可以进去了，切记不管里面发生了什么事情，你看到了什么，都要保持冷静，否则无法救得你的族人!”

两人悄无声息地潜进祖祠里面，只见在两壁青幽淡绿的火炬熊熊燃烧下，十数人被绑在殿内，披头散发，鲜血淋漓，早已被摧残得不成人形，根本瞧不出真切面目，只看他们的身形长相，便知应是先天命脉被封的有炎氏族人。

数名红衣大汉一面用手指上的一簇暗红火焰，熨烧着有炎氏族人，一边狰狞狠笑地相互扯笑，空气中满是一股皮肉烧焦的恶臭味。

土行孙看得睚眦欲裂，脖颈上青筋凸跳，就要冲上前去救人，却被一旁早有准备的倚弦硬生生一把扯住，而且瞬间出手将其制住，使土行孙无法动弹。土行孙虽口不能言，身不能动，但双目中却是怒火高涨，恨不得将倚弦活吞下去。

倚弦摇头暗叹一声，凝声传音道："你莫要怪我，现在鲁莽不得，因为我们必须看看有没有其他的高手，然后才能揣度出有没有将他们安然救出的把握。"

说罢，倚弦不再理会土行孙的挣扎，开始倾听那些人的对话，企图从中找出一丝端倪。

这时，红衣人当中一名看似头领的长须汉子，挥手示意施刑的红衣人退下，走到一名与土行孙年纪相仿的有炎子弟身旁，冷笑道："土模，你还是乖乖说出怎样去往玄武兽穴的方法吧，说不定我会赏你们一个全尸，否则我必将你族千数族人一一凌迟处死。"

土模冷笑连连，"噗"地一声向那红衣汉子吐出一口血水，骂道："祝唳，你祝融氏均是卑鄙小人，莫要以为你的奸计能够得逞，我有炎氏族人是绝对不会……唔……"

他慷慨激昂的话还未说完，就被祝唳饱含魔劲的一拳袭中小腹，痛苦得再也说不出话来。

祝唳不耐烦地道："如果我们不能得到那件圣宗神器，就会拿你们全族两千条人命做抵！哼，我就不信在这里挖地三丈，还找不出那头畜生……"

倚弦心中一怔，不由好奇心大动。原来有炎氏族地不知为何竟被魔门祝融氏寻到，而且祝融氏明显是为了某样宝物才大肆威逼压迫。倚弦回头瞥了一眼身旁的土行孙，看出他的神情虽然仍在激动中，但比起刚才来说，明显冷静了许多。

倚弦松开对土行孙的禁制，好奇的秘语传声问道："老土，你们族地有个什么兽穴很重要吗？竟让祝融氏如此极力想要从中捞取什么宝物似的？"

土行孙深深吸了一口气，似是要将满腔的愤怒都压制下去，等了片刻才传声道："我不知道有什么兽穴，更不清楚所谓的圣宗神器指的是什么，而且也从未听爷爷提起过。"

就在这时，倚弦突然感应到一股几乎令他窒息的强大压力迅速袭来，登时传声“嘘”了一声，警醒土行孙莫要再说话，只因那种忽如其来的压力之强，甚至比之当初幻面人与应龙联手所带来的压力也是不遑多让。

天地三界之中，还有何人有如此强悍的修为？

耀阳驾了风遁回到西岐王宫，才知道姬昌正派人在四处找他，他知道姬昌定是担心自己所致，心中不由深受感动，于是哪还敢再有所耽误，立即前去“文成殿”拜见姬昌。

甫一进殿，姬昌见到他便大喜望外，道：“耀将军，你怎么突然就不见了呢，而且一来一去整整三天时间，真是让我一通好找！”

耀阳当然不便说出实话，道：“因为各位公子被不明身份的人用尽方法算计，照我看来，一定是三界中的法道高手所为，所以我这几日特意去西岐各处可疑的地方查探了一番，可惜至今仍然没什么线索。”

“原来如此！耀将军真是辛苦了。”姬昌想到这次会试的进程就这样被打断，心中不由也是恨意难平，冷哼道，“如果让本侯知道是谁搞的鬼，定不会饶过他。”

“不论是谁干的，这件事情绝对不可小觑，所以侯爷这段时间也要小心一点，免得被贼人有机可乘。”耀阳说到此处，又故作关切地问道，“不知公子姬旦、姬发和伯邑考他们可好？”

“将军有心了。”姬昌答道，“他们都已经安全回来了，跟其他人一样，他们三个也同样是被人偷袭，不过还算庆幸，因为他们一身本领倒还不俗，都没什么事。”

耀阳记起蟠山绝顶之上的肮脏交易，心底禁不住暗骂一声，忖道：“一帮鸟人都已经做好交易，当然不会有什么事了。”嘴上却欣然道：“只要各位公子没事就好。”

姬昌皱眉道：“既然现在发生这种事情，看来会试不能继续下去，只能取消了。”

耀阳微微一愣，心中终于松了口气，该死的会试就是麻烦，取消了当然最好，口中却说道：“会试取消了，那鬼方公主的招亲怎么办?”

姬昌笑道：“其实，鬼方公主最早在三日前便已从鬼方动身，而且已于今日晨早便驾临西岐，她说要亲自挑选驸马，所以不管从哪方面来说，会试都没有继续举行下去的必要……”

说话间，外面传来宫奴的喊话：“鬼方公主觐见侯爷!”

耀阳连忙转头往殿外看去，只见一名风情万种的胡服美女在几个剽悍侍卫的簇拥下缓缓步入殿中。

“鬼方公主?”看到鬼方公主的绝世姿容，耀阳不由怔住了，那绝对不是因为公主的美貌，而是她的容貌竟然与那抓去人儿、妲己和梅若冰来要挟自己的胡女玉璇一摸一样!

她就是鬼方公主?耀阳的心中惊疑未定。

那位鬼方公主见到耀阳却并没有任何异状，竟似乎完全不认识他一样，施施然行礼道：“玉璇见过姬侯爷!”

“玉璇?”耀阳更是大吃一惊，盯着眼前一张秀美绝艳的脸庞，忖道，“怎么会连名字都一摸一样，真是见鬼了！对了，有没有可能她们两个人就是一个人变化所成呢?”

“快快请起!”姬昌大笑道，“你是鬼方国的公主，老夫只是西岐之侯，当不起如此大礼。”

鬼方公主盈然起身，微笑道：“侯爷能将西岐治理得如此井井有条，声威远播四海，又岂是鬼方如此一名柔弱小女子可以与之相比。”

姬昌摇头道：“公主说笑了，其实西岐能有如今这般鼎盛的声名，完全是因为在本侯手下有着众多贤臣扶助的原因，本侯只是坐享其成罢了。来来，像是殿下面这位虎贲将军耀阳，便是我西岐鼎鼎大名的少年英雄，你们相互认识一下吧。”

鬼方公主玉璇礼貌地对耀阳行注目礼，躬身微施一礼，道：“原来公子便是西岐最年轻的虎贲将军，玉璇可是久仰大名了。”

耀阳见她的神情丝毫没有做作，而且落落大方，不论是容貌气质，还是行为举止，哪一方面都配得上“公主”的身份，不由心中暗暗称奇，连忙道："哪里哪里，本人能力有限，哪里可称虎贲将军之职，只是侯爷看得起，破格提拔在下而已。"

"耀将军过谦了。"鬼方公主彬彬有礼地说道，"侯爷知人善用，天下无人不知谁人不晓，现在既然如此倚重将军，可见将军定然有其超人一等的才能。"

耀阳又与她客套了几句，心中越来越不敢肯定自己方才的猜测，寻思道："难道眼前此人才是真正的公主玉璇，那么想必以前那个玉璇定然是妖灵所变。"不过，现时的耀阳又岂是如此容易轻信之人，假意随口问道，"为何不见贵国使者蒙浩，他倒是个不错的人?"说完双眼紧盯公主的玉容不放，体内异能隐隐发动，想从中感应出蹊跷所在。

但耀阳显然失望了，他丝毫无法觉出对方的异样。

鬼方公主玉璇神色丝毫不变，只是略显愧色道："蒙浩身为我鬼方国的使者，居然在蟠山之上临阵脱逃，实是我国的奇耻大辱，故而现在已被遣送回国。"

耀阳也看不出她说得是真是假，不好问得太明显，只能按下疑心，瞎扯淡地说道："其实这位蒙浩使者人还是挺好的，再说官做得越大，胆子难免会变得小一些。"

姬昌不愿提起这件有伤双方和气的事情，故意岔过话头，道："好了，耀将军，今日本侯找你，就是为了公主选亲的事情，圣祖母与本侯都已经决定，就让你来做这次的两国典亲使，专门负责公主选亲之事!"

"什么?"耀阳一怔，暗呼倒霉，心想："怎么麻烦事老往我身上推?"

姬昌哪知耀阳心中所想，还以为他有什么问题，忙问道："怎么，耀将军有什么不舒服吗?"

耀阳当然不会愿意揽这烂摊子，但又不好在鬼方公主玉璇面前反对姬昌的任命，于是只能无奈地苦笑道："哪里，能为公主主持选亲事宜，是耀阳的荣幸。"

"这样就好!"姬昌笑道，"有耀将军负责，本侯就放心了。"

鬼方公主玉璇微笑道："有耀将军在，玉璇也很放心。对了，玉璇才到，想好好游览一下西岐，不知可否有幸请耀将军陪同呢？”

“这绝对没问题，就让耀将军好好保护你。”姬昌见到公主心情如此不错，立即替耀阳答应下来。

耀阳见事情已经到了这种地步，只能爽爽快快地答应下来。

“那太好了，谢谢侯爷和耀将军，我这就回殿准备准备……”玉璇玉容绽开笑意，突然变得像个小女孩一般欢呼一声，接着又有些不好意思地微红了脸，向目瞪口呆的姬昌与耀阳二人揖身福了一礼，告退出殿。

姬昌回头看耀阳一脸郁闷，关心地问道：“怎么了，耀将军身体不舒服么？”

“没有。”耀阳连忙否认，道，“只是觉得这公主来得有些突然。”

“突然？哈……是不是觉得陪同公主出游是件很麻烦的事情哩。”姬昌还是从耀阳的表情上看出原因所在，笑道，“其实看起来这位玉璇公主的性情贤良淑静，应该不会很难相处。你也许还不知道，本侯的小公主诗织，刁蛮起来那才要命……”

“小公主诗织？”耀阳愣了愣，这名字倒是第一次听说，不过想想也没什么，都说西侯姬昌有百子，这当中有几个女儿自然是在情理之中。

姬昌微笑解释道：“听圣祖母说，年前这孩子说是为了救我，前去姑射山跟随九天玄女学艺，细细算来，本侯自朝歌回到西岐，也有许久没能见到她了！”语罢，姬昌叹了一口气，眼中满是疼惜的不舍，喃喃道，“也不知道她现在怎么样了？”

言语一顿，姬昌显然反应过来，知道自己有些失态，道：“再则说来，你连日劳顿也累了，正好趁陪同公主的机会，好好歇一歇，何乐而不为呢？何况你又是典亲使，也应该跟公主好好熟悉一下。”

“军情急报！”突然殿外传来宫奴的急报声。

姬昌立即宣了传报人上殿。

传报的那名兵士一身戎装，盔甲不整，神色极其惊惶地疾步上殿，跪伏在地道：“……北伯侯崇侯虎奉纣王之命亲率大军二十万前来征讨西岐，现在过了五关，正在攻打金鸡岭，离西岐已经不到三日路程。”

“这么快？”听到回报，姬昌虽然早有心理准备，但仍然心神一凛，没想到纣王如此迅速就做出反应，当即安抚传报兵士，宣诏让大将军南宫适进殿。

一刻钟过后，老当益壮的南宫适接诏赶来，揖礼参见姬昌，然后点头与耀阳打了个招呼。

姬昌立即将北伯侯崇侯虎带兵来袭的情况全盘说出，问道：“大将军以为如何？”

南宫适脸色微变，显然也是没想到纣王这么快就能出兵二十万，马上回道：“崇侯虎敢来犯我西岐，老臣愿意带兵击破此等跳梁小丑，也给纣王一点颜色看看，让他知道我西岐岂能随意进犯。”

姬昌欣然点头，又问道：“大将军，近来粮草兵马准备得怎么样了？”

南宫适回道：“三天前，兵马便已全部整备完成，所备齐的粮草也够全军数月之用，随时可以分配下去。”

“好！”姬昌神色大悦，拍案而起道，“大将军南宫适听令！”

“在！”南宫适赫然跪地听命。

姬昌神色肃然，沉声道：“本侯命你为主帅，即刻调集十万兵马，备齐粮草，速速前往金鸡岭助守关兵马全力迎敌。此次迎敌，大小事务全权由你负责，任何人胆敢违抗军令，你皆可先斩后奏！”

“微臣领命！”南宫适轰然应诺。

耀阳在旁听到可以领兵打仗，顿感心痒难当，同时更想摆脱典亲使这麻烦的差事，立即抱拳揖礼，道：“侯爷，耀阳愿为大将军的先锋，首先给崇侯虎一个下马威。”

姬昌沉思片刻，摇头回拒道：“不行，鬼方公主选亲之事也是刻不容缓，不可耽误，你现在只要主持好此事便可，别为其他的事情分心了！”

耀阳急道：“侯爷，我……”

姬昌打断他的话，道：“就这样吧，不必多说了。”

耀阳见姬昌主意已定，只能无奈作罢，闷声不响地立在一旁。

南宫适领了诏命，告退下殿。

此时，鬼方公主准备好装着打扮，上了殿来，对着姬昌揖礼笑道：“侯爷，我们就先去城里游走赏玩一番了。”说完，又朝向耀阳福了一礼，嫣然道，“有劳耀将军了！”

耀阳见到出征无望，只能心不甘情不愿地应了一声，拱手道：“禀侯爷，那耀阳告退了。”

“去吧！”姬昌笑道：“玩得开心点。”

耀阳领着公主出了殿，几个鬼方胡女正在殿外候着，见到二人出来，便跟在他们身后。一行人前呼后拥地出了宫。

甫一出宫，鬼方公主玉璇便看出耀阳神色不对，当即问道：“耀将军，怎么了？看你这样一副神情，是不是不愿意陪本公主赏游西岐城哩。”

耀阳哪敢实话实说，不慌不忙地打了声哈哈，道：“哪里的话，能陪公主这样的美人赏玩游乐，实在是我几辈子修来的福气，耀阳哪会不愿意呢？”

玉璇公主踏步上了宫外早已备好的车马，故作好奇地问道：“那将军为何还要一脸不畅的神色？”

“有吗？”耀阳大大咧咧的一笑，道，“公主或许看错了，我没什么的，只是生来就有一副苦瓜脸，所以总会让人以为有什么似的，还望公主见谅了。”

玉璇公主瞥了他一眼，突然脸色一变，冷声道：“既然如此，就烦劳耀将军在前引路，这样我就看不到你那张苦瓜脸了，将军以为如何？”

耀阳登时怔住了，他哪里想到这玉璇公主出了宫，竟然会一改方才宫中端庄文雅的性情，当下顾虑到自身典亲使的身份，又不便驳了她的面子，只能硬着头皮应声道：“只要公主喜欢就好！”

鬼方公主嘴角洋溢出得意的笑容，手势一挥，马车缓缓行前。

这位玉璇公主似乎故意想整耀阳一般，不但自己坐在马车上，让耀阳在车窗前跟着引路做陪客，而且马车的速度时快时慢，成心让耀阳费尽力气跟上车速的节奏。抹了一把汗，耀阳不由想到这个鬼方公主是不是为了刚才他的神色而故意整他的，心中不由开始跟她的家人打招呼。

西岐的主要街道上四处人潮如流，大有川流不息、车水马龙的景象，四处的叫卖吆喝声不断，繁华热闹的程度尤在朝歌之上，但是像耀阳与鬼方公主这样的赏玩架势，却远远引来路上行人对他们的指指点点，纷纷表示出好奇和敬畏之色。

玉璇公主透过车窗环首四望，俏脸上露出沉醉的神色，赞道："好繁华的街市，西岐比我国强多了，如果从此能在这里长住下来，倒还是真不错。"

耀阳没好气地回道："公主马上就要嫁到这里，以后还不是就长期住下了，没有什么可以羡慕别人的。"

耀阳此时心系前方军情，不但没有心情赏玩，而且看着人来人往的街头，对着脸容、名字都像极了那恶女人玉璇的鬼方公主，他更是记挂起冰儿、人儿与妲己的安危，却偏偏此时又抽不出身，更不知道去哪里救人，心中苦闷不堪，说话的口气自然不会很好。

公主倒也不生气，反而继续逗耀阳说话，偶尔对街上的各种景象发出惊奇的感叹。

耀阳有一句没一句地答着，忧心之余备感索然无味，脚下步子跟着马车的速度，双眼无神地看着前方。

忽然，耀阳蓦地觉得耳际一动，耳旁听到一阵蠕蠕动听的轻声细语响起，熟悉的语声犹如清风一般扫去了他心中久留的阴晦——

"耀公子不要担心，我们已经知道你的家眷现在的下落！"

第六十七章　魔道异法

此时，两道人影凭空出现在祖祠之外，然后只听“轰”然一声巨响，祖祠虚掩的大门被一股至强的元能轰得粉碎，出现在祝融氏一众红衣人面前的赫然是二人，一人是名黑衣人，另一人身着一袭清雅素淡的淡黄衫，绝美的容颜黯然无神，竟是紫菱公主。

倚弦心中一惊，暗忖：“她不是跟应龙前辈在一起吗？怎么会突然来这里，只看她一脸不情愿的神情，难道是被迫的？但是谁能比‘龙神’应龙更强？”

倚弦想到这里，注意力完全集中在紫菱公主身后的黑衣老者上，那个家伙跟他所见过的幻面人一样，是一个使了幻术后让人看不清面目的黑衣人，但看到他高大挺伟的身形，倚弦总有一种似曾相似的感觉。

但见那名黑衣人双手背负，不见他有任何多余的动作，紫菱公主的周围却有一束强大的魔能结界，任她如何极力扭动娇躯挣扎，也丝毫没有作用，终究脱不开束缚。

黑衣人随随便便地踱前数步，黑衣下一双阴鸷般诡魅莫测的眼瞳，以及身际涌出的足以吞噬天地的惊人气势，让祝融氏的人尽数站立不稳，无不心惊胆战，不由自主地跪倒在地。

即使他们修为再低，眼力再差，也知道眼前的人绝对不是他们所能对付的。其中那名领头的红衣汉子祝嗅壮起胆子，战战栗栗地问道：“阁下是何方前辈，不知来有炎氏祖祠有何贵干？我们乃是魔门祝融氏……”

“祝融氏？”黑衣老者阴森一笑，苍老的语声出奇的低沉，还没等那人说完，便已随手一挥，却根本不见任何反应，仿佛只是随意挥了一下空气而已。

那个说话的祝唳一愣，浑然不明白这是干什么，却突然发现在他周围的一众汉子尽数尖声惊叫起来，便跟那些青楼婊子似的，完全顾不得自身的身份与面子。原来他们的身体竟逐渐变得透明，然后很快就化成了飞灰，随风而逝。

仅瞬时的工夫，除了祝唳之外，所有的祝融氏族人都凭空消失了，而且消逝得没有任何痕迹，就好像从来就没有存在过一般。

祝唳顿时吓得魂飞魄散，整个人的身形僵化起来，根本不敢动弹丝毫。

包括那些被绑在殿内的有炎氏族人在内，所有人都为之震撼莫名。

倚弦更是大吃一惊，就这么一挥手就将所有在场的祝融氏族人击得灰飞烟灭，而且做得如此轻描淡写，可见黑衣老者之强实是已达到了匪夷所思的地步。土行孙更是惊骇莫名，生怕因为自身修为太低，被身前数步开外的绝世高手所发现。

“绝天灭劫手!”倚弦的脑海中跳出一个名字，想起在离垢城“琅寰洞天”中他看过一本魔道典籍上有此魔功的记载，说是一种能将人随手挫骨扬灰的魔道异法，但是相传已经失传千余年。

黑衣老者盯着唯一剩下的祝融氏族人祝唳一眼，冰冷的眼神之中充满了杀气，只是如此狠厉的眼神便已吓得祝唳几乎瘫倒在地上。

黑衣老者低沉嗓音道：“小子，今日老夫留你一命，是让你回去告诉祝蚺那个小家伙，从今往后只需要他安安分分发展祝融氏的火神军，其他的事情再也不要插手，那你们祝融氏还可保得一时平安，然后乖乖地等待我的召唤，否则你身后这些族人便是他以及祝融氏全族的下场……”

祝唳忙不迭地点头称是。

黑衣老者又嘿嘿笑道：“祝蚺现在应该还在鄂崇禹那里吧，他干的勾当别以为没有什么人知道，三界之中还没有老夫不晓得的事情。你记得一定要将老夫的话带到，否则你体内现在还有我‘绝天灭劫手’一成不到的威力，如果没有照实做到，三日后你的下场一定会跟你其他兄弟一样！”

祝唳吓得又是磕头又是求饶，信誓旦旦地说道：“小人知道……小人知道，不知前辈还有什么吩咐？”

黑衣老者看了看四周一地被抓的有炎氏族人，淡淡道：“有炎氏的贱民全都该死，你现在就帮我将他们全部解决了，也好让这里清静一点。”

祝唳连声道：“是，是！”当下不敢有任何迟疑，运起魔能在所有炎氏族人的身上各补了一掌，一众有炎氏族人立即七窍流血，当即毙命。

土行孙从惊愕中反应过来，双眼冒火，几欲发狂。

倚弦的心中何尝不是愤恨难消，这世上竟有如此草菅人命的绝恶人物，但是他却清楚得很，即便是集合他与土行孙两人之力，也根本不是黑衣老者的对手，忙强行将土行孙按住，让他冷静下来。

看着满地的尸身，土行孙逐渐冷静下来，他知道这时出去无疑等同于送死，他于是暗自深吸了几口气，但还是愤怒地咬牙切齿，恨不能将这名黑衣老者生吞活剥。

倚弦知道现在很为难土行孙，但眼下他们所处的境地，实在不容许出现半点错漏，否则后果堪虞，于是带有歉意地看了土行孙一眼，继续关注黑衣老者的举动。

黑衣老者看着满地的有炎氏族人尸体，挥挥手道：“滚吧！”

祝唳战战兢兢地缓步行了出去，待到稍离祖祠远些的地方，立时头也不回地撒腿就跑。

黑衣老者喃喃道：“都过了这么多年了，祝融氏还不见长进，祝蚺那小家伙还真是没用。”

倚弦总也感觉到他对这名黑衣老者的熟悉程度，但却怎么也想不起在哪里曾经见过此人，他开始暗中猜测黑衣老者的身份，却丝毫也没有头绪。

正当倚弦与土行孙诚惶诚恐地缩在暗处，期待黑衣老者千万不要发现他们存在的痕迹。

却听到黑衣老者直若凑在耳边的冷笑说话声：“嫌看得戏不够吗？两个小王八蛋，还不快点现身！”

在如此高手面前，有谁能逃得过他的法眼。

倚弦和土行孙骇然失色，只能相继现身出去。

紫菱抬眼正好看到倚弦，当即惊喜地在旁嚷道：“原来是你！”

“你好！”倚弦苦笑一下，全神戒备地盯着黑衣老者。

土行孙想起是他命祝融氏的祝嗅杀了自己的族人，心中恼怒已极，额头青筋暴起，如果不是实力的确天差地别，他此时怕已早就冲上去拼命了。

黑衣老者饶有兴致地看了倚弦许久，嘿然笑道：“看来你身上的归元异能还没有完全炼化，但是在如此短短的时日内，凭这点修为在神玄二宗面前保住性命，看来你还真不简单。咦，你那个兄弟怎么没跟你在一起？”

“什么……”倚弦震撼莫名，他们兄弟俩以前的魔星身份一向掩饰的极好，而且自从他跟耀阳分开以后，再也没有人认得出得了冰晶火魄的他，更何况还知道耀阳的存在，不由沉声问道，“阁下究竟是何方神圣？”

“这个你不要管。”黑衣老者沉思道，“看你天资过人，又有一身归元异能，倒是个可造之才，老夫也不忍心杀你。现在你就投入老夫麾下，助我一臂之力，如此定可尽展所长。”

黑衣老者说话之间的语气果断决然，并不询问他人意见，好像已经习惯了别人服从一般。

倚弦不动声色地嗤之以鼻道：“阁下似乎有些一厢情愿，我凭什么投入你的麾下？”

黑衣老者微微一怔，对倚弦的态度感到有些意外，继而笑道：“就凭老夫的一身修为和对归元魔璧的认识，在现今三界之中何人能比？如果你肯诚心跟随，老夫自会传你傲世绝学，并将开启归元异能的法诀传授与你，到时纵横三界也无人能奈何得了你。”

倚弦对他的身份更加怀疑，淡淡一笑道：“我只求逍遥自在，对你所说的不感兴趣。”

黑衣老者不屑地说道：“你现在身负归元异能，天地三界之内，神魔玄妖四宗谁肯放过你？试问如果没有过人的修为，你怎么去逍遥自在？”

倚弦傲然答道："那也比任人差使好，是生是死，都由得我自己做主！"

"对，对！"黑衣老者还没说话，紫菱公主就嚷了起来，对身旁的黑衣人哼道，"做人当然比做狗好，你就只配拉些狗做手下，哈，那你就是狗王了，挺威风的！"

土行孙此时对黑衣老者恨之入骨，立即跟上道："嘿，狗兄好啊。"

黑衣老者何曾被人如此嘲讽过，勃然大怒，随手一挥，"啪"一声，紫菱公主的脸上就多了一个鲜红掌印，并不由自主退了数步，瘫倒在地。于此同时，倚弦感应到一股魔能疾掠而来，虽并不是很强却是极快，还未让他作出反应，土行孙已经闷哼一声，连退了几步，强撑着没有倒下，嘴角一缕血丝溢了出来。

黑衣老者双眼杀机更盛，冷冷道："你们胆子不小，竟敢侮辱老夫，若不是看了这位小友的面子，定让你们灵神俱灭。"听他语气以及方才的所作所为，谁都不会认为这只是说说而已，土行孙与紫菱公主也自知道黑衣老者太强，所以心中虽然愤恨，却不敢再表露得太过明显。

倚弦压制住心中的愤怒，退后几步轻轻拍了拍土行孙的肩头，低声道："不要冲动。"

土行孙点了点头。

黑衣老者得意洋洋地说道："你看，他们两个就是因为修为不够，所以才会敢怒不敢言，想想看，如果你有像老夫这般的通天之能，谁还敢轻视你的存在？"

倚弦不以为然地说道："别人怎么说，关我何事？我自由心不由人，若为别人几句话就暴怒至此，这样的法道修为不要也罢，再则说来，以暴力胁持他人对你表面遵从，一旦有人的法道修为超出你的话，那些人还不是一样会轻视你的存在。难道你就敢肯定这天地之间、三界之内已经没人是你的对手了吗？"

倚弦的话中充满了讽刺的味道，相反黑衣老者却没有恼怒，而是看了倚弦半晌，才道："想不到你小子倒是挺犟的，要不这样如何？老夫愿意跟你打个赌，只要你能挡我五击而立于不败之地，老夫就让你们走。如果败了，就不要再做无谓挣扎，从此老老实实地听老夫的吩咐，如何？”

紫菱公主知道黑衣老者的厉害，忙呼道：“别跟他赌，就是他将我外公打伤的，然后将我抓来这里，九土息壤也被他抢走了。”

倚弦和土行孙同时大惊，“龙神”应龙的一身修为跻身三界绝顶高手之列，乃是何等厉害的人，却想不到黑衣老者竟能将他打伤，这是何等修为？他究竟会是谁呢？

“其实你不答应也行！”黑衣老者瞥了土行孙一眼，冷然道：“想来这个小矮子一定是你的朋友，反正老夫对有炎氏从来没什么好感，将这个多嘴的小子灭了也顺心。”

土行孙心中一震，额间冷汗沁出，情不自禁地退后几步。

倚弦大怒，知道此时已经退无可退，当下近前数步挡在土行孙身前，毅然道：“哼，那我就见识一下阁下有何能耐？”语罢，倚弦一声低喝，眼中神光流转，身际光华四溢，气流飞激，龙刃诛神赫然现身。

看着此时倚弦傲然而立，长发飞扬的非凡神采，紫菱公主顿觉目炫神迷，芳心不由自主地如同小鹿乱撞一般，脸上更浮起丝丝红霞。

“龙刃诛神？”黑衣老者先是一怔，显然被这把绝世神兵，以及倚弦此时的神情气势吓了一跳，顷刻又大笑道：“不错，不错！想来当今三界法道的年轻一辈中，你算是厉害的了，不过就凭你这点微薄本事跟广成子这块破铜烂铁，想要挡老夫三击，未免还是有些异想天开。”

倚弦喝道：“废话少说，来吧！”

黑衣老者伸出骨瘦如柴的手，阴笑道：“好吧，现在想不教训你，老夫还觉得手痒哩！”言罢，黑衣老者闷声一震，掌中魔能立现，只见随着他周身魔能的运用，他的身际周围很快卷起一阵强烈的回旋罡风，以黑衣老者为中心，向外疾飞旋舞。

土行孙与紫菱公主抵挡不住风势中的强绝魔能，由不得连退数步才站立稳当。

倚弦丝毫不让，身如磐石，咬紧牙关定在那里纹丝不动，苦苦承受着刮面如刀的风势。倚弦心中震惊难平，对方还未出手就有如此之威，而且元能强悍如斯，若不是体内冰晶火魄相互流转卸去大部分浸体魔能，他恐怕根本撑不过对方这起手式，就已告负。

“好小子，你居然能够挺得住，那就准备好接招吧！”黑衣老者的手掌骤然响起一阵爆裂之声，看起来原本枯瘦无比的手掌登时变得极为宽厚结实，像是铁铸一般。

倚弦忍住心惊，运起全身元能，暗捏“灵悟剑诀”，低啸一声，龙刃诛神附和着发出震天龙吟，随后发出冲地而起的光芒，已经做好全力迎敌的准备。

倚弦知道以黑衣老者的修为一旦出击必是石破天惊，只怕绝不是他所能抵挡，所以最好的防御手段莫过于以攻代守。倚弦当即大吼，抢先将龙刃诛神一剑斩出，混杂着归元异能的龙刃剑气向黑衣老者狂冲而去，像是一条足以吞天噬地的巨龙，耀出万千光华尽向黑衣老者罩去。

“聪明！”黑衣老者低笑一声，手掌凭空一砸，顿时虚空狂风大作，惊人的强大魔能竟似万仞高山般肆意压下，不到片刻间便已将龙刃诛神的惊天剑气尽数砸碎。

大地狂震，仿佛天崩地裂，整个地下城晃晃悠悠，剑气爆裂激飞，周围的几根石柱立即龟裂。

剑势受阻之后，部分龙刃剑气随着黑衣老者的剩余魔能反噬，倚弦虽然全力防御卸开，但是仍不能全部抵挡，最终仍是受了一线魔能强行浸体，他顿遭重击，只觉胸口一阵气闷，一股鲜血涌上喉头，几欲满口喷出。倚弦深吸一口气，及时将那口淤血压下。

黑衣老者也不趁机追击，反而等倚弦慢慢平复下来，一副作壁上观的悠哉模样，道：“了不起，这一击用了老夫将近一半的修为，你小子竟然还能撑住一口气不服输。看样子，除了归元魔璧之外，你还有其他不错的际遇，只可惜你学的蜀山剑技实在太差劲，得其形似而脱其神髓，根本抵不住老夫一击。”

好强！此人的盖世魔功果然比之“龙神”应龙还强上一筹。倚弦此时是再清楚不过了，黑衣老者虽然没有见机追击，却绝对不是显示大方保持风度，而是以他之能根本不屑、也不需要这样去做，他们之间的差距实在太过悬殊。

黑衣老者笑道：“休息好了吗？那就再接我这一击！”说着他极其随意的右手一扬，随着他的五指抖动，几股元能萦绕，仿佛有五条黑线系在手指之上，转眼间黑线融成一团黑球，五指看似随意地向倚弦一展，黑球蓦地爆开，激出五道狂蟒般的黑色光芒向倚弦猛地直扑而去。

这一击看似不如刚才威力强大，但倚弦很明白，此一击的魔能高度集中，实际破坏力远在方才一击之上，就在黑衣老者出手的同时，倚弦已然决定拼尽全力，蓦地寻机飞身而起，掌中的龙刃诛神划出一道玄异的轨迹，幻出数道异彩，一式“剑荡八方”施展开来，连连斩出八道饱含冰晶火魄的剑气，铺天盖地向黑衣老者笼罩过去。

耳边的声音甚是熟悉，耀阳心中大喜，听出原来是那日蟠溪“妖师”元中邪的女弟子天魅舞者——云雨妍所说。耀阳连忙四处寻找对方的所在，正想着如何能不惊动他人与云雨妍对话，美妙动听的声音又徐徐传来道：“耀将军，你现在跟我走，　同去救人吧。”

耀阳早已领会了《幻殇法录》上所记载的秘语传声之法，循着声音来源，当即也传音过去道：“云姐姐……我现在正奉命陪同鬼方公主，被她缠住一时难以离开，不如你稍等片刻，我马上就想办法脱身来找你。”

云雨妍轻“嗯”了一声，便再没有作声。

耀阳皱了皱眉头，心念急转，盘算着找个托词向公主告退。正细想不得其法的时候，忽然听到前方一阵骚动，吵嚷的声音不断传来，而且叫骂声连连，看来一定是有人在前面的街市上闹事，引得街上过往的行人纷纷涌上去观望。

此时马车已经靠近西城门，耀阳一看众人阻住了马车的行驶，加上此时心中正烦，更是没来由的勃然大怒，立即走了过去，拨开一众围观的人群，见到地上躺了一名兵差，仿佛失去知觉一般，一动也不动，旁边一名中年汉子还在指着兵差大骂。

耀阳向旁人问明事情原委，原来是有人与守城的兵差吵将起来，一言不和便动起手来，根本不听别人的劝阻，最后竟然将守城兵差活生生打死了，谁知这人仍然说兵差是装死，还在一旁不停骂嚷。

耀阳闻听大怒，排众而出，喝道：“好大胆，竟敢无故伤害官家兵差!”

那中年汉子一听有人喝斥，当即抬起头来，看到耀阳一身将军的威武装扮，立时生出一副极其惊恐的表情。那副脸容让耀阳心神一震，此人竟是姜子牙的弟子武吉。

耀阳大惊，眼神中满是询问地望向对方。

“这……不能怪我，都怨他……自己撞到我的扁担上来的……”武吉似是惊慌到了极点，边说边退，然后迅速溜出人群，临走的时候，不经意的向耀阳露出了一个大有深意的笑容。

耀阳心中豁然大喜，哪会不明白这是武吉给他来解围来了，暗笑：“想不到这武吉平时老实巴交的，做起戏来也挺有一套的。”当下正义凛然地大喝道：“何方贼子，竟敢当街致人非命，惊扰公主圣驾，岂非藐视我西岐之法，莫跑!”这话实际上是说给车内的公主听的，这比任何托词都理直气壮。

玉璇公主听了马上揭开车帘，道：“耀将军，算了，只是无知小民，不要为此追究，扫了我们的兴!”

耀阳义正词严地说道：“公主此言差矣，当街伤人行凶，已触犯了我西岐律法，更何况伤害的还是官家的兵差，因此惊扰了公主圣驾，岂能就此罢休。公主稍等，本将军定将那贼子抓了回来。”

说罢，耀阳也不理此时气得直跺脚的公主，作势奋不顾身追了上去。

武吉果然谨慎小心，怕有人跟着耀阳，愣是带着耀阳在城内转了好几圈，才钻入一个小巷。

风姿绰约、娇媚不可方物的云雨妍正在此翩然等候。

耀阳顾不得欣赏她的如花美姿，心急如焚地问道：“云姐姐，你们找到我的……家眷了吗？她们在哪里？有没有危险？”

云雨妍随意拨了一下肩头垂落的如云青丝，噗嗤轻笑一声，道："你先别急哩！从你走后，姜先生根据你所说的情况卜了一卦，然后着我跟武吉师兄花了不少时间，终于查出鬼方使节蒙浩等人的藏身之处，他们正在西岐城外往北百余里的'落月谷'，你的家眷现在应该还不会有多大危险。"

武吉极其憨厚的在旁点头附应云雨妍的话。

"蒙浩还在西岐的范围之内？"耀阳微怔，心中对那个鬼方公主玉璇更是有些怀疑，她是真的不知道，还是故意隐瞒？但是心急冰儿、人儿与妲己的安危，耀阳哪及细想这么多一点，立即道："那请云姐姐和武师哥赶快告知'落月谷'的所在？我这就过去救他们！"

云雨妍自然不会再拖延任何时间，连忙告之耀阳"落月谷"所在，并嘱托武吉返回"隐弈居"将情况告知姜子牙，她则与耀阳兵分二路成前后包抄之势，前往"落月谷"救人。

"落月谷"，位于西岐城外往北百余里处，是夹在"昆吾山"与"栖凤岭"之间的一个环形山谷。耀阳按照云雨妍与武吉的指引，驾起风遁从西岐出发，用了不到一刻钟的时间便到了此处。

站在谷前往谷内望去，只见整个山谷被两条连绵山峦环抱其中，因为两旁山峦叠高的缘故，谷中终年不见阳光，所以四面山壁长满青苔地衣等阴湿之物，再加上一眼望去谷中小径邃长而幽深，令整个山谷显得阴森诡异之极。

耀阳抬眼正好看见左面山壁上"落月谷"三个爬满青苔的大字，心中不禁有些纳闷："为什么这么鬼气森森的地方偏偏有一个这么好听的名字？"

不过，只看谷前不远处的两条驿道交错，耀阳心中对玉璇等人还是颇为佩服，此处既是去往西岐的必经之路，也是西岐通往鬼方等番外诸国的交通要地，进可以此坐望西岐变化，再不济也可保全身而退，难怪玉璇与蒙浩会选择此谷作为盘旋的据点。

耀阳气定神凝地吁了一口气，毅然的眼光似乎掠过层层山峦的遮掩，直射入山谷之中。自从经过与“魔神”幽玄一战之后，他对玄法的领悟又上了一个新的台阶，不知是否因为连幽玄这等绝世高手都无法置他于死地的缘故，他充满了自信，那是一种不论面对怎样的逆境都不会胆怯退缩的心境。

只看他的身形轻轻一动，便如同风一般的飘入谷中。甫一置身谷内，耀阳有一种完全被山谷隔绝的感觉，他知道这是闯入对方所布结界的必然反应，体内的异能带动五行玄能循体而行，随时准备应付突如其来的袭击。

虽然终年不见阳光，谷中小径两旁仍然长满各种不知名的花草，而且颜色鲜艳瑰丽，飘逸出浓郁芬芳的香气，令耀阳感到有些眼花缭乱，他担心那些香气有毒，于是只能屏住气息，然后小心谨慎地往里摸索。

在幽深的谷中小径上行了大约一炷香工夫，耀阳来到小径尽头的一处洞府前，他思忖片刻，因为他与云雨妍商定是分前后两个方向同时入洞，出于还不清楚对方的布置情况，为了不打草惊蛇，他决定用新近领悟到的“隐遁”入洞查探。

耀阳凝神聚齐元能，根据《幻殇法录》的记载，掐出一个“本神咒诀”，然后挥动“七真妙法指”引五行玄能合五为一，顺应遁法要领祭出“摩、灵、元、吉”四字法咒，果然在一阵身体异动中，他的身躯渐渐隐去了本来的形状。

耀阳试着移动了几步，满意地看了看自身隐遁后的样子，又想起了蚩伯教他们兄弟俩“隐灵遁法”的情景。直到他看到《幻殇法录》才知道，蚩伯所教的“隐灵遁法”其实是很高层次的法术，依靠符咒灵能的法诀，无论是持久性还是稳定性，都比仰仗本体元能的法诀要更高一层。

耀阳好整以暇的信步朝洞内行去，尽管洞中黝黑深邃，但这一切对于已经达至“五行归一”的耀阳来说，自然是构不成阻碍的，他眼中厉芒在黑暗中扫视身遭的一切动静，便有如白昼一般清楚无碍。

玉璇与蒙浩等人竟然没有在洞中设防，这让耀阳感到诧异得很，而且沿途都有一些残留的痕迹显示此处曾经有多人居住过。以至于越往里走，耀阳越是担心玉璇已经将冰儿、人儿与妲己转移到其他地方。

耀阳嘟囔着开始跟玉璇的十数代祖宗打招呼，恨恨咧骂道："就算你这个臭娘们将冰儿她们带回鬼方，我也定会去鬼方救回我的女人，然后你最好求神保佑不要让我抓到你，否则我一定要将你吊起来，然后……拔光你个小娘皮的衣服……哼……"

哪知甫一想到这里，耀阳的脑中不由自主想起了那一晚在"艳香阁"与她的风流债，禁不住一阵热血上涌，气息变得粗重起来，脑中满是当时旖旎无限的动人场景，耀阳暗叫一声要命，急忙平息静气，才终于让自己冷静了下来。

穿过整个洞府，耀阳出了后洞门，顿觉眼前豁然开朗，他看着眼前的景色，禁不住惊叹赞赏不已，也因此终于明白此谷为何被称为"落月谷"了。

原来洞后是一片平坦凹洼的宽敞谷地，绿草茵茵，花香阵阵。两旁的山脉起伏绵延，似乎两条巨龙一般，而这块山谷则正是双龙交汇的绝佳契合点。和熙的斜阳余晖透过两山之间的缝隙洒落在谷地上，微微的山风吹拂脚下绿草轻荡，一浪一浪地翻卷，令人不免心旷神怡，被眼前的景色所迷。

然后只要顺着斜阳远远望去，西山那一道两条山脉之间的缝隙，恰恰是一个月半弯的形状，想想看，当东月西沉之际，也会像现在的斜阳一般落在此处，那该是一幕何其动人的景色，难怪此地会有一个如此好听的名字——"落月谷"。

正当耀阳仔细巡视谷地之时，忽然耳边传来一种极其细微但又刺耳的啸声，这是自从他以《幻殇法录》所载的"魔音凝修诀"截获九尾狐传音之后，体内异能竟然可以自动运用此法一般，根本无须他再度依诀施法，便能听到多数法道高手之间的秘语传声。

紧接着耀阳又听到两声啸鸣，合起来两短一长，这显然是一种信号。

耀阳的体内异能始终随着啸鸣的长短高低起伏不定，耀阳知道异能反应如此强烈，是因为发出啸声的人是一个法道高手。

耀阳抬眼了望四周，忖道："如果是信号，那么一定有人会回应才对！"

身后传来秘语传声，道："耀将军所料不错，这是鬼方'拜火圣教'的一种联系方式，方才的啸鸣正是一种证实己方是否有人在此处的问寻讯号，如果有人在此谷的话，那么等一会儿肯定会有所回应的！"

耀阳听到如此详尽的回答，禁不住点了点头，"谢谢"二字就要说出口之际，脑中猛然想起自己现时正处于隐遁中，而且方才的念头也只是想法而已，谁能见得到他而不被他的异能所感应，而且还能看穿他的想法呢？

想到这里，他额间的冷汗沁出，脚下步子一错，回身后望，喝道："谁？"

然而他回身却看不到任何人的踪迹，却不等他话音出口，一双温暖的纤纤玉手已经轻轻按在耀阳的嘴上，柔媚的语声又在耳边响起："耀将军莫惊，是我！"

原来对方是与耀阳分别从前后不同入口进入"落月谷"，隐遁身形后的云雨妍。

耀阳顿时松了一口气，轻轻一把握住云雨妍的一双柔荑，摇头苦笑传声道："云姐姐，为何你每次都这么神出鬼没？而且好奇怪，姐姐怎么会清楚小弟的想法呢？"

"好甜的一张嘴！"云雨妍轻轻一笑，灵巧地摆脱耀阳对自己双手的纠缠，道，"其实这只是师门传授的一种很肤浅的窥心术罢了，而且你刚才又未对自身施以结界保护，姐姐自然有办法可以猜到你的一些想法。"

耀阳恍然大悟，道："姐姐的法道修为果然精湛玄妙，小弟受教了！"

耀阳的话中含义极是谦虚，但这个小小的变故确实令耀阳明白了大地间法道秘术的高深，因为一直以来，他都因为归元异能与五行玄能的融合，以及自身对玄法的领悟能力而引以自傲。自从得到《幻殇法录》之后，耀阳对法道秘术的认识已经有了一个质的飞跃，而直到此刻，耀阳才真正明白天地之大、无奇不有的道理。

耀阳正要厚着脸皮详细询问关于窥心术的法道秘术，却被云雨妍从旁轻轻扯了扯，他愣了愣，随即会过意来，耳际果然听到谷中某处高崖之上响起三声低亢的啸鸣，与方才的啸鸣声略有不同，两长一短。

黑衣老者所发的黑芒魔能已到了眼前，元能之强不但顺势将数道剑气击破，而且继续向倚弦袭来。

倚弦低喝连连，快如闪电般的从庙堂中急闪而出，但黑色异芒在黑衣老者的五指牵动下，却以更快的速度疾驰而来，让他躲无可躲、避无可避。

倚弦唯有大喝一声，硬着头皮将龙刃诛神旋斩而出，化合本体归元异能的紫色光芒交相叠出，然而立时被五道黑色光芒一起吞噬，只见在一片黑色中紫光起伏挣扎，逐渐消逝不见。

黑衣老者嘿然冷笑连连，催动周身元能挥舞指间黑芒魔能，不但完全吞噬了紫光，同时，五道黑色光芒虽有三道骤灭，剩余两道却毫无阻隔地侵入了倚弦体内。

倚弦立感两股魔能尖锐地急钻入体，整个身体像是被撕裂了一般，剧痛入心，黑暗的魔能逐渐吞噬着他的肉体和元能，竟似是要将他的生机也慢慢吞灭。

倚弦深吸了一口气，连连挫退了数步，才定下身形，他知道如果不能及时驱退那股魔能，让它侵入心脉的话，即使有归元异能保护不会当即身死，但也会令他受到难以痊愈的重伤。

想到此中关键，倚弦忍着身体似被刀子一下下割碎的痛苦，急运归元异能抵抗，但黑衣人的魔能强悍异常，体内大部分威力无法发挥的归元异能竟抵挡不住，反而被魔能逐渐冲散。

黑衣老者仍然如同方才一招过后一般，束手而立，双目中炯炯魔芒异动的眸子全神贯注地盯视着倚弦，似乎对他的反应很是在乎，丝毫不放过倚弦任何的动作及神情。

仅只瞬息之间，倚弦已经满天大汗，体内如万蛇窜动般的魔能大肆攻击，逐渐接近心脉。倚弦感到自己体内元能不断萎缩，开始变得无法抵挡。肉体的痛苦不断加强，元能的抵抗也变弱，倚弦几乎到了崩溃边缘。归元异能终于无法再坚持，被冲得四散而出，魔能疯狂窜向心脉。

“轰!”倚弦心脉失守，脑海像是爆炸一般，顿时一片空白，什么意识都已不再，再也无法控制身体，当即摔倒在地。对倚弦来说，这段过程几乎是天长地久的折磨，但事实上这都是在刹那间发生的事情。

土行孙大惊失色，奋不顾身纵前接住他倒下的身体。

紫菱公主一声惊呼，脸上露出焦虑难安的神色，对着黑衣老者大声喝道：“你究竟把他怎么了，你刚才不是说不会杀他的……”只可惜她被黑衣老者的魔能束缚，此时根本做不了什么事情，只能焦急地看着倚弦。

黑衣人看倚弦的神情，知道他已经败了，不由得意地大笑道：“看来你还是不行……”

然而话未说完，他的神色骤然大变，看着倚弦逐渐重新站起的身子吃惊不已。

原来倚弦在心脉受袭之下，灵台神志已经全无感觉，甚至脑海中什么也不复存在，整个人没有任何念头。却在这时，不知为何，“轩辕图录”却一幅幅遽然出现在思感灵神的深处……

“天地之始，洪荒之初，混沌万物，尽归虚无……”

“混沌初开，道玄生一，本元虚无，衍生万有……”

“虚实有无，乾元道分，一阴一阳，混元太极……”

他的脑海中似乎亮起温和却又绚丽的光芒，旋转变化，忽明忽暗，忽而变成单一色彩，忽而化为色彩斑斓，忽而又重归于无，此时他的心中悠然一动，《玄法要诀》再次浮上心头。

“……唯玄法之道，当以修真为基，固本培元，方能净后天还先天，驻炉燃道引，焚经灭度，臻入真人之境，取一元二气三才四象五行之末，佐以时、气、符等等旁门之力，始能成法……道引为物，乃先天元能之本，宗道万法之源也……故而，应当修其心净其身，借一线玄元道引之功，正和脉气，以虚迎实，散之千经百骸，聚之一气归元……”

“原来如此！”倚弦的灵神豁然开朗，周身散落的异能在默运法诀的指引中，缓缓回归心脉，肉身经脉中不断循替环生的冰晶火魄也随之衍生开来，环绕着侵体魔能逐渐渗入，魔能表面上虽然仍在不断吞噬归元异能，却反而慢慢发生变化，而一直残留在体内的朱雀灵力也似乎受了某种牵引，渐渐活跃起来，将渗入归元异能的魔能包容起来。

像是过了千百万年，却只是一闪而过的时间，在不断消耗的朱雀灵力挤压下魔能竟完全被归元异能同化。

灵台明净，倚弦再次回复思感意识，控制住身体缓缓站起。向一直担心的土行孙和紫菱公主微微一笑。

土行孙大喜道：“你没事。”

紫菱公主也随之松了口气，脸上浮现出开心兴奋的笑容。

倚弦心中实是惊喜非常，经过刚才的那一瞬间，他虽然不能说完全领悟，但至少对这神鬼莫测的轩辕图录已不是一无所知，这对他的修为有着莫大的助益，归元异能也因此得到了进一步的发挥。

倚弦掌中的“龙刃诛神”一振，顿时龙吟声声，对着黑衣老者淡然笑道：“阁下果然厉害，请出第三击！”

“归元异能果然不愧为旷古奇功，在你小子身上竟能化解老夫十成的碎心魔能。可笑神玄两宗的一帮蠢家伙研究了千百年都没有一点头绪，这实是天助我魔门兴旺……哈……”黑衣老者仰天大笑，却在说到神玄二宗时，刺耳的笑声中带有极深的怨恨。

听到略有凄凉的笑声，倚弦看着黑衣老者总觉得有些熟悉，但那种感应又很模糊，好像是在什么地方见过他，但怎么想来想去，都发现黑衣老者都与所见过的人大为不同。

倚弦忍不住大声问道：“阁下究竟是谁？”

黑衣老者一怔，冷冷道：“这你不用管，看你凭归元异能是否能接得住老夫第三击。”

倚弦运起周身复原的元能，冰晶火魄与归元异能融会归一，他此时不敢存有丝毫侥幸的心理，刚才虽是成功化解了侵体的魔能，但心脉毕竟已经被侵袭，受伤不轻，即使因此对“轩辕图录”有所领悟，然而对于能否挡住对方的第三击，他一点把握也没有。

黑衣老者冷笑数声，双手魔能一震，顿时四周浮起层层魔能激越的黑雾，黑雾有如妖魔般张牙舞爪，凌厉的嗜血之气蔓延开去，让人透不过气来，就像是那黑雾厉气能吞噬人的生气一样。

倚弦神色凝重，观望黑雾蕴涵的盖世魔能，思感直觉告诉他，这一击比上次更强许多，他紧紧握住龙刃诛神，顾不得体内伤势，狂催归元异能，并将元能提升至极限运行，双眼神光如电，随着异能急涨，乌黑亮丽的长发泼墨般如箭激射，衣衫急展若怒涛激浪。

“哈……你以剑攻我，我便以剑攻你试试……”黑衣老者首次移动身体，身形直跃而起，双掌宛若罗网般大肆张开，黑雾化成乌黑胜墨的巨大利剑，双剑交叉成剪，以惊天之势向倚弦斩去，这一斩如乘风破浪，魔能激荡四溢，丝毫不惧那柄旷世好剑“龙刃诛神”，袖风雾浪激起的气劲像是潮水般左右狂冲。

倚弦见来势之威无可匹敌，闪身欲避，却发现自己在猛胜奔雷又快逾闪电的雾剑之下根本无处可退，唯有低呼一声，挥起龙刃诛神，摧尽元能全力刺去，龙形剑气狂奔而出，试图以刺击攻破对方无匹雾剑所形成的交织芒光，扰乱对方对自己施发的攻击节奏，以期立于不败之地。

第六十八章　亡命之旅

怎奈实力悬殊太大，龙刃剑气甫撞黑色双剑，气流激涌之下，立即被轻易击破。

倚弦虽然乘隙攻出一剑，但心神始终没有丝毫放松，此时见到一剑无功，早已顺势击出第二剑，剑势表面上看来虽然有模有样，却因为这些剑势终究是于幽云危急时口授，如何能够发挥出蜀山剑术的真正威力，黑衣老者的双剑转瞬便已迫在眉睫，以天崩之势压将下来。

倚弦十分清楚这一击决不是自己所能抗衡，但他同样也绝不会就此认输，体内仅剩的元能急转而出，和着他心中无比的愤恨，龙刃诛神爆出从未有过的眩目光芒，攻出一式“九剑归一诀”，九道异芒分离而出，又合而归一，最终形成一条紫色巨龙，掀起滔天气劲，势若排山倒海。

“轰……”势能破天的龙刃剑气击中雾芒双剑，顿时刺眼烈光激射而出，爆出的巨响石破天惊，震耳欲聋。紫色光龙被雾芒双剑无情地击碎，化成晶莹碎片四处激射开来，搅得地下城中的气流如惊涛骇浪一般。

巨大的雾黑双剑势不可挡地击破这条紫色光龙，却也被拖得停滞了一下。

倚弦拼力急闪退避，但黑衣老者显然早已预料出他的反应，乌黑双剑竟遽然旋转着罩向倚弦，旋舞之势瞬间封住了他的所有退路，然后雷霆直击。

倚弦大惊，无奈之下大吼一声，抛开脑中一切思虑，龙刃诛神迎向猛厉的雾黑双剑全力斩去。

“砰……”再一声气劲交击的巨响传来。

想不到龙刃诛神势如破竹地破开黑色双剑，但倚弦却被对方分开的双剑气劲击中，两股滔天大力狂涌而至，倚弦此时剑势用空，顿时立足不稳，哪里还有丝毫还手之力，周身立时如遭雷击，五脏六腑感到一阵猛烈扭曲，喉头一甜，不由猛地喷出满口鲜血，身子不由自主向后摔出三丈开外。

“……”土行孙与紫菱公主同声惊呼，土行孙飞身上前试图扶住倚弦。

倚弦周身乏力，虚脱得只能任自己狼狈坠地，幸好土行孙早已有所准备，及时遁土而至将他扶住，才险险没有撞在一旁的屋壁上。

倚弦正要嘱托身旁的土行孙小心，却突然意外地感应到身际压力大减，虚空中盘旋的雾黑双剑竟自行龟裂化无，消散当空。他与土行孙原本以为黑衣老者又重施故技来欣赏自己挣扎的模样，但倚弦的异能感应何其灵敏，分明感应到黑衣人不知因何魔功大减，无力再控制住雾黑双剑。

倚弦忙望向黑衣老者，果不出所料，只见黑衣老者身子颤抖，魔能遽弱，甚至本来被魔能束缚的紫菱公主也已脱身飞了出来。

倚弦见机不可失，哪会再作片刻犹豫，当即忍着重伤之躯，闪身拉起紫菱和土行孙，借“风遁”便向地下城出口处急窜而去。

黑衣老者的身体颤抖不已，一时根本无法控制魔能，只能眼睁睁看着三人仓皇逃遁，他强自镇住体内四窜飞散的魔能，深深地吁了口气，掌中咒诀施动，片刻时间过后，他终于恢复过来，但此时眼前的三人早已逃得不见踪影。

望着地下城的出口方向，黑衣老者冷笑数声，自语道：“你们几个小东西，即便再修炼几世，恐怕想要逃出我的手掌心，也没那么容易！就让老夫陪你们好好玩一程……”

语罢，黑衣老者遁化成一道黑光倏地疾去。

倚弦带着紫菱公主和土行孙毫不停歇地离开有炎氏族地，完全顾不得自己伤势，他知道以黑衣人之能，绝不可能被他们如此轻易地撇下。

但是很奇怪的是，在逃亡的路途中，倚弦体内的元能流转竟是从未有过的顺利流畅，本来在体内残留的朱雀灵力虽然损耗很大，却慢慢开始与归元异能合拍。随着归元异能和朱雀灵力的运转，身心无比舒坦，伤势竟反而逐渐地恢复起来。

倚弦心下大奇，忖道："难道是领悟'轩辕图录'的作用?"

可惜现在不是细想这些问题的时候，刚才与黑衣人一战，倚弦知道黑衣老者的修为绝对在"龙神"应龙之上，若是此时直奔蜀山剑宗求救，"风遁"的速度远快不过对方，根本来不及。

倚弦脑中念头飞转，如果说为了逃脱追击，自然是在山林之中为好，黑衣老者就算再强也不可能将蔓延无边的整片山脉移为平地。一念及此，他携着二人遁向旁近的林野之间。

只见四周参天古树高耸连绵，遮掩天日，有如无月无星的黑夜，山林深处更是鬼影幢幢，阴寒森冷。紫菱虽是龙族公主，修为也不算很低，却仍像是平常女子一般，吓得直往倚弦身旁靠近，柔软的身子不自觉地紧贴在他身上。

倚弦可没机会去享受这飞来艳福，他已隐约感应到黑衣人在尽展遁法时候散发的强大魔能，已经毫无偏差地向这边急速靠近，竟仿佛对倚弦几人的位置了如指掌一般。

"这怎么可能呢?"倚弦差一点惊骇出声，他在进入山林的时候不但以归元异能屏蔽了众人溢出的气息，而且早已数次改变路线，对方即使可以通过秘法轻易看穿，但也不可能如此准确地把握到他们的位置。

来不及想这么多，倚弦只有趁黑衣人还没赶到之前，立即再次改变方向，然后毫无保留又尽量匿声无迹地使出"风遁"，直往黑暗的山林深处飞窜，没有惊动隐匿在山林之中的任何生物。

但是任由倚弦再怎么变化，却始终无法摆脱黑衣人的追袭。每当他改变方向，对方似乎立即便像是亲眼看到一般，循迹而至，就仿佛像千里眼和顺风耳一样，能随时随地看到听到似的。

倚弦惊忖："千里眼和顺风耳是天生异禀，而且没有任何典籍可以传授类似法术，所以就算他人千方百计想要追循自己一行人的踪迹，也要费力费时去做，这黑衣人却似乎能在自己有所变化的同时作出相应反应，绝不应该是使用法道玄术监视监听的结果。"

"难道是意念烙印?"倚弦心中一动，想起在"琅寰洞天"看到的关于魔道各类奇功术法的介绍——

所谓意念烙印之法，乃是以本体元能融和魔门吸魂噬灵的独门秘法，再以绝对优势打通对方肉身的八脉十二经，在受法者的思感神识中种下"魂灵引"，然后便可以施法控制其人的行踪与思感，更有甚者可以达至"金傀符"一样的效验。

倚弦再一想到紫菱和自己都被黑衣老者的魔能接触过，顿时恍然大悟，知道应该就在那时被动了手脚。他虽然找出了原因所在，但却没有时间也暂时没有办法去解决。因为，黑衣老者的强绝魔能已经越来越近，近到转眼就到的地步。

倚弦知道在这关键时候丝毫马虎不得，他蓦地放开紫菱和土行孙两人，大吼一声，掌中"龙刃诛神"再现，这次他抛去极力想要施展蜀山剑技的诱人想法，同时捏出他在"冰火轮回狱"领悟增强"傲寒诀"的诀要——"寒星变"，挥洒出九天光芒，配合龙刃本身的紫色光龙剑气，旋绕着迎向魔能疾来的方向，不可阻挡之势劈空斩落。

顿时，剑气笼罩的方圆五丈之内，空气温度急降下来，冰冷的点点寒星将剑气凝成晶莹剔透的一道交织剑网，不知是否体内异能禀性偏向"傲寒诀"的缘故，此一剑的攻势比之早先用过的任何一招蜀山剑技，都来得更加凌厉狂猛。

在向身后思感灵应的方向劈出这一剑之后，倚弦立即拉上愕然的紫菱和土行孙急逃，竟没有丝毫的耽误。

黑衣老者从黑暗中骤然遁现，径直欲追，但强韧坚劲、冰寒入骨的龙刃剑气正面强悍斩来，却让隐疾未愈的他首次生出不敢小觑的感应，唯有身形一顿，运足体内魔能一掌击出，迎面而来的剑气立即被击得爆裂四激，将一株高大的老树击得断枝折叶，轰然倾倒。

立时间，号叫声四起，各类受惊的猛兽到处乱窜，甚至有几只巨型的远古凶兽不知死活地向黑衣老者扑去，都被他恼怒挥掌连连劈出，尽数斩杀当场。

仅耽误了片刻间的工夫，倚弦已然带着紫菱和土行孙从容遁去，不知去向。

成片不知名的野兽惊慌失措，吵得纷杂喧闹，几乎是炸翻了锅。本来被倚弦他们再次逃掉而心有不爽的黑衣老者此时更是郁闷，加上该死的野兽奔走号叫声又扰乱了他的感应，不由勃然大怒，双手一挥，一震腥厉的黑色血雾迅速弥漫开去，兽禽虫蚁一旦沾上，立即全身灰暗，最终毙命化为干尸，根本连哼都未哼出声，便已命丧当场。

转眼间，方圆数里内鸟兽尽绝，只有草木依旧，而丛林外围的猛兽感觉到危险的气息，立即雌伏于山洞灌木丛中，不敢再行出来，山林之中再次恢复寂静一片。

黑衣老者狠狠发泄了一番，心情略为舒展，清静片刻后，他默运魔诀查探一番，马上清楚地感应并确定三人的方位，微哼道："还想逃？看你们还能玩什么花样。不过，只看方才的一剑之威，这小子的伤势竟能恢复得如此之快，实在是令人诧异，难道他已经开启归元异能了吗？不可能，如果真是这样，我又岂能如此轻易便在他的思感神识中种下'魂灵引'呢？"

疑惑不解地思虑片刻，黑衣老者的身形隐遁在茫茫丛林当中。

倚弦成功劈出一剑，终于将三人与黑衣老者之间的距离拉开，同时也确认了一件事，对方的确有一种类似于旧伤未愈的境况，否则双方实力相差如此悬殊，对方根本不在意他的龙刃剑气，前面的事情很可能就是因为一时难以抑制伤势，而让他们得以开逃。

既然知道黑衣人很快就会追上，倚弦一边遁风猛逃，一边绞尽脑汁想办法解除身上被种下的意念烙印，然而倚弦虽然读到过关于这方面诀要的描述，却根本不清楚此法运行之妙。正当他百思不得其解的时候，心中甚是苦恼，而另一方面，他们此时又脱逃了一段时间，他却还未感觉到黑衣人的魔能，不由觉得有些奇怪……

倚弦绞尽脑汁苦思对策，回想起曾经看过的诸多魔门典籍，突然心中一亮，不禁失声笑了起来，道："原来如此！"

被倚弦的风遁速度扯得几乎喘不过气的土行孙听他一说话，便勉强开口道："怎么，你傻了？"

紫菱也在旁担心地问道："你没事吧？"

倚弦微笑道："没事，我只是想通了一个问题而已……"

"不知你想通的是什么问题？"

阴沉的语声骤然响起，对倚弦三人而言不亚于是耳边惊雷。

三人大惊失色之际，黑衣老者已经犹如暗夜鬼魅一般出现在前方不远处，好整以暇地看着他们。

顺着啸鸣声的来源望去，只见在谷地最南端的高崖上闪出数道人影，其中一道黑色的人影施展出风遁，身形飘然落在中央谷地之中。

耀阳一眼望去，看出此人正是那位鬼方使节蒙浩。

望着蒙浩翘首以待的焦急模样，云雨妍秘语传声道："耀将军，你看他飘身落下的高崖上还有几道人影，那里定然会有一处洞府被他们用来作为容身之所，估计你的家眷就被他们囚禁于此。"

耀阳忙向高崖上望去，依稀可见果然有几个胡女正站在那里，似乎在守护什么一般，他脑中热血上涌，起身正准备施展遁法去往那处崖上，却再次被云雨妍拦住，他急切传声问道："姐姐为何拦我？"

云雨妍说道："你也太莽撞了些，虽然这名男子的法道修为在你我之下，但刚才的啸声饱满诡厉，由此可知对方定然是位一等一的高手人物。再说，他们约在如此隐秘的地方见面，肯定是有所企图才对。如果我们此时贸然出手，不但有可能会因为低估来人的实力而导致今次营救功败垂成，而且更有可能错过一场极大的阴谋也说不定。"

耀阳脑中念头电闪而过，才发现自己方才真是太过急躁了，也因此对身边这位绝世美貌的美娇娘刮目相看，传声道：“谢谢姐姐提醒，小弟确实太急了！”

云雨妍此时反倒轻声娇笑起来，道：“受困在局中的人受自身利益的驱使，难免会做出顾虑不周之事，更何况他们抓的还是你的如花美眷，难怪耀将军会如此在意，以至于失了分寸。”

耀阳对她话中的取笑倒是不以为意，却不知为何，听到云雨妍如此毫不在乎地说起他的妻眷，他的心中反倒无端有了一些失落的感觉，于是干脆叉开话题道：“云姐姐，你说这位鬼方使节蒙浩会在此地等谁呢？”

“鬼方使节蒙浩？”云雨妍似是思忖了片刻，才沉吟道，“如果同是一国臣子，讨论公事岂会选择在此地，而照耀将军所说，其他妖魔两宗的人又与他们订了互不侵犯的约定，自然也就不是那些老家伙。所以……很难说，我们还是静观其变吧！”

“嗯。”耀阳应了一声，他自忖也猜不到其中玄机，便只能凝神等待那人的出现，却在此时，令他与云雨妍都震惊莫名的事情终于发生了。

只因他们听到一阵沉闷至极的人马混合的蹄步声，这表示正有大批兵马向此谷靠近，而此地离西岐不过区区百里之遥，大批兵马如果只是路过“落月谷”，又岂会如此之静，静得几乎没有丝毫人声马嘶，只有因大队人马同时行进才会有的沉闷蹄步声呢？

这只有一个答案——有人有心将所有的声音都有效地隔离了起来，只因其人想将一切有声的痕迹全都遮掩起来。

蒙浩似乎也已经感觉到蹄步声的到来，脸上立时浮现出一丝笑容，回身往半月形的峡谷裂缝处望去，只见在落日的余晖下，一队旗帜鲜明的人马成一字形缓缓从仅能过一个人的崖缝小径中行了出来。

紧接着这一队人马后，一个接一个戈戟锋利的兵士牵着马匹从小径中陆续行了出来，他们人人的面部蒙着面巾，所有马匹的嘴上也都全封了缰带，显然是为了杜绝马匹发出声响才做出的举措。

耀阳看着一个个兵士行进谷中，然后在蒙浩身前排列成整齐的方队，充满秩序、规律的队列阵形让观者无不暗赞有加，这无不说明这些兵士的主帅是何其厉害的角色。而这些兵士手中的旗帜更让耀阳差些惊呼出声。

无数颜色鲜明的玄黄大旗上书大大的“北”、“崇侯”与“征西”等字样，不用猜也应该知道，这些兵马无一例外都是北伯侯崇侯虎所谓的“征西大军”。

此时的耀阳虽然不通兵法，但今晨也听到北伯侯崇侯虎的征西大军不日将至，而就当大将军南宫适派兵前往金鸡岭拒敌之际，崇侯虎的兵马却出现在西岐的后方百里之外，这如何不让耀阳大惊失色。

云雨妍也是大惊，惊咦道：“崇侯虎不过是莽夫一个，却不知道是什么人在他背后助他，竟能如此用兵如神，看来西岐危矣！”

正说话间，只见谷中一些回巢的宿鸟仍然被大批兵士吓得惊飞而起。

此时，一阵衣褛飞扬声霍然响起，只见一道白色的矫健身影从落日余晖中飞身遁起，数道电芒一闪即逝，那些鸟雀连哼都未哼一声便尽数被白色身影发出的元能劲气所灭，甚至连一根羽毛也未曾留下，尽数被一股魔芒焚烧殆尽。

那道白色人影随即在半空中划出一道弧形轨迹，遁飞的身形再度飘然落向“落月谷”中，施施然风度翩翩地落在蒙浩的身旁。

这名年轻男子穿着一件剪裁极为合体的白衣劲服，长发束髻，白玉冠顶，肩上更斜挂一麾墨白披风，衬托出一身充盈力量的完美体形，而在那有如大理石雕削而成的俊毅脸庞上，一双深邃神秘的眼瞳厉厉夺目，更是散发出无比魅力的不世魔芒。

蒙浩已然诚惶诚恐地上前行礼拜见，年轻男子则始终一脸漠然的神色，两人开始以独特的秘语传声进行交流。

“是他……”云雨妍娇躯一振，很显然认出了此人。

耀阳同时也禁不住虎躯一振，已然腾身而起，双目中精芒厉现，炯炯注视谷中现身的年轻男子，鼻中不由冷哼一声。

他如何不识眼前这位年轻男子，此人正是当初在旄山将他打下悬崖的魔门刑天氏少主之一——刑天抗，想到当时此人嚣张跋扈、欺人太甚的样子，耀阳心中再也控制不住无名火起。

“耀将军认识他？”云雨妍明显感应到耀阳的怒火，娇躯缓缓靠近耀阳，柔声问道，“那你打算现在怎么办？”

当耀阳感觉到云雨妍起伏有致的身躯愈渐靠近自己，美色当前反而令他的脑子愈渐清醒过来，渐渐平息了心中怒火，眼光掠过刑天抗，投向此时仍然陆续行进“落月谷”的大队兵士，默默地计算着。

半晌之后，耀阳传声的语气出奇冷静，道：“现在自然是大事要紧，我们先计算一下刑天抗准备在谷中屯多少兵马，只有收集尽可能多的情况，再回去跟姜老先生商量一下对策！”

云雨妍微微一愣，她没有想到耀阳可以这么快从情绪波动中反应过来，尤其是话语中抛开家眷、恩怨而不顾的那股毅然决断的语气，更令人无缘由的从心中生出愿意信服并跟从他的想法。云雨妍禁不住再也不敢对他小觑。

云雨妍轻声回道：“只看这些兵马，便可以知道他们选择此谷的原因，但同样的道理，‘落月谷’四围受天然地形的影响，至多只能囤积不到三千兵士。所以我认为，照他们的种种迹象表明，既然不愿被西岐发现，自然不会带来超过三千兵士，而且是为了配合前方崇侯虎大军合攻西岐，所设定的奇兵之计！”

“姐姐说得很有道理！”耀阳应声再向谷中望去，不到几刻钟的时间，源源不断的兵马已经尽数涌入谷中，粗略一看，果然在二三千人左右。

耀阳注目在千众兵马之间的刑天抗与蒙浩，运起“魔音凝修诀”开始凝神倾听他们之间的秘语传音，归元异能与五行玄能的结合果然不同凡响，只是在一阵轻微的元能异动之后，他便如愿以偿地听到了想要听到的一切。

蒙浩环视周围静寂无声的数千兵马，显出一副极其恭敬的样子，揖礼传声道：“……属下前日才收到来谷待命的消息，却怎么也想不到尊使的兵马会如此神速。”

刑天抗冷哼一声，道：“今次兵进西岐，如果全靠扎扎实实的对战，恐怕根本没有机会取胜，双方实力均是半斤八两，所以唯有以快打慢，凭借奇兵突袭西岐，令姬昌老匹夫背腹受袭，才能掌握更大的胜算。”

耀阳心中感到纳闷，他着实想不透蒙浩与刑天抗之间的关系，“属下”与“尊使”究竟表示什么呢？蒙浩与玉璇显然是那位幻面人陆压的下属，而现在这位“尊使”偏又是刑天抗，难道玉璇她们是魔门刑天氏的族人？那么“拜火圣教”又是怎么回事？

耀阳很想就此向身旁的云雨妍请教一番，但此时的云雨妍半晌都没有说话，似乎也非常关注场上变化一般，耀阳以为她又在想一些关键性的问题，自是不便予以打扰。

蒙浩见到所有兵马都已尽数行进谷内，极有秩序地列成数个方队，一声不响地等待刑天抗的将令。他粗粗算了算，发现所有兵士仅只三千左右，不由略微愣了一愣，面上微露失望之色。

蒙浩支吾片刻，道：“属下有些不大明白，还请尊使赐教？”

刑天抗的目力何等锐利，早已将蒙浩的面部神情尽收眼底，不以为意地道：“你定是想问我，为何只带了如此少数的兵马，对吗？”

蒙浩赶忙诚惶诚恐地点点头。

耀阳虽然在心中对刑天抗极是仇视，但却仍对其人方才此举大是钦佩，暗忖：“身为一军将帅，起码也要有这等细察知微的能力，才能令人敬畏信服！”

刑天抗负手踱出几步，悠然南望道：“我料定西岐大部分兵力已经班师前往金鸡岭，此时城内兵力至多在万余人左右，而且俱是毫无防备之兵。只要再等上一日，另一批绕道金鸡岭而来的数千兵马一到，接着屯入邻近的‘卧蚕谷’。”

“属下好奇之极——”蒙浩继续一副虚心求教的模样，问道，“请教尊使又有何破城之计呢？”

“你真是多事。不过，告知你也无妨！”刑天抗有些不耐烦地挥了挥手，却又得意洋洋的道，“剩下来的事情就更加简单了。我先以一千兵士分作数批扮作商贾混入城内，然后连夜突袭，里应外合不费吹灰之力便取了西岐城。”

耀阳听到这里，不由被骇了一身冷汗出来，刑天抗此计果然高明，现在西岐虽然全面关注此次崇侯虎的西征大军，但却始终没有想到危险竟然已经从后而至。

他此时哪敢再作停留，传声给身旁的云雨妍道：“云姐姐，依我看，咱们现在还是赶快回去请教子牙先生为好！”

云雨妍竟似乎呆愣了片刻一般，迟疑半晌才出声道：“嗯……唔……你难道不管你的家眷妻妾了吗？”

耀阳极为不舍地向谷中高崖上忘了一眼，然后缓缓吁出一口气，目光中精芒闪现，回身说道：“他们还有利用到我的地方，所以暂时应该不会对她们怎么样。再则，现在当然是以大事为重！”

耀阳语气中的毅然，再次令云雨妍不由为之一怔，竟让她的心中再也无法将此时的耀阳与方才嬉皮笑脸的他联系在一起，直到感应出耀阳渐已行进身后的洞府，她才反应过来，随后跟了上去。

二人出了洞府，沿着山壁小径出了“落月谷”，各自收了隐遁之法，分别驾起风遁径直往蟠溪的“隐弈居”遁去。

“隐弈居”后院，溪水石亭内。

道袍顶冠的姜子牙端坐在石凳之上，直长的钓竿翘首亭外，数尺鱼线恰好垂于水面上，不深不浅的清澈溪水中依稀可见几尾鱼儿，绕着直挺挺的鱼钩四下游动，一切都显得如此静谧安逸。

姜子牙手持茶杯，正品茶自弈之际，心神骤然一动，回首看时，溪水中的鱼儿尽数窜动起来，刹那间都潜入深水当中，再也不复出现。

脚步声响起，正是匆忙赶来的耀阳与云雨妍。

姜子牙微微摇头，轻笑道：“原来是耀将军，难怪煞气这么重，就连这溪里悠然自得的鱼儿也被统统吓跑了！”

耀阳近前揖了一礼，迫不及待道：“先生，大事不好了！”

姜子牙抬眼见到素来冷静的云雨妍也花容肃然，不由鹤眉微皱，道：

“有事坐下来慢慢说，你们不是去了‘落月谷’吗，难道遇到什么麻烦了不成?”

云雨妍轻摇螓首，道：“先生，今次遇到大麻烦了！”

耀阳缓缓吐了一口气，道：“崇侯虎的征西大军还未到金鸡岭，刑天抗竟然已经带了三千兵马屯于‘落月谷’，伺机等待下一批兵马开赴过来，便要准备直袭西岐……”“哦? 刑天抗!”姜子牙禁不住也吃了一惊，右掌轻施玄法，释出元能便幻成一幅百川山河图。姜子牙眉头紧皱，端详良久后，左掌更是五指屈动不停。

耀阳倒是对眼前这一幅百川山河图生出极大的兴趣，也学着姜子牙仔细端详起来，禁不住问道：“先生，这一定是西岐的百川山河图吧?”前后左右的对照片刻，耀阳指着图中居中的一处城邑标志，喜道：“这肯定是西岐没错了！”

姜子牙看到耀阳所指之处，心中咯噔一下，难以置信地点点头道：“不错，耀将军如何识得此处便是西岐呢?”

耀阳不好意思地笑了笑，道：“小时候经常四处游历，有时候为了辨明路途，所以形成了每到一个新地方，便记住四周山形地貌的习惯。此次到西岐自然也不例外，刚刚对照附近的山川河流，才猜出这里应该就是西岐。”

想到当年他们两兄弟为了不做下奴，躲避追逃四处流浪的经历，耀阳不由自主笑了起来，只是再一念叨着现在还不知是生是死的小倚，他的笑容难免多出一丝酸涩。

姜子牙赞赏地点了点头，指着西岐北面的山形，说道：“此处应是‘落月谷’的位置，而照你们方才所说，刑天抗应该是领兵从此处……”说着，姜子牙再往东面移了寸尺距离，指了指另一处山形道，“……绕道金鸡岭而来，但这一路上多是穷山恶水之地，他能带兵来此的可能性恐怕不大。所以依我算来，对方这支奇兵理应是来自临近的鬼方诸国，他故意打出崇侯虎的征西旗号，为的应该是遮掩鬼方的卑劣行径。”

耀阳与云雨妍这才露出恍然大悟的表情，终于明白为何刑天抗能如此迅速且神不知鬼不觉地调来数千兵马，原来这都是鬼方国在暗中相助崇侯虎。

云雨妍不解地问道："雨妍有一事不明。请问先生，鬼方素来恃强傲物，从不将四方诸侯放在眼里，为何这次却会甘心听命于殷纣？而刑天抗身为魔门刑天氏少主，又怎会成为崇侯虎的先锋使呢？刑天氏何时都成了崇侯虎的麾下？"

姜子牙指了指山河图北面的广阔地形，道："鬼方乃蛮荒胡民之族，以其势大，令附近的犬戎与羌方都归附于它，而且素来不服中原礼仪教化，只因其族内万千族民都信奉一种从外域番邦传进来的'拜火圣教'，自然与我等中原习俗格格不入。不过，还好他们与中原从来都是秋毫无犯。却不知为了何种原因，这几年'拜火圣教'的教主几易其人，以至于被奸人所乘，把持了教中各大要职。自那以后，鬼方再非昔日鬼方！"

说到此处，姜子牙禁不住摇头一叹，续道："可惜没有人知道现今'拜火圣教'的掌教是何许人也，说不定也是妖魔二宗的奸邪小人。所以，他们为了某些利益而听命于殷商，就显得不足为奇了。"

耀阳看着山河图中离西岐距离还很远的鬼方地形，若有所思的忖道："难怪刑天抗那小子一次只能调集数千兵马，一来是因为离得太远，山川水路跋涉艰难；二来更是为了更好地隐蔽行迹。"

"至于刑天氏——"姜子牙起身踱出几步，负手立于石亭一侧，遥望远空无垠，犹豫再三，才缓缓说道，"刑天氏乃是魔门中最为神秘莫测的一族，这数千年来他们虽然势力单薄，族运不畅。但其他几族却从不敢小窥他们，只因为他们背负着整个魔门一个最大的秘密……"

面对身前矗立如山的黑衣老者，倚弦急步停下，几乎就势将紫菱和土行孙摔了出去。

黑衣人阴阴冷冷地笑道："看你小子表面一副老老实实的模样，没想到也是这么滑头，居然懂得投机取巧，但是依你现在这等微末的修为，根本不可能逃出我的手掌心。老夫最后再问你一句，从今往后肯否为老夫忠心办事?”

想不到黑衣老者竟能无声无息地赶到他们的前面，倚弦知道这次再想轻易逃开恐怕不容易了，他挡在土行孙与紫菱公主的身前，在背后暗中向土行孙打了个手势，土行孙愣了片刻，还是明白过来。

倚弦沉声问黑衣人道：“阁下魔功通天，我根本是望尘莫及，只是我还是不清楚，依你的能力而言，为何一定要我投靠于你?”

黑衣老者答道：“老夫看中你，是因为知道凭你的资质在将来必有大成，所以对老夫而言，如果不能将你收为己用，就必须要彻底根除，以防后患。就这么简单!”

语罢，黑衣老者的阴寒眼神紧紧盯着倚弦，眸中杀机极盛，话中含义很明显是在威胁，蓄势待发的无上魔功更预示着如果倚弦不答应，他势必立即出手，以雷霆之势将倚弦三人搏杀于此。

对于黑衣老者的能力，试过滋味的倚弦绝对不会对黑衣老者的威胁有所怀疑，而现在的他却只能尽量拖延时间，当下思绪有如电转，缓缓道：“阁下的话虽然说得动听，但我又怎么知道，你不是跟神玄妖魔四宗一样，是为了谋取归元异能与龙刃诛神而假意招降呢?”

黑衣老者仰天大笑道：“放眼当今三界，只要再渡一个劫数，以老夫现在的修为而言，又有谁会是我的敌手? 哪还会贪图这些小孩子玩家家的东西，只有像你等这些修为不济之辈才想着用什么奇珍异宝来补后天修为之不足。再则说来，如果真正有心谋取外物的话，何必如此麻烦，直接将你轰个灵元俱灭不就结了，哪用大费周章?”

这一席话说得倒还算是实情。

倚弦沉思良久，面色凝重道：“我还有最后一个问题需要请教你!”

黑衣老者看着倚弦如此沉重的神色，道：“还有什么事?”

“那便是……”倚弦猛地喝道：“再受我一剑试试!”

烈光爆裂，彩芒激射，倚弦拼着朱雀灵力的加倍损耗，以归元异能和冰晶火魄催动龙刃诛神，施展出比以往更强数倍的“寒星变”，龙腾一剑飞一般斩出，无数道冰寒刺骨的锋利刃风形成狂烈的超级飓风，铺天盖地向黑衣人席卷而去，十数株巨树竟被剑势飓风连根拔起，齐齐向黑衣老者砸去，更是平添十分声势。

剑势斩落，倚弦终还是抵受不住体内强势压力对经脉的瞬间宣泄，“噗嗤”一口鲜血直喷出口，借力道回落的反震，他扯开身形拉起土行孙与紫菱公主，按照先前与土行孙打出的行动暗号，身形一闪即逝。

黑衣老者本来心下早有准备，只是刚才被倚弦郑重其事的神情所骗，不由自主有所松懈，却不料就在这时被倚弦摆了他一道。面对如此气势滔天的一击，黑衣人竟先是怔了一下，这才及时反应过来，顿时觉得急怒攻心，顾不得压制旧伤，双手连袖全力挥出，劈出两道强烈的巨型黑芒魔能，尽管在瞬间就将飓风一扫而光，但此时面前的三人再次消失。

接二连三地被一个小辈耍来耍去，黑衣人再好的脾气也受不了，差点连肺都气炸，登时须发尽张，体内魔能前所未有地回旋激荡，已然感应到倚弦三人的位置，身形飞遁，火速赶去，完全不隐藏魔能散发，他心中已经打定主意。定要一举将这个祸根击个元神俱灭。

第六十九章　鱼形符印

倚弦这次改变策略，早已示意土行孙准备“土遁”逃脱，而他在施出最后一剑迷惑黑衣老者后，三人便立即钻入地下急遁逃窜。对于“土遁”土行孙当然是再熟练不过了，与他平时在地面上的畏缩来比，此时意气风发的模样，令人不由得刮目相看。

甫一遁至地下，土行孙就遵照倚弦的吩咐，带着倚弦“绝龙壁”结界护卫的一行人，像是地鼠一般没有任何规律地到处乱窜，为的便是让黑衣老者摸不到头脑。倚弦也正好趁这段难得的时间，专心想办法解除那该死的意念烙印，否则他们迟早逃不出黑衣老者的掌心。

还好倚弦刚才已经想到“意念烙印”的要点，现在再继续细想下去，显然容易多了，他长长吁出一口气，默运归元异能在体内循经倒脉细细查找。果然功夫不负有心人，他终于在自身冰晶火魄所铸就的经脉上感应到一线异常，一直延伸到印堂处，那是一缕几乎微不可见的黑暗魔能。

如果不是神奥异常的归元异能，以及本体冰晶火魄的体质，倚弦决不可能这么快就会发现结果。但接下来就麻烦了。倚弦曾经遍阅魔道典籍，怎会不知印堂部位本是身体三魂七魄出入之所，如果使用元能硬生生将这一线魔能驱散，一不小心就可能将本神灵识损伤。

由此可见，黑衣老者的这一手“意念烙印”可谓阴毒之极。

倚弦先是缓缓以归元异能轻缓驱赶魔能，哪知连试几次都无法成功，或是太轻动不了魔能，或是施功太重引起印堂微疼，灵识混淆，一点也容不得疏忽。如果换作是耀阳，怕是早已没有耐心气得直跳脚不可，但倚弦却没有失去耐心，而是强行以体内残留的朱雀灵力来试，尽管效果相差不大，但朱雀灵力的强悍，恰恰在魂灵魄体上表现出来，堪堪压制住了魔能，却不能将其彻底拔除。

不过，土行孙已经没有多少耐心和耐力了，气喘吁吁地道："你好了没有，我快后力不继了……"刚说完，地面上循迹追来的黑衣老者已经将一个个充满爆炸力的黑色魔能疯狂砸落入地。

"你别打扰他，很危……"紫菱还在说着，地层已经爆裂开来，幸好有厚实的大地做掩护，迟了一步后再波及到他们，威力自然也小了许多。土行孙急得到处乱躲，更是忙得气都难以喘上一口，更别说回嘴了，只能在心中问候黑衣老者的祖宗，当然难免也对倚弦有些埋怨。

倚弦屡屡尝试皆是以失败而告终，继续以最初强硬的方法化解魔能，也因为归元异能驱散魔能之前必会伤及灵神而作罢，不由叹了一口气，忖道："到底如何才能将这魔能驱走？"

倚弦心中默思往日所学，从《玄法要诀》、《阴阳法要》、"圣元本草经"到"轩辕图录"，最后猛然想起方才在黑衣老者魔能挣扎下的领悟，心中隐有所觉，"如果以轩辕图录来解……"

然而"轩辕图录"表面上看来是何等简单的物事，岂是说运用便可以完全运用到的。

倚弦只能换个角度来想，观望着四周擦肩而过的土层，听着耳边土行孙的唠叨，他屏息静气，将一切扰乱思绪的干扰尽数排出脑海之外，思感中蓦地想到一幅画面，那是九幅"轩辕图录"中的第七幅——以混元一气为中心，五行周天融会合一，合久又分，再从中多化生出一道气极，并五行气机而成六合之势，广至虚空上下左右前后等六方范围……

倚弦脑海中接连浮现出剩余的那些图录画面，思感神识愈来愈清晰的感觉出解决方法就在其中。此时，一团魔能恰巧从身旁擦过，强悍的震撼余波波及到"绝龙壁"结界，三人同时感到庞大的压力依附在结界之上，身形禁不住同时一震。

倚弦脑中灵光闪过，淡然的笑容挂在了嘴角上。

他立即运起朱雀灵力将那一线魔能团团包围起来，缓缓将灵力渗透入魔能之内，因为魔能占据的是灵体神识的门户所在，而朱雀灵力早已溶于倚弦本体经脉，自然不会受到魔能的排斥，在不带丝毫强迫性的融入之后，倚弦心中大喜，知道第一步已经成功了。

倚弦小心翼翼地继续将归元异能纳入印堂左右，丝毫没有去理会那一线魔能的存在，而是径直跻入本体的朱雀灵力之内，冰晶火魄全力护卫着一线灵脉，以防有意外发生。待到万事俱备，倚弦按照刚刚领悟的元能运行之法，将元能、异能、冰晶、火魄按照“轩辕图录”所示的特定轨迹运行而动。

稍顷过后，四象之能在印台周围形成一圈元能场，再慢慢将灵力纳入其中，合并成五行归一之势，连环转旋周天完毕，倚弦思感一念骤生，立即将魔能也纳入整个五行灵元当中，不到片刻工夫，循环交替的六股不同灵元终于达至“中元坤离，五行蕴空，天地人合，方为六合”的境界。

魔能完全被融解在五行灵元之中，再也无分彼此。

大功告成！

此时此刻，土行孙与紫菱公主无不感到身旁的倚弦发出强大念力，却在回首看时，都不由惊呆了，只见此时的倚弦须发无风飞扬，神态举止焕发出无比英姿，尤其是双眉中心的印堂处现出一道半鱼形的青芒符印，绽射无比耀眼的傲然神芒，令人不由自主生出崇敬之心。

倚弦欣喜难当，赶忙顿住身形，趁着五行灵元的效力，先将身中“意念烙印”的事情一一说明，然后以同样的方法将紫菱和土行孙身上有可能的魔能统统拔除掉了。三人躲开由地面快速袭来的爆炸式魔能，土行孙好不容易喘了口气，筋疲力尽地对倚弦无奈道：“我已经不行了！”

倚弦点头表示知道，坚毅地道：“看来咱们要搏一把！”

黑衣老者自恃身份，哪会也跟着三人鼠窜入地，只是在地面上狂追猛打，务必想将几人逼出地面，又或者直接将他们击毙在地下，庞大的魔能已然将方圆十里内的山林都一一尽毁。

然而，仅在片刻过后，他感到植种在三人身上的“魂灵引”突然烟消云散，失去了感应，不由心神大震。就在他感到震惊之时，大地上猛地爆起滔天土尘，无数道冰寒的龙刃剑气破土而出，从四面八方向他立身之处疯狂击来。

与此同时，三道人影倏地从地底疾遁而出，黑衣老者浑身魔能遍布，轻松挡住剑气袭击，加速追去。

而在黑衣老者刚追出去不久，地底下寂然不动的倚弦三人却连连掠出地面，倚弦全力使出“风遁”，带着耗尽元能的土行孙、紫菱公主朝着黑衣老者追击的不同方向逃遁。

土行孙边喘气边笑道：“这个头脑简单的老不死，想不到这么容易就上当了。”

倚弦为了维持风遁的最大速度顾不得说话，倒是紫菱道：“你不懂就不要乱说，那老家伙只是失去‘魂灵引’的指引，一时被愤怒冲昏了头脑，下次恐怕就没那么容易骗倒他了。”她外公“龙神”应龙也敌不过这名黑衣老者，如果对方真像土行孙所说的这么白痴，那岂不是显得应龙更无能，所以她自然会有所申辩。

土行孙从来糊涂，哪里想到这些关节，显然是对紫菱竟为敌人说话而惊异，不过心中担心黑衣老者回头追近，顿时让他失去了斗嘴的兴趣，却是不停地催促起倚弦来。

倚弦非常清楚三人现在的处境，既然已经解除了意念烙印，他们当然不会跟黑衣老者拼速度，所以一路带着紫菱和土行孙窜入莽莽深山之中，靠着林中的黑暗和连片高大树木的遮挡，加上此时他对身际各种灵能的掌握能力，他已经有把握摆脱黑衣老者的追踪。

倚弦三人尽量隐藏气息元能，速度虽然慢了，但失去“魂灵引”感应的黑衣老者反而一时间难以尾随，只能尽其所能四处狂搜，只要听到略有动静就以惊人魔能猛击，只是山林猛兽惨遭其毒手破坏，到处狼藉一片。

三人一路急逃，直奔出数百多里地，才敢停下身形来。

紫菱偎在倚弦身边，满眼崇敬的神色，拉着他的手兴奋道：“咱们终于逃走了，没想到你还真厉害！哇，糟了，人家衣服全被刮坏了，你要陪人家去买衣服。不然……不然人家就让外公……”说到这里，她偷偷看了倚弦一眼，想起方才他与黑衣老者战斗时的模样，再又想起当日在轮回集中为了幽云苦战应龙与幻面人两大绝世高手的情景，尤其眉目间的傲然英气，像极了东海海面上见过的祖姑夫，不由下意识地又觉得，他不太可能败给自己外公，于是原本想借外公去压他的话说到一半便不说了，只是不依不饶地说道：“……不管了，反正就是要你去买……”

倚弦叹了一口气，想到应龙曾经拜托自己的事情，点了点头，问道：“其实，你外公的修为虽然比这位老者稍差一筹，但绝不会输的毫无还手之力才是，再说此人还有一些旧伤未愈，怎么会……”

紫菱不听还好，一听之下当即脸色一变，眼圈闷然红了起来，泪水顺着脸颊流了下来，哭诉道：“外公陪我去救我娘……谁知会碰到那个老不死的……而且……而且他是为了我才会被那个老不死的要挟的……现在仍然被困在无量山上……”

“无量山?”倚弦虽然很想问清楚到底发生了什么事情，但想到当时应龙说过，这是他的家务事，所以只能忍住详细询问的念头，问出另一个心中疑惑难解的问题，“那你知不知道，又或是你外公有没有提到，这位老者究竟是什么人呢?”

紫菱迷茫地摇了摇头，道：“我自然是不认识的，至于外公开始也不认识，只是后来等到因为我受制于他之后，外公在答应帮他做三件事情之后，也问了同样的问题。”

“哦!”听到这个关键时候，倚弦心中一震，继续等待紫菱口中说出答案。

紫菱回思片刻，不解地摇头道：“那老不死的真面目让外公看了，外公显然是认识他的，只是外公好像根本不相信什么似的，只是很震惊地说什么，原来你这个老不死的还没死……那个老不死的后来大声笑了起来，再后来我就不知道了。”

倚弦心中更觉得迷茫了，他无法想象到谁人可以知道他的身份，甚至对自身体内的归元异能如此熟悉，再加上他对这位老者下意识的熟悉程度，都让他感到百思不得其解。

倚弦安慰地轻轻拍了拍紫菱的小肩膀，回过头正看到此时茫然望向远方的土行孙，从他少有的面部表情上看出他的心情也已糟糕透顶，便转身走到满脸凄切的土行孙身边，道："老土，唉……"

他本想好好安慰他几句，哪知张口之后却没了下文，心下暗自责怪自己为什么没有耀阳那般好的口才。

土行孙听到他的声音，终于从悲凄的回思中醒过神来，轰然跪倒在地，仰首呆呆望着他，问道："我是不是很没用？我连自己的族人也保护不了……"

话还未到尽头，土行孙再也说不出什么，屈辱的泪水已经潸然而下。

倚弦在轮回集再见土行孙，原本是为报答土壑老爷子与素柔的两次恩情，哪知这段时间与土行孙同甘共苦、生死与共地相处下来，着实已经把他当作了自己兄弟。此时见他忍着心中悲痛，无声落泪，心中百般滋味起伏跌宕，好不难受，苦苦压制的伤势，更在瞬间爆发，只觉体内如冰天雪地，酷寒难耐，又如烈火焚身，痛苦难当，"噗……"的喷出一口鲜血，轰然倒地。

"什么秘密？"耀阳一早就知道刑天抗是崇侯虎的爪牙，原本并没有多大兴趣听下去，但听到所谓的秘密，眼前不由一亮，好奇心大起。

云雨妍略有所思，道："先生是指关于刑天族地的传说？"

"正是！"姜子牙点点头，道，"虽然就连他们本族也不清楚其中的奥妙所在，但却同样企图向他们老祖宗魔帝刑天氏学习，始终想着利用人间祸事扰乱并打破天地三界的平衡，然后从中渔利。"

姜子牙言语间一顿，语气一转道："算了，关于神魔两宗之间的恩恩怨怨，纵横数千年，实在是数之不清，说之不尽……所以，我们还是来讨论一下，如何应付落月谷这支奇兵才是正题！"

"先生所言正是！"耀阳与云雨妍同时应声答道。

姜子牙双目神光流转，炯炯注视身前的耀阳，出言问道："不知耀将军有何良策破敌呢?”

“我?”耀阳一怔，他想不到姜子牙竟会首先问自己，一时间忘了该如何回答，支吾了半晌，才红着脸道，“先生，我虽然识得一些大字，但却从未学过兵法智谋之类，所以实在不知该怎样去应付，还请先生授以良策才是!”

姜子牙肃容道：“谦逊君子固然是难得，但大丈夫顶天立地处身立世，岂能因此放过任何建功立业的机会，否则人生一世、草木一春，待到白头终老之时，岂不负了男子汉一世英名。”

耀阳闻言顿觉羞愧难当，但同时也因此心神一震，潜藏在心中的豪壮胸怀更是一涌而起，双目精芒绽现，躬身答道：“谢过先生指点!”

云雨妍感应到耀阳身际所发出的独特男子气息，尤其是双目之间闪烁出的动人神采，令她的芳心不由自主为之一震，竟前所未有的犹如小鹿乱撞一般怦怦跃动，一张俏脸飞起红霞，比之平时更显妩媚可人，娇艳欲滴，然后不自觉地低下头来。

耀阳哪里注意到身边美娇娘的细微变化，他此时完全被姜子牙的一席话所带动，满脑子都沉浸在如何应付刑天抗“落月谷”奇兵的对策之上，半晌过后，说道：“小子以为，此时刑天抗正是初来乍到，行军这么远的路程，一定已经很累了，只要我们可以争取时间，连夜用大他数倍的兵力封住‘落月谷’两边出入口……到时候，就算只是三军一起吆喝起来，也要让他吓破狗胆。”

云雨妍从耀阳的语气中听出他对刑天抗的不满与怒愤，虽然不明白是何原因所致，但仍然被他最后脱口而出的“狗胆”二字逗得莞尔一笑。

“嗯……”姜子牙看着他心神专注的思忖分析的模样，微微点头赞赏，忖道：“孺子可教!”却唯独对他所说的方法不予置评，只是从宽大的袖袍中取出一卷典籍，缓缓递给耀阳，道，“你对行军对战的兵法还知之甚少，这一卷都是关于这方面谋略的典籍，你就拿去看看吧，多少都会有些帮助!”

耀阳难以置信地看了看姜子牙，连忙迫不及待地接过那卷典籍，仔细一看，只见卷籍封简之上刻着四个小字，名曰——

《龙虎六韬》。

耀阳周身一震，当即跪了下来，他自从在冀州见过苏护校场点兵之后，心中对那些行军领兵之法早已仰慕至深，但是却始终无法得偿所愿。此时手中确确实实地拿到朝思暮想的兵书卷籍，掩饰不住的兴奋神情令他说话都有些结巴起来："先生传授我此等兵书谋略，小子真不知该如何报答先生才好……"

姜子牙挥手打断耀阳的话，再一把扶起耀阳，道："耀将军此言差矣，姜尚此生精修法道兵法，为的便是造福天地万灵，如今一具残身仍悠然朝野之外，若是再如此下去，岂不空负了一生所学。而耀将军正值青春年少，且已经身居虎贲将军一职，若是能在兵法上有所成就，相助贤主涤荡诸侯、伐纣灭商，定然前途无可限量。"

云雨妍在旁看得真切，道："先生一身所学涵盖古今冠绝三界，今日将兵法授予将军，如此用心良苦，希望耀将军千万不要负了先生的一番心意。"

耀阳心存感激的深深揖了一礼，恭敬说道："先生请放心，小子不敢有负先生嘱托，当然会竭尽所能相助贤主伐纣灭商，以一身所学造福天地万灵！"然后又再诚恳地说道，"其实，上次小子已经说过了，伯侯正在四处寻找像先生这般的隐世高人，先生干脆一起出山相助……"

姜子牙轻轻一笑，随即打断耀阳的话，道："耀将军有所不知，现在只是时候未到罢了。一旦时机成熟以后，老夫自然会出山相助西岐。"

耀阳知道像是这样的高人，从来都是如此高深莫测，于是点点头不再相求。

姜子牙先是嘱咐他一些进宫面见姬昌的说词，然后郑重其事地说道："你照老夫所说去做便是，只是千万记住，此次发现敌情的功劳固然难得，但平定之功却更是重要。你虽然有相救伯侯的功绩在先，但身为一朝之将，没有军功将始终没有地位可言。所以，你必须争取到此次出征的兵权，而且所带兵马不能太多，然后赢得这场狭路相逢的对战，日后方能有机会建功立业，成就丰功伟绩!”

耀阳面色凝重地点点头，又再不放心地问道：“先生还是没有答我，如果是我领兵出征，面对‘落月谷’的数千兵马，以我方才所说的策略，不知可否胜出?”

姜子牙极是悠然的一笑，转身拔出一直横置在石亭一角的钓竿，扬长鱼线将直钩投掷更远，然后摆出一副稳坐钓鱼台的模样，头也不回地反问道：“难道将军现在对自己还没有信心吗?”

云雨妍此时也向耀阳望去，俏脸微翘，黛眉轻蹙，饶有兴致地静待他的回答。

耀阳手中捧着那卷《龙虎六韬》，闻听姜子牙此言一出，虎躯不由一震，由心而发的无比振奋之情顿时溢于言表，禁不住大声朗笑起来，抱拳再行揖礼，道：“小子谢过先生指点!”

笑声未尽，耀阳身形一展，五行玄能在归元异能的牵引下合五为一，化作源源不断的元能施展开来，风遁之法顺势而生，却在身形腾空掠出之际，刹那时酝酿而出的隐遁同时将他的身形幻成一道淡影，随即消逝在半空之中。

他终于将“风遁”与“隐遁”合二为一地紧密融合在一起了。

云雨妍痴痴地望着耀阳逝去的身影，耳际似乎又再回响起方才的朗朗笑声，呆立了半响，禁不住喃喃道：“他究竟是一个……什么样的人呢?”

姜子牙回过身来，同样可以在他的双目中看出惊异万分的神色，道：“老夫平生阅人无数，却从未见过像他这般天赋异禀的少年，不但一身浩瀚元能已臻达尚未可知的境地，而且玄法修为也是一日千里，不可同日而语。更让人想不通的是，他明明非是姬氏皇室宗亲，却偏偏似有一股真龙霸者之气一般，让人不由自主生出敬畏信服之心。”

云雨妍疑惑地问道：“既然如此，那先生为何又将《六韬》传授给他?”

姜子牙苦笑道：“没办法，这也是被形势所逼的应急之策。现在的西岐城，除了他尚可值得我们信任之外，已经再没有其他人了。”

云雨妍点点头又摇摇头，心中明明想要说些什么，但话到嘴边却又咽了下去，她怔怔的自忖道：“我究竟是怎么了？面对如此一个普通的三界男子，为何会如此心动神驰，难道……难道是我……不可能，这怎么可能呢？”

姜子牙倒是没有注意到云雨妍的面部神情变化，只是满怀心事地叹了一口气，道：“如今的西岐满城风雨，已是多事之秋。任何变化恐怕都会超出意料之外，而我们受困于无法把握整体局势，以至于面对事态发展偏又只能静观其变。所以，这是我们最大的弱点所在！”

言语一顿，姜子牙再又发出无可奈何的一声长叹，道：“而他，就是我们现时唯一可以用来掌控大局的——筹码！”

耀阳赶回到西岐城宫中，便急匆匆直接去见姬昌。

姬昌此时正在“文成殿”跟太姜商讨国事，一听耀阳晋见，立时宣了耀阳进殿。

耀阳没想到这个神秘莫测的圣祖母太姜也在，当下硬着头皮进殿，分别向殿上二人行了参拜大礼。

姬昌笑问道：“耀将军，你陪公主游城完了吗？公主现在的兴致如何？”

耀阳原本以为玉璇公主已经回宫，他难免会被姬昌斥责一通，此时闻听姬昌问起，自然是无言应对，当即将街上遇事离开的前因后果细细说了一遍，最后为防圣祖母太姜对他有所责问，耀阳不忘直入主题，郑重其事地道：“禀告侯爷，今次麻烦大了！”

姬昌听他说完，心中正忧心鬼方公主的情绪，忽然再听到这话，不由丈二金刚摸不到头脑，开解耀阳道：“没什么的，玉璇公主岂是寻常女流之辈，对于这事自然不会放在心上，会有什么麻烦呢？”

太姜显然看出事情没有这么简单，当即沉声问道：“耀将军有话直说！”

“遵圣祖母旨意！”耀阳连忙恭敬地对着太姜揖了一礼，道，“微臣今日追循那个肆意找事的恶贼，原本已经将其拿住，只是对方为了保命，说是愿意用一个机密军情交换自家性命。”

看着殿上的姬昌与太姜同时皱起眉头，耀阳知道目的已经达到，不但因此为白日的武吉脱了罪，而且还能神不知鬼不觉的将事情说了出来，欣然继续道："微臣当然不会相信他的鬼话，试问平常一个市井无赖，怎么会知道什么机密军情呢？当时我就要动手惩戒他，哪知他立即跪了下来，说自己本是郊外的樵夫，家有七十岁老母，下有三岁大的孩子，只是因为今日卖了柴在市集看热闹才闯出祸事，而且的确有军情想要告知君侯，只是不得其门而入……"

姬昌早已等得不耐烦，忙挥手喊停道："耀将军，能否挑些紧要的事情来说，到底是什么机密军情？"

"遵命！"耀阳连忙应声答道，"他说在西岐城北百里左右的'落月谷'为他娘采药的时候，发现了大批兵士的踪迹，而且那些兵士停马息鞍，将马嘴与蹄足全都以布裹绳系，显然不怀好意，更奇怪的是，那些兵马全都打着'崇侯'、'征西'等等旗号！"

"什么？"姬昌与太姜同时惊呼出声，问道，"此话当真？"

耀阳肃容答道："为此，微臣哪敢稍有怠慢，当即前往'落月谷'查探，发现其人所说的一字不假，崇侯虎的这一路奇兵确实已经潜伏在谷中，耀阳不敢打草惊蛇，特此回来禀告侯爷。如果在我军跟崇侯虎前方作战的紧要关头，'落月谷'的奇兵在后面对西岐有所动作，后果很难想象！"

姬昌的脸色顿时刷白，沉思片刻，兴奋地拍了拍耀阳的肩膀，高兴道："耀将军这次又立了大功，幸好及时发现，否则后果真是不堪设想。崇侯虎这一招以奇兵配合前方兵马围攻西岐的想法倒是不错，可惜被你误打误撞揭穿诡计。这是天助我西岐躲过一劫。耀阳，你真是本侯和西岐的福星啊！"

想到还有太姜在旁，耀阳不敢太放肆，只是谦虚道："这是天助侯爷，只是借耀阳之手罢了，根本算不上功劳。不如就让耀阳带了几千兵马打他个措手不及，将这帮宵小生擒活捉回来，壮壮我西岐的威风如何，所以还请侯爷恩准！"

姬昌此时兴起，想到对方不过区区几千兵马，正要应允之际，却被身旁的太姜挥手打消了念头，只听一双凤目炯炯的太姜沉声道："老身虽然不应干预朝政，但还是想说句话！”

姬昌怎会忤逆太姜的意思，问道：“不知母亲对此事有何意见？”

太姜略作沉吟道：“虽然这件事交给耀将军去做，老身也放心得多。但是……昌儿，咱们自家的那些孩儿也该是时候历练历练了，既然上次会试没能选出一个文武双全的合适人选，这次倒是难得的好机会。不如试试他们的带兵能力也好，就在他们当中选个优秀的吧！”

“母亲说得甚是！”姬昌连连答应，沉思片刻道，“从会试第一场中可以看出，那些孩子当中怕是只有姬旦、姬发和伯邑考有点出息，其他的……唉……”

太姜点点头，缓缓道：“那就从他们三个当中挑一个吧。”

姬昌迟疑片刻，回头问耀阳道：“耀将军认为他们之中，谁比较合适呢？”

“这……”耀阳听完太姜一席话，差点没当场气毙，想到自己还帮他姬家保龙脉，心中顿时大觉不平，正不停在暗中向太姜老太婆打招呼，却忽然听到姬昌如此一问，不由也陷入深思之中。

甫一想到姬发与姬旦那种深不可测的人物，他头皮一麻，知道如果让他们去不知会有什么后果，而他只对伯邑考的底细比较清楚，于是故作深沉状，说道：“耀阳认为公子伯邑考是个不错的人选，侯爷不妨考虑考虑！”

姬昌对曾经舍命来朝歌救他的伯邑考自然是最贴心的，闻言便点头道：“邑考敢于单身匹马前去朝歌救我，自是有勇有谋之才。嗯，说到让伯邑考带兵，本侯放心，但不知母亲意下如何？”

太姜大有深意地看了耀阳一眼，眼光突然变得锐利异常，但马上又柔和下来，道：“既然你认为可以，就让他去试试吧。”

姬昌二话不说便立即传了伯邑考进宫。

过不多久，伯邑考忐忑不安地上了大殿，看了殿下的耀阳一眼，向姬昌及太姜躬身跪礼道：“孩儿伯邑考见过父王和祖母，不知父亲召见孩儿有何吩咐？”

姬昌眼中满是欣赏之色地望着殿下的伯邑考，肃然道："这次父王有个非常重要的任务要交与你去完成，你有信心吗?"

伯邑考大喜，连忙道："孩儿一定不负父亲所望，请父亲下命吩咐便是。"

姬昌欣然大笑，将耀阳所说的事情经过一一复述一遍，然后威声道："伯邑考、耀阳听令!"

"在!"两人同时肃然应声答道。

姬昌从文柜中取出虎符兵令，道："今次以伯邑考为主将，耀阳为副将，即刻点齐五千兵马，前往'落月谷'剿灭贼军！此战务必成功，不得有误!"

"是!"

看着伯邑考上前接住符令，耀阳心中蓦然多出一股说不出的失落。

伯邑考兴高采烈地行出殿，不忘询问耀阳道："你说那'落月谷'有多少崇侯虎的兵马?"

耀阳看他高兴异常的样子，心中正在难受，当即随口道："应该不多吧，我们五千人马只要杀他们一个措手不及，定然可以全胜而回，再说，那谷内只有前后两个出口，就算是围困他们最后也必然会投降，肯定没什么问题的。"

"这样啊……"伯邑考放下心中的大石，笑道，"咱们占尽天时地利人和，怎么算也不可能会输的，这一场战未免太简单了吧。这次我一定要将他们全数剿灭，一个也不放过。"

看到伯邑考好大喜功的模样，耀阳心中略微有了底，试探道："这事要不要告诉娘娘?"

伯邑考也正在为这个问题烦恼，喃喃自语道："这点小事，不必去麻烦娘娘吧，免得又被她骂……"满口的怨言说到嘴边，还是没有说出口来。

耀阳本来就不希望让九尾狐一同去，立即怂恿道："说的也是，如果每件事都要去求娘娘帮忙，那我们岂不是跟她每天骂的一样，变得一点用也没有了?”

伯邑考点头道:“说的不错，这点事就不必麻烦娘娘了，哈，就看我兔……不……伯邑考的能耐了。”

“真蠢材!”耀阳心中骂着，不过表面上还是笑道，“那我们就快去校场吧!”

两人当即到了宫前校场，伯邑考兴奋不已，装模作样地点了五千兵马，然后与耀阳带兵浩浩荡荡地向“落月谷”行去。

迷懵间，倚弦似乎感觉到一个温暖的所在，将他紧紧环护起来，一道不甚清晰的娇柔声音，隐隐约约带着哭腔，传进他耳际:“你怎么啦……你快醒来，人家不要你买衣服，也不发脾气了……你快醒过来啊……”

这其中更夹杂着土行孙焦急地呼喊声，随即一切都逝去，倚弦又陷入深沉的昏迷之中。

当倚弦再次醒来，已是两日后的黄昏之时，落日余晖穿透屋顶的茅草空隙，洒落在屋中。倚弦翻身从茅草堆上跳起，全身肌肉随之涌起一股剧痛，让他回想起昏迷之前的事情。黑衣老者强悍犀利的魔能攻击，无处不在的压迫气势，都给了他深刻的惊悸。

他轻轻摇了摇还在涨痛的脑袋，苦笑自忖道:“自从冰火轮回狱出来，我还从未受过这么重的伤。看来一定是紫菱那丫头跟老土一起把我弄到这里来的，还真难为他们了……”

想到这里，他打量了一下现在的置身之地，这是一间靠在山顶崖边的茅草小屋，看得出应该是一般猎户上山觅猎的暂时居所，门板已烂掉几块。泥墙上的两个小窗户，堵满破席乱草。门板已烂掉几块。泥墙上的两个小窗户，堵满破席乱草。由于样子太过陈旧，就像个驼背的衰弱老人，随时都有倒塌的危险。

“吱呀……”

不具门形的木门被一双纤纤小手推开。

云鬓散乱、裙衫褴褛的紫菱举着一个精瓷陶盅走了进来，眉目间尽是疲惫担忧之色，看来这两日间，贵为神宗龙族小公主的她，着实也吃了不少苦头。

她看到倚弦醒来，手中陶盅“啪”的掉在地上，汤汁飞洒，溅满她的裙摆，发出一声极度委屈又高兴非常的呜咽声，就在倚弦未曾反应过来之前，就已扑进他怀中，然后“哇……”地一声哭了出来。

玉人在怀，倚弦尴尬地木立当地，冰雕一般不敢再有丝毫动作。他这不算短暂的二十多年里，除去那某个美丽的夜晚，与幽云并不缠绵的有过一次亲密接触以外，他还未曾试过与任何一个娇滴滴的美人如此亲密，一时间，他连手脚都不知该放在何处了。

好半晌，倚弦见到紫菱仍在哭泣，犹豫再三之下，终于将手安慰地放在了她柔顺白腻的颈背上，登时间，一种光滑软腻的触觉，隔着薄薄衣衫，沿着手臂传到他心中。

哪知紫菱在得到倚弦手掌温暖的“鼓励”之后，非但没有停止哭泣，反而“水势”愈加猛烈，更牢牢抱住倚弦，将她业已发育完全的玲珑玉体，紧紧贴在倚弦身上。

面对这要命的温柔，倚弦心中不由大呼后悔，但紫菱娇躯散发出的处子幽香，却让他不自主地想起，那夜玉人在怀，轻语呢喃，低声呜咽……紫菱就这样在他怀中哭泣半晌，才渐渐风雨平息，却依旧赖着不肯起来，瞪着一双水汪汪的大眼睛，痴痴地盯着正在走神的倚弦。

倚弦被她灼热的目光惊醒，发现她已停止抽泣，慌忙将她推开，又怕她纠缠，连忙慌不择口地问道：“公主，不知我兄弟土行孙现在何处……”

看着倚弦做贼一样的慌张神情，紫菱少有的俏脸一红，细声道：“你先休息一下，我去叫他。”说罢转身便跑了出去。

倚弦摇头苦笑一番，就地盘坐在一床茅草之上，将体内异能缓运而起，他要尽快使伤势复原，而且还有几个问题他要仔细考虑一下……大约等了半炷香左右的时间，倚弦无比清明的思感神识之中，反映出土行孙与紫菱两人体脉法能的节奏，他心有所觉地睁开双目，缓缓立起身来。

不多时，紫菱与土行孙两人相继走进门来，却都杵在门口没有说话，也没有动弹。

倚弦直视着土行孙双眼，发现了其中的愤怒与悲痛，迷惘与疑惑，叹息了一声，回想起方才静思后的结果，道："你终于想到族地为何会被祝融氏侵占了吧？"

土行孙的双眉不住跳动，双拳紧攥，猛地蹿到倚弦面前，声音嘶哑地吼道："怎么会这样，我们有炎氏的族人怎么会出现这样的人呢？"

倚弦暗叹道："你想一下，你族族地所处之地是何其隐蔽，尤其是防御阵势又何其牢固，只有像黑衣老者那般的绝世高手才有可能随意出入，而那些祝融氏的杂碎小卒又怎么可能想进便进、想出便出呢？再则如无叛徒作祟，你一族族人怎会毫无反抗便被尽数生擒？"

土行孙怔怔呆在那里，双唇不住颤抖，不知喃喃念叨什么，眼中神光竟刹那间涣散不堪。

倚弦扶着他的肩膀，沉声道："老土，现在并不是责备自己的时候，你还有亲人等着你去解救，有炎氏族人的血仇还未曾讨回，你一定要振作起来！"说罢，倚弦催起元能，借助一声暴喝，将其悉数射入土行孙体内。

当头棒喝，醍醐灌顶的清凉法能终将土行孙的散乱神识收聚起来，他浑浊散乱的眼眸终于逐渐清澈，透露出坚定的光芒，道："对，不管那个叛徒是谁，也不管他藏身何地，我土行孙一定会将他找出来，割肉噬血，千刀万剐！"

第七十章　奇法解困

一直默默站在旁边的紫菱，被土行孙冰冷的表情与声音吓得倒退两步，一脸惊恐地避到倚弦身后。

倚弦看着紫菱，犹豫了片刻，开口道："紫菱公主，过几日我便会亲自送你回龙宫！"

紫菱听后，俏脸一寒，毅然道："我不会回去的！"说罢转身跑了出去。

倚弦望着紫菱的背影，摇头苦笑一声，转身对土行孙道："老土，我看过你们族地的药庄，所以有把握在今晚之前将所有需要的药物备齐，然后我会按照你姐教我的炼丹之法炼出'二相丹'，试着帮你将本命元根的禁锢解开，明天咱们就可以去鄂崇禹的荆湘城找到祝蚺，救回你的族人！"

土行孙闻言，双目射出复杂难辩的芒光，喃喃自语道："有炎氏的列祖列宗啊，你们听到了吗？我有炎氏千百年来的耻辱就将在我土行孙身上洗去……"

当晚。

月上枝头，夜半时分。

山巅的茅舍中，倚弦与土行孙二人对面盘膝而坐，在两人之间的虚空距离中，一块晶莹剔透的液状物体，正被倚弦的周身元能所控制，不断扭曲伸展，逐渐形成一层鼎状的薄雾，让整个茅舍顿时间变得朦胧不清，充满了诡异的魅力。

土行孙认出眼前的物事乃是族地守护大阵中的"菱湟玉"，不由疑惑的问道："'菱湟玉'能用来作什么？他难道就是你从前所说的药引子吗？"

倚弦摇头笑道："其实，在你们族的《圣元本草经》里面，曾经再三复述这是一种旷世奇珍——其名菱湟，玉质软腻，千年成型，色呈琥珀，衄血生肌……是疗伤补灵的上乘圣药，而且用作药引的话，可以导引其他药物的菁华融入任何体质的本体经脉，所以对于解除你的本命禁制，菱湟玉是不可缺少的一味药引！"

土行孙恍然大悟，然后环视四周，又不解地问道："既然是炼制丹药，为何没有鼎炉呢？"

倚弦皱眉一叹，道："已经来不及了，如果单纯说到炼制丹药，不论是任何一种都至少需要七日时间，才能小有所成，所以我们只能试着走偏径试试看了！"

"怎么走偏径？"土行孙瞪大了小眼睛，道，"大哥，你不会是想拿我做你的试验品，我看还是算了吧，咱们最好是改日再炼，弄个上乘的丹炉，炼他奶奶的七七四十九天，那才算是炼丹补灵！"说罢，他正要起身之际，却被倚弦所发的一股元能压得丝毫动弹不得。

倚弦肃容道："不管你愿不愿意，我们现在只有这一法可行。这是我参照魔门丹道与《玄法要诀》而改过来的修丹之法，说起来倒也简单，也即是用本体的'三昧玄阴烈炎'在菱湟玉所凝成的鼎炉中反复煅烤各种药物，让各种药物的菁华尽数融入成形的玉胶之中，最后再以类似'翻天法印诀'的元能令其药性彻底合而为一！"

"听起来蛮简单的，但越是简单就越让人信不过！"土行孙本能地抗拒了，毕竟千百年的禁制依附在他们有炎氏一族的遗世子孙身上，虽然他们从未放弃过对解除禁制的追求，但他们从心底早已对这个想法失去了所有信心，以至于土行孙都不敢轻言尝试。

倚弦怎会不知土行孙心中的顾虑，当即认真解释道："哪有那么简单，丹虽然已经炼制出来了，不过却不是你服下便可以奏效的，必须根据你本命经脉被禁制的阴阳禀性，由我导引灵药菁华灌入你体内经脉之中，然后循序渐进的将禁制经脉一一融通！"

土行孙被倚弦一席话镇住了，愣愣地问道："那你究竟有几成把握呢?"

倚弦摇了摇头，道："这是我通过解开'意念烙印'得来的经验，而且又有你姐姐苦心钻研的'二相丹'作为药力奠基，我想应该没有什么问题才对。"

"什么叫作你想就没问题?"土行孙急着嚷道，"是不是反正拿我做试验品，你就无所谓呢? 算了吧，我看还是保险一点为好，就照我刚刚说的去做吧!"

倚弦知道土行孙说的是用鼎炉炼丹的方法，但是他熟记《圣元本草经》，经过反复揣摩钻研，逐渐对药草一道熟悉起来，始终认为寻常药草之力着实有限，对付一般灾病以及流邪之毒颇为有效，而且就算千百年成形的特殊药类，功用也多是以补益为主，对有炎氏一族的本命禁制怕是也无能为力。

倚弦又不便说出一大通莫名其妙的本草道理去说服土行孙，只能强行以元能禁制住对方，叹道："你我时间都有限，不能为此耽误了大事，再说现在又多出一个不知名的黑衣老者，如果我们不小心着点，迟早会遭遇不测，到时候自身难保，还拿什么去救你的族人呢?"

土行孙的心中当然明白这关键所在，只是让他此时面对眼前的抉择，难免会有所退却，长长吁了一口气，他终于强逼自己冷静下来，咬牙硬撑道："好吧，你尽管试，我挺得住!"

倚弦露出欣慰的笑容，然而土行孙又紧跟着说出的一句话让他再一次啼笑皆非。

"失败了没关系，但是一定记住，我的样子起码要有刑天抗、杨戬……这要求或许有些过了，但最低限度也要达到蠢鱼那般模样才好，只有这样才能抓得住邓玉婵那小娘们的芳心!"土行孙仰着头喃喃自语了好半晌，眼神中充满了幻想。

倚弦摇头苦笑着点了点头，道："我会……尽力的!"

土行孙满足地点头闭上双眼，就像是引颈就戮一般，面上竟有一种英勇就义的不屈傲态，令倚弦多少忍俊不禁，神情跟着放松了不少。

倚弦双手划出玄法基本诀“七真妙法指”，股股元能蒸腾施出，将早已在虚空中飘浮的“菱湟玉”紧紧包裹起来，然后按照七极周天之数缓缓拨动它，只等过了一个周天之后，倚弦催力将菱湟玉鼎熔开一道开口，再将身旁早已备好的药物倒入其中，封合开口。

菱湟玉鼎再次被倚弦催动，按照周天之数缓缓转环而动，于此同时，倚弦运足体内冰晶火魄之能，以记忆中的奇门法诀为本，施法释出一圈淡淡的幽蓝炎火，稳稳当当的将菱湟玉鼎纳入火势当中。对于“三昧玄阴烈炎”来说，倚弦本体所适乃是“傲寒诀”等阴极禀性的法诀，如此一来，恰恰契合了施展此诀的首要条件。

首次用凝寒纯阴的法诀施展出炎火类的咒诀，倚弦只是适应了一阵，便已能控制自如，更可喜的是，他从中掌握到体内冰晶与火魄之间居然可以同时相互转换，而且初步捉摸出大体的运用规律，不知不觉之间已经为日后的盖世修为打下了牢固的根基。

倚弦参照那日解开“意念烙印”的过程，一边以体内冰晶催发火魄施展“三昧玄阴烈炎”煅炼“二相丹”，一边调动归元异能在土行孙身上循经倒脉，寻找被封制的本命经脉。

他读过大部分的魔道典籍，知道魔门最擅长的便是寂元灭灵、噬魂夺魄的歹毒法诀，这些无疑都是针对本命灵神的不二法门，而关于禁制先天命脉的手法却是少之又少，虽然略有提过，不过都是一些简单的概述，并没有涉及修持与施展法诀的详情。倚弦只能从只字片言中揣摩有炎氏一族千百年来所受的本命禁制。

人体经脉有先后天之分，先天得自天地三界的一身血肉经脉属“命”，后天修持各宗秘法锻炼所得则属“性”，自古修真典籍中所称“性命双修”便基于此。而先天命脉又分两种，顾名思义一为命、二为脉，命指的是先天灵神，脉则是人身本体的八脉十二经。

倚弦开始逐步探查土行孙的八脉十二经，更将归元异能缓缓融入对方的灵神之中，去感应任何异常的元能溢动，按照先天经脉独一无二的排他性，任何灵神命脉只要有丝毫异样元能的侵入，便会产生强烈的本能反震，如果后者施行强行压制的话，受制一方轻则走火入魔、癫狂成性，重则元神枯损、灵元寂灭。

为了顾全土行孙的灵神不受压制，倚弦首先将异能通过五行相生的方法融入土行孙的本命脉轮，然后小心谨慎地探寻良久，终于在七魄中“雀阴”与“非毒”两个部位寻到了一丝韧性极强的禁制之源。因为不清楚它的禀性，他不敢擅自惊扰这一丝潜伏千百年的痼疾。

毕竟，只有口服药草的先天五行灵力才能保证在任何情况下，都不惊动那丝充盈千百年沧桑的诡秘魔能，但是令倚弦心底震惊的是，不知是何缘故，那一线禁制土行孙本命灵神的魔能给了他一种难以解释的感觉，竟仿佛从前在哪里碰到过一般，他相信归元异能的感应不会有错，却怎么也想不起来了。

经过倚弦体内“冰晶火魄”的煅制，“二相丹”逐渐成形，飘出阵阵扑鼻清香，令倚弦与土行孙都不由为之一震。倚弦感应出“菱湟玉鼎”中的丹药已经初具雏形，此时正是把握火候的最关键时候，因为火候不到，药性更是难以达到最理想的效果，而锻造过度的火力会令丹药破损，药效大打折扣倒还罢了，最怕便是药力不足以挟制魔能，反而引得魔能反噬本神，那就大祸临头了。

倚弦连忙撤回探查土行孙本命经脉的异能，将全副身心全力投入丹药煅制之中，仅顷刻间，丹药散发出的香味由浓转淡，倚弦知道丹药即将完成最后“敛性还灵”的过程，于是不敢存有丝毫大意轻视的念头，掌中元能恰如其分地不断翻转玉鼎，令火候逐渐集中在丹药的各个部位。

此时在茅庐外替二人护法的紫菱正独坐在崖前一块兀立巨石上，玉手托腮，眺望天际朗月，一副满怀心事的样子，忽然被耳际听到的种种奇异声响所惊，回首望去，顿时被吓了一大跳，只见不知何时开始，茅庐四周已经爬满各种蛇虫鼠兽，甚至有些奇禽异兽更是她闻所未闻的。

紫菱被吓得想出声警示屋内的倚弦，又怕惊扰了他施展法能，正大感矛盾之际，鼻际恰好闻到一缕淡淡清香飘来。她听倚弦说过今次施法的过程，登时明白过来，原来这些奇禽异兽都是被“二相丹”的药香所吸引，她再定睛看时，发现这些奇禽异兽都只是环伺在茅屋四周，再也不敢贸然寸进，料想应该是被倚弦身际散发出的归元异能所慑服，虽然觊觎“二相丹”的灵力，但不敢因此丧了自家性命，却又不想轻易放弃，所以都盘旋在茅屋周近，久久不欲离去。

如此等待良久，紫菱心系茅屋内倚弦与土行孙的近况，很想知道最终的结果，偏又不敢贸然进屋打扰倚弦，心中焦急难安，只能在石崖上不停徘徊。

再等候了一炷香时间，忽听茅屋内传出一声巨响，将整座茅屋轰得支离破碎，屋外的奇禽异兽被忽如其来的力量震得四散逃离，再一声欢呼响起，澎湃元能涌出，脆弱的茅屋彻底被震飞开去，漫天尘埃中，两道期待已久的人影映入紫菱的眼帘……

趁着夜色，伯邑考与耀阳领了五千兵马赶往“落月谷”，在旗帜飘扬下，队伍整齐有序，出了西岐北城，就像是一条大蛇一般沿着官道蜿蜒前进。

甫一出了城门，耀阳坐在战车上，眺望良久，估摸大军行军到“落月谷”起码需要将近一个半时辰，反正闲着也是无聊，他在车内掌起灯来，拿出姜子牙所赠的《龙虎六韬》细看起来，大有临时抱佛脚的意味。

车前配的马匹不错，令他坐得甚是平稳，能让他安定地看书。才看了几段，耀阳便被里面的内容吸引住了，简明扼要的文字诠释了博大精深的文韬武略，实是字字珠玑，让素来有心此道的耀阳不由自主沉醉其中。

这时，骑着高头大马的伯邑考见到灯火光芒，趋马近前查看，却见耀阳正在翻看书简，立时不屑地道：“现在都什么时候了，你还在看什么?”

耀阳头也没抬，回道：“兵书!”

伯邑考顿时哈哈大笑，嘲讽道：“临阵磨枪有用的话，那天下的名将就多如牛毛了。”但随即又威严无比地喝道，“全军为了不被敌军发现，就连火把都没有用，你怎能平白无故亮起灯火，万一……”

耀阳想想就好笑，刑天抗是何等高手，怎会发现不了他们兵马的行军，只是他知道刑天抗生性心高气傲，再则他与伯邑考所带兵马不过几千之数，故而不会被刑天抗放在眼里，相反自己这边的兵马越是小心就越显得有鬼，反而警示了对方。

耀阳想通其中关键，也懒得跟伯邑考生气，打断伯邑考的话道：“只是随便看看而已。再说了，对方既然认为自己是奇兵，自然不会认为已经被发现，所以我们就算点起火把行军，对方也会以为是普通行军而已。像是现在这样，万一被对方发现，就肯定可以猜到我们有鬼了！”

伯邑考虽然觉得耀阳说得在理，但是好不容易抓到机会奚落他，哪里肯轻易放弃，讥笑道：“还随便看看呢，瞧你一副入迷的样子，还把它当成宝了。只听你说这些话，就知道你铁定是看糊涂了，夜间有突袭任务的急行军怎么可以点火把？让对方发现的话，我们岂不前功尽弃吗……”

耀阳正好领悟了诸多兵略，此时虽然不愿理睬伯邑考的无知，却忍不住心痒难当，当即卖弄地反驳道：“敌方本是做了偷袭的打算，所以才会使出奇兵之计，按照寻常心理上的想法来说，做贼心虚！他们怎会不提防呢？再说，对方所处的小谷正地处‘昆吾山’与‘栖凤岭’之间，只要有一个高手级别的人物登高巡视，西岐的任何动向都会被查看的一清二楚，也就是说，我们是被对方看着出城的！”

伯邑考被耀阳提醒，自然想到关键的地方，不由惊出一身冷汗。

耀阳见他不说话，知道已经被自己的话镇住了，不由更是得意洋洋的说道：“所以，我们越是明目张胆，他们就越是猜不透我们的目的，自然不会怀疑自己已经被发现。相反我们越是小心谨慎，则意图越明显，怎能不让地方起了疑心，万一对方因此早做准备，我们赶到‘落月谷’的时候，恐怕……”

伯邑考被耀阳的一席话所震，半晌说不出一句话来，只能故作冷静的哼哼了两声，说了一句“不知所谓”，便策马驰前而去。

耀阳也不屑理他，自顾又在翻看《龙虎六韬》，刚才一番话的领悟更让他沉迷其中，被书简中博大精深的内容深深吸引。片刻后，耀阳只觉身旁火光高亮起来，知道伯邑考已经按照自己的话燃起了火把，不由得嘴角一扯，微微露出一丝得意的傲笑。

一个多时辰过后，五千兵马已经到了“落月谷”前，耀阳将《龙虎六韬》收入怀中，开始再次细细观察周围的地形。也许担心耀阳的计策令谷内的兵马撤离，伯邑考显然已经等不及了，煞有其事地调兵遣将，要求兵马一分为二，成前后包抄之势，封住所有出路，务必将敌人全歼。

耀阳在旁边听了，无奈地摇头一叹，对敌作战最忌浮躁，即使是现在以五倍的优势围歼对方，也应该观察好地形，仔细研究对敌策略，哪能如此仓促匆忙，甚至还想全歼对方。他实在看不过去，从旁劝了几句，伯邑考立时皱眉道：“你别忘了，现在我是主将！”甚至不忘奚落几句，“别啰唆，等你学完那卷兵书再说吧。”

“无知！”耀阳气恼之极，暗骂了一句，随即也不想再多说了。

伯邑考大耍威风，派遣身旁的一干将领实行围歼的任务，却独独不分派任务给耀阳。

耀阳趁着众将领命而去，实在忍不住了，拉住伯邑考问道：“你不会让我干等吧？”

伯邑考翻了翻眼球，没好气地道：“你想做什么？”

耀阳愕然道：“我是你的副将，当然是协同作战了。”

“有没有你都一样，用不着这么麻烦了。”从朝歌来到西岐，伯邑考本来就对耀阳看不顺眼，此次又怕被他抢了功劳，自然不肯分派任务给他。

“如果不是为了救人儿他们，鬼才理这家伙。”耀阳暗中啐骂一句，盯了伯邑考一眼，冷道：“谷莵……我这副将的任命是姬昌亲自下诏的，你如果还当自己的身份是伯邑考，我劝你最好还是卖点面子。”

伯邑考见他眼神森冷，顾虑到太多因素，也不敢做得太过，只得哼了一声，道：“你就指挥一千兵马，策作后援吧。”其实这是伯邑考认定自己会轻松赢下，根本用不着后援，所以才让耀阳坐冷板凳的办法。

毕竟伯邑考是主将，还是九尾狐的人，耀阳不好跟他闹翻砸了自己跟九尾狐的约定，想了没有办法，耀阳只能领了剩余的兵马在谷外扎营候着。

伯邑考则就此领着两千兵马兴冲冲地由前谷闯向“落月谷”中。

耀阳四处查探了一下地形，发现确实没有需要特殊注意的地方，耀阳便躲进搭好的帐内，拿出《龙虎六韬》继续看起来，用来打发时间。但这次他总觉得难以坐定，尤其是看多几遍兵书后，他浑身上下始终有一种强烈的冲动，那就是主导这场战斗，并最终取得胜利。

过了一会儿，耀阳终于忍不住了，细思了片刻《幻殇法录》中的法术，使出一招“身外化身法”，虚拟出一个自己正在看书的模样。耀阳则使了“隐遁”遮去身形，然后看了一眼一模一样的幻身，得意一笑，悄悄溜出了营地。

根据所观察的地形，耀阳施展风遁，很快就到了“落月谷”入口处上方的一处山崖之上。

远远地望去，四千兵马分作前后两拨，在伯邑考的带领下向“落月谷”蜂拥而去，耀阳皱眉看向四面，隐隐觉得刑天抗应该没这么简单，伯邑考未免太托大了。不过这也不能怪伯邑考，因为耀阳并没有告诉他，对方领兵的将领竟然是刑天抗，否则以伯邑考胆小怕事的性格，恐怕非得九尾狐亲自出马，伯邑考才会好歹壮着胆子来“落月谷”。

虽然现在是四野静寂无人的夜晚，耀阳却总觉得四周似乎太过安静了，“这是不好的预兆吗?”他越来越不敢肯定自己现在所看到的一切。

此时，伯邑考正领着两千兵马从前谷口潜入，在他现在的想象中，对方千余人在被他的四千兵马从两面包围剿杀，必定会惊慌失措，乱作一团，这样一来，他轻易获得胜利，将敌军尽数剿灭在谷中。

当前后两批将士在进谷之后，就看到黑暗中模模糊糊有营地存在，伯邑考大是兴奋，立即命箭手将远处瞭望营上的黑影一一射杀，然后命全军亮起火把，火光一起，也就是下达总攻的指令，前后全军齐齐暴喝，猛然加快步伐，驱动座下马匹向山谷腹地全力冲杀过去，势不可挡。

伯邑考躲在全军后面看着四千英勇将士以如此威势冲入谷中，不由得意无比，嘴角浮起笑容，暗想：“想不到就算没有九尾狐帮忙，这次也可以立下大功。”

然而，很快他便笑不出来了。

随着大批将士冲入敌军营地，他得到了一个意想不到的消息。对方的营地之中竟然没有一个人，伯邑考再笨也知道大事不妙，但此时两批人马尽数汇集在谷中，已成困势。

“中计了，快退回去，快……”伯邑考刚急得大叫，整齐一致的喊杀声已从谷地四周传来，繁杂的脚步声片刻间汇成整齐划一的步调，混杂着惊人的杀气逐渐靠近。所有的西岐兵士在猝不及防之下，环首望去，只见无数敌军从四面八方窜出，满山遍野地向谷中腹地冲杀过来，看起来人数绝对不止一千。

伯邑考本想包围剿杀的，可是现在反被对方围剿，登时急怒交加，大喊道：“快点冲出去，快点冲！”

耀阳在崖顶看得大急，这种情况下，应该马上冷静下来，立即将四千兵马集结成方阵对抗四周敌军，伯邑考如此慌张，却把这唯一可能扭转战局的机会给丢了，引起手下兵士的恐慌，导致士气下降。

不到顷刻间，对方数千兵马已将西岐人马团团围住，只听一阵傲笑声响起，一名白衣俊逸青年翩然现身，正是耀阳白日里见过的刑天抗。

“刑天抗！”伯邑考甫一见到此人，立时被吓得差点跌落马来，他虽然在妖宗靠着“梅山七圣”的名头四处厮混，但是却也知道这刑天抗乃是魔门后起之辈中的佼佼者，仅凭他的能力而言，根本是萤火与皓月相争，没得比的。

刑天抗当即命令手下兵马将“落月谷”前后两个出口完全封住，看着被自己大军包围的西岐人马，皱起眉头自忖道：“奇怪，西岐怎么会知道我军的行踪？”

此次能够从伯邑考的围攻战略中反击，全赖刑天抗素来小心谨慎，首先发现西岐夜来出兵，而且是潜行了一段路又再点燃火把，行迹极其古怪。为了安全考虑，他将所有兵士分散置于谷中高低不平的石崖之上，这才避免了天大的麻烦。

“杀!”在刑天抗的指挥下，数千兵士像是利刃般冲入慌成一团的西岐兵士。

伯邑考已无能指挥西岐兵士，面对刑天抗就近的威胁，他只能在队伍里面东躲西藏，凭着相对高超的法术自保。而已经慌乱不堪的西岐兵士如何敌得过士气如虹、乘势冲杀的敌人，鬼方兵士整齐有序，一排排尖锐的长戟凶悍地刺入西岐兵士的要害，溅出耀眼的血花，将猩红的鲜血洒在“落月谷”的土地上。

战局呈一面倒的形势发展，虽然有经验的西岐兵士开始三三两两汇合起来，逐步形成简单的阵形，但毕竟先机已失，且鬼方兵士也不会容许他们轻易得逞，稍成阵形的西岐兵马上受到几倍的敌人攻击，立即被迫散开，惨遭被各个击破刺杀的命运。

刑天抗深识兵法，在旁有条不紊地指挥鬼方兵士，一次次地将开始凝聚起来的西岐兵士击散，使得人数虽然不占优势的鬼方兵士总能以多击少。相反失去主将指挥的西岐兵却有很大部分的人不知该怎样进攻，散乱的阵形让许多兵士白白浪费了战斗力，当战友被对方以众击寡倒下后，自己又再次陷入同样的困境。

对西岐兵士而言，周围都是对方凌厉冰寒的兵器，在他们绝望的时候毫不犹豫地扎入他们的身体。剧痛立即传遍全身，血色占住了大部分的视线，在敌人凶厉的目光中，最后的念头除了不舍就只有绝望。垂死兵士的手在空中虚抓了几下，马上又有数把利刃加身，鲜血飞溅，映出敌人充满杀气而狰狞不堪的凶脸。

伯邑考一见形势不对，立即使出遁术先行逃跑，以他的能力来说，一般鬼方将士自是无法阻挡他，刑天抗为了统顾全局也没有出手。一见主将伯邑考逃跑，西岐兵士更是军心涣散，士气降到最低的极限，只是为了自己的性命和军人的荣誉还在顽强的抵抗。

一部分兵士在利刃加身之际，不顾一切地向前冲去，凭着一股冲劲跟眼前的敌人同归于尽。正是因为这些人的英勇，加上另一副将临危不乱的调度，过半数的西岐兵士都幸存下来，渐渐占据了“落月谷”西南边的角落上，训练有素的他们终究坚持下来，换来了片刻间的宁静。

待到众人定睛看时，“落月谷”已经遍地布满尸体，大部分都是西岐将士，而鬼方兵士的伤亡却不到西岐兵马的两成，如此强烈的对比使得战局再难有任何扭转的余地。

刑天抗排众而出，他知道对方虽然是困兽之斗，但却必然会因此损失自家兵将，所以最好的办法莫过于不战而胜，他先是朗声大笑数声，然后扬声道：“西岐兵士听好，只要你们肯投降，本将可以保证绝对不会伤害你们的性命，放你们回家与父母兄弟团聚，否则……”

刑天抗的话音一顿，掌中魔能轻扬而出，抖手一震之间，炎火魔能喷涌而出，击在他身前数丈开外，轰然一声巨响，谷地被掀起一个数尺宽的炎洞，黑烟勃然升起，鬼方兵士登时爆出轰然喝彩声，相反西岐兵士们被这一击骇得大惊失色，他们只不过是平常士卒，哪里见过这等魔功异法呢？

耀阳居高临下，直看得勃然大怒，大骂伯邑考蠢材加懦夫，心中不由急想办法。他虽然禁不住想飞身而下，但是也仅能阻挡刑天抗出手，谷内两千多兵士仍然难逃鬼方兵士的围歼。而他就算出得谷外，手上只有一千兵马，一时间定然无法突破刑天抗严密把守的谷口，如果贸然冲击，反而会将这一千将士带入险境。一旦鬼方兵士转攻谷外，这一千兵士恐怕最终也难逃败亡的下场。

“究竟怎么办才好？”耀阳努力让自己冷静下来，急思对策。

“耀将军遇到困难了吗？”

突然而来的话语声让耀阳即时转身戒备，却发现两条熟悉的人影迅速接近，竟是姜子牙和云雨妍悄然而至，到了他的身前。

耀阳顿时大喜道：“先生快来帮忙！”

姜子牙不急不躁地笑道：“耀将军莫急，莫急！”

耀阳怎能不急，指着谷中战局，道：“一眼明了，现在我西岐兵士陷入困境，还望先生指点！”

姜子牙踱前几步，观望谷中战局，面色始终古井不波，缓缓道：“不知耀阳将军心中有何良策?”

耀阳暗骂姜子牙在这时还打哑谜，口上却恭敬道：“耀阳苦思良久，觉得在现在这种情况下，火攻无疑是最佳的策略，无奈伯邑考立功心切，匆忙出征，根本没有准备火油等火攻备用之物，耀阳现在也无法可施。尤其是现在的局面，我担心在刑天抗的威胁下，这些将士会……”

姜子牙一捋胸前白须，道：“将军安心便是，你可知谷中现在带领众兵士的副将是谁?”

“谁?”耀阳心中一震，不明所以的再度望向谷中。

此时，谷中的西岐兵士竟都安下心来，不再叫嚷喧哗，只因一直在后有条不紊调度他们的副将已经越众而出，挡在一众人身前，掌中倒持一柄亮银长戟，一身白龙麟甲在火光下显得格外炫目，映照出一张浓眉大眼、刚毅稳重的俊朗脸庞。

年轻汉子的坚毅目光首先环视众家将士一眼，然后才蔑视地朝刑天抗微微一笑，道：“区区魔门走狗，竟敢如此张狂，你莫要忘了三界之中还有神玄二宗的存在，也莫要忘了这浩然天地，正气尚存!”

语罢，年轻汉子一振掌中银枪，身形遁空而起，枪势犹如一条银龙般直插云霄，挥舞出漫天玄光异彩，虽然没能像刑天抗那一击具有相当的破坏力，但此势一飞冲天所湛现出的无尽威势却慑服了谷中双方兵士。

四周沦入一片静寂之中，然后片刻间，由西岐兵士们齐齐呼出的喝彩声几可震天，欣然欢腾、整齐划一的声音中饱含着希望、兴奋与勃勃生机。

西岐的士气总算恢复过来了!

三日后，荆湘城。

大江起源于神州高原雪山之上，流经羌、氐、西岐、南域由东扶桑入海，乃神州大地第一大江。湘水自南域而来，途径濮国，于大江交汇，顺流而去可抵中原。

荆湘城正处在两大江流的交汇口，三面环水，后有稚鹰山做自然屏障，无论在商业或是军事上都有着不可替代的位置，易守难攻，同样也是兵家必争之地。

冬日的荆湘城内仍然异常繁荣，街道两旁排列着各式各样的店铺，酒楼茶肆、青楼妓寨，兵器铺、典当行等等等等，琳琅满目的店铺摊点、川流不息的过往行人，使得宽敞的街道显得拥挤不堪。但在这繁荣喜气的街道中，却有三人一脸忧急之色，心情并没有随着熙熙攘攘的人群活跃起来，却现出颓废无奈的模样。

当中一名长身玉立，身着雪衫的俊逸公子，愁眉紧锁，根本没有注意街上貌美怀春的窈窕女郎的眼神攻势，惹得众女一阵阵娇嗔暗恼。但不久她们就将注意力集中在雪衫公子旁边的一位紫衫美女身上，因为她们发现那名美女自始至终，一双“桃花眼”都放在这位公子身上，一致认为那名公子对她们不加理睬，完全起因于这名美女。

但经她们仔细观察过后，都发现无论自家姿色、气质，与那紫衫美女相比，无异于米粒微光与那皓月争辉。于是全部放弃了纠缠白衣公子的想法，而将视线重新投在两人身边的一位魁梧英挺的光头汉子身上。

此人虽无白衣公子的俊逸潇洒之姿，更无他飘然若仙之势。但他高于常人半截的铁塔身躯，不怒自威的威猛模样，与眼中闪现的复杂情感，夹杂着丝丝忧郁时时跳跃，充分体现了与前者孑然两异的风姿神韵，多出一种铁汉柔情的别样风采。

这三人正是倚弦、紫菱，以及已经解除本命元根禁锢的土行孙。

倚弦领着焦急忧虑的土行孙与古怪精灵的紫菱公主，已经在城中转了一日，但仍无丝毫线索可寻。虽然他们由黑衣人的话语中得知，祝融氏的宗主祝蚺隐匿在鄂崇禹帐下，但这荆湘城中的官员大大小小不下百数之多。就算他身负不世玄功，也不可能在短时间内找出祝融氏的人。

如果再拖时间下去，有炎氏族人危矣！

几经思量，倚弦做出决定，将眼光从街上熙熙攘攘的人群中抽离，转身对土行孙道：“老土，这两天你就在城中打探消息吧，我则尽快将紫菱公主送回龙宫。”

土行孙嘴唇动了动，但没有说话。

紫菱在旁气得直跺脚道："不回去，我不回去，怎样都不会回去的!"

倚弦未曾理会她，继续对土行孙道："你的身体刚刚解除禁制，还未能完全稳固下来，需要多加修炼才行，切记不能草率行功，所以凡事莫要轻举妄动!"

忽然，三人的后方传来阵阵喧嚣之声，两队训练有素的兵士踏着整齐的步伐而来，迅速将街上的商贩百姓悉数驱散开来。不多时，一众兵士来到三人面前，倚弦不欲多事，牵着紫菱与土行孙随人流走开。

但这小小的一个无心之举，却也足够那想象力丰富的小丫头浮想联翩了，含羞带怯地顺势偎在倚弦怀中，红霞满面，似乎在畅想着美好的明天。

这时，数百名异族兵将与身着南域官服之人，簇拥着一架由十二匹骏马拉载的豪华盖顶纱车徐徐而来。车辕之上四名精壮汉子手持丈长细鞭，呼喝连连，好不威风。车上纱帐之内，隐约瞧见一锦衣男子托腮沉思。

旁边众人有人嚷道："嘿，瞧见了没有，我见过他们，他们是濮国的使者……"

"听说濮国可是西南边陲第一大国……"

"该不是要与咱们南域结盟了吧?"

"……"

第七十一章　计破敌阵

此话一出，周遭众人登时哗然，皆自欢喜不已。当今纣王无道，四地怨声载道，眼见战事又升，南域如能得国力雄厚的濮国襄助，乱世之中实力大增，身为南域子民得知此消息，无异于吃了一颗大大的定心丸一样。

但这一切对于倚弦等三人来说都并不重要，他们此来的目的不在于此，这只是他来此所见的一段小插曲而已，当下转身对紫菱道："好了，让我送你回龙宫吧！你应该知道的，我和老土做的事非常危险……"

尽管倚弦在苦口婆心地劝服紫菱，但他却不知，眼前这小小的插曲对小丫头紫菱来说，却是一次大好机会，或许在想到某些可能之后，她水汪汪的大眼睛之中，闪出狡黠光芒，拉着倚弦的手臂，撒娇道："喂，如果人家能帮你，并让你一次见到南域所有的官员，你会不会让人家留下来陪你呢?"

倚弦毫不犹豫地扬眉道："不会!"他哪会相信这小丫头的鬼点子。

虽然倚弦对紫菱的话有些不屑一顾，但对土行孙来说，却无异于黑暗中的一丝曙光，嗫嚅道："小倚，或许她真的有办法哩，不如听她说出来听听，如果错失机会的话……那岂不是……"

紫菱听后欣喜而又赞赏地拍了土行孙一掌，不失时机地对倚弦道："如果人家不能帮到你，你再送走人家回龙宫怎么样？当然，如果我做到了，你也要答应人家的要求，好不好?"说完，她也不理会倚弦是否答应，又问道："你说话算不算数?"

话一出口，紫菱又觉得问的毫无道理可言，完全打破了自己的一贯逻辑，连忙又道："……是了，你是个大英雄，像祖姑夫一样的英雄，当然说话算数了，好了……嗯，人家决定帮你了！"

倚弦在旁哭笑不得地看着自顾表演的小丫头，心中居然忍不住想道："或许她真有办法也说不定……"此时又见土行孙紧张兮兮地望着他，于是佯装严肃地对紫菱道："好，我就相信你这一次，说吧！"

紫菱闻言立时欢呼出声，一时间艳光四射，惹得周遭人等目瞪口呆，她却全然不在乎，美滋滋地大赞自己聪明伶俐，智计过人。面对身旁人们的异样眼光，土行孙倒是无所谓，倚弦却是脸皮嫩的紧，扯上两人慌忙逃离。紫菱却大斥倚弦走的方向不对，而应该尾随濮国使者才是。

倚弦虽不知她葫芦里到底卖的什么药，却仍然依言尾随濮国使者车队后面。

三人一直追到驿馆外，这才停住脚步，躲在一处小巷暗角，偷偷向外张望。倚弦目送濮国使者马车进入馆内，南域兵士或留或去之后，皱眉问道："公主，你到底有何方法，说啊？"

土行孙也在旁疑惑地看着紫菱，猜测道："你不是想劫持那劳什子濮国使者，引出南域百官吧？"

紫菱闻言樱唇一扁，哂道："才不是，嘻……咱们先摸进这个驿馆，等会儿只要见到那个使者，你们就知道了。"

倚弦与土行孙对望一眼，尽见对方眼中的疑惑，马上达成共识，在强横如黑衣老者的手中，他们兄弟都能逃脱，难道还怕小小一个凡人守护的驿馆不成？再者，紫菱这丫头一副无害有益的模样，应该不会搞出什么太大的动静。

倚弦当下拉起土行孙与紫菱两人，施法默念口诀，"千符隐"悄然而生，三人的身影瞬时凭空化无，然后施施然向驿馆飘去……

驿馆之内，一处偏厅。

一名锦衣玉面的长须中年男子，安然坐于书桌前，手持一卷竹简，似在览阅，实则神游天际。

他正是这次出使南域的濮国使者刘览，他本是濮国位居正三品的士大夫，祖上三代深受皇恩，他此次出使南域，着实身负重任，正可谓如履薄冰之旅。月前，濮国皇帝接到南域使者快马急鞭传来诏书，暗示乱世将起，南域其主鄂崇禹有问鼎天下之心，欲与南域周遭诸族众国结盟，还望濮国遣派使者前去商议云云。

这无疑是一种变相的威胁，濮国虽兵强马壮，实力不凡，如若只是单独对上南域，相信在乱世之中还可保得一席之地。可是濮国背后的巴蜀氏族与氐国这两头恶狼对其素来虎视眈眈，不可轻视。

刘览抬头望向窗外天际，自语道："看来濮国善良的百姓，又将经历一次磨难，除非……除非'那边'的人能够再次出现，但是这怎么可能呢?"

想到此处，刘览不由长叹一声，舒解了心中的烦躁忧虑，可当他转身之际，却发现房中已然多了三人。

三个奇怪的人——三个凭空出现的人。

刘览果然不愧为一国大员，刹那间便冷静下来，对三人微一拱手，语调冷静地说道："三位高人晴天白日前来找在下，不知有何贵干?"

倚弦支吾半晌，不知该如何回答他，只能以肩暗地里轻轻撞了撞紫菱，示意她赶快搞定，紫菱满面霞飞又欢喜无限地白了他一眼，随即从怀中掏出一物，在刘览面前晃了一晃，眨动着美丽的大眼睛道："你现在知道我们是谁了?"

刘览看清那物的模样，顿时震惊莫名地倒退两步，随即心中升起狂喜之情，颤声问道："您……您们是'尊龙使'?"

紫菱未曾说话，只是退了两步，牢牢地将倚弦的手臂抱住，点了点头。

倚弦被紫菱丫头抱住的手臂处，传来的阵阵酥软酸麻之感，让他颇不自在起来，就要挣开之际，却听刘览道："三位尊使请上座!"说罢双手摊开，就势请三人入座。

情况急遽之下，倚弦与土行孙当场愕然，紫菱却是眉开眼笑地凑到倚弦耳边，娇声道：“你可千万不要忘记先前答应过我的话哦！”一句话将倚弦惊醒，立即意识到自己的失态，也不理会紫菱，只是不着边际地挣脱她的“温柔”，对刘览哂然一笑，依言落座。

随后，倚弦与刘览一阵寒暄客气，互道姓名之后，直入主题道：“小弟此次前来，实有一事麻烦刘大人。”

倚弦早已从方才谈话中，以及刘览眼中的神色，乃至无意间流露出的恭敬神态，猜想出龙族定与刘览，甚至濮国有着一定交情，所以才敢放心直言。

刘览知道这三位凭空出现在他面前，当然不会是为了见他这芝麻大的人物，但他怎样也未曾想到居然是要他帮忙，不由忖道：“刘某一介凡夫俗子，有何能力去帮他们？”当下苦笑一声，道，“公子有话尽管吩咐，只怕下……下官力有不逮。”

倚弦望了望在旁气鼓鼓的紫菱一眼，又对紧张兮兮的土行孙投去一个放心的眼色，道：“也无多大事情，只是想麻烦大人，只望大人在与南域诸官交涉之时，能够带上小弟去见识见识！”

刘览听后哈哈一笑，道：“这有何难，一切包在下官身上，只是……”他露出不解神色接道“……只是公子到底意欲何为呢？”

倚弦淡淡道：“没什么，只是想在诸官当中寻找一个人而已，并不会为大人添麻烦的。”

一直没有说话的紫菱听到这里，一双美目中忽然射出狡黠异芒，插嘴道：“我看不如暂时让倚弦哥哥替你做一回使者，如何……”

倚弦听到之后，立刻打断她的话，看着她道：“不要胡闹，否则我们之间的约定不再作数！”

在座的土行孙与刘览两人也被紫菱的话吓了一跳，齐齐望向紫菱。

紫菱却对倚弦嫣然一笑道：“人家可是为你好。你想啊，如果鄂崇禹那老水蚤，只准刘大人一人觐见怎么办？虽然有刘大人帮助，迟早都可见到所有官员，但是时间来不及哦。”她特意在“时间”两字上加重口气，令土行孙一颗心都揪了起来。

倚弦听后一愣，紫菱的话不无道理，时间确实紧迫，有炎氏族人多拖一刻便多上一分危险。但如果自己喧宾夺主，那也是怎样都说不过去的，他不由感到左右为难。

刘览乃是官场中人，最为在行的便是察言观色，知道这件事情对眼前三人都极为重要，脑中念头刹那盘旋万千，心下一狠，暗道："怎样也不能放弃这次机会，一定要留下他们，哪怕回国之后……"于是刘览小心对倚弦道："下官斗胆想与公子做上一次交易。"

倚弦与土行孙听到刘览的话，相继精神一振，齐声道："刘大人请讲!"

刘览深望三人一眼，叹道："三位当知现今天下危机四伏，各路诸侯均对殷商怀有不臣之心，南伯侯鄂崇禹更不例外。下官此次前来，正是与南域商讨结盟一事，其余南域各边共有族国不下二十余数。但我国内数年来风调雨顺，国泰民安，只想偏安于一隅，实在不愿就此陷入战争之中，使黎民遭受涂炭。所以……所以还望公子能够从中周旋一二，南域诸国百姓幸甚!"

倚弦虽然料到这位濮国使者接下来的"请求"，对自己来说将会十分苛刻。但他却怎也未曾料到，会如此棘手。他缓步走到窗前，隔着窗棂望向外间不复翠绿的冬日树枝，落寞阳光穿过干枯枝叶间的缝隙，照射在他脸上。

忽然，一阵寒风呼啸而起，探出来的树枝毫无征兆地抖了一抖，把光线割裂成斑斑点点，破碎的光斑闪烁不止，近在咫尺，又遥不可及，一切均似在虚无飘渺间。万片枯叶坠落，漫天纷飞，这股气流旋转激荡，将周遭的陈腐气息席卷一空，却在某处凭空撞个粉碎，散落满天残屑，纷纷扬扬，直顺苍茫虚空而去。

倚弦心中种种念头也被悉数卷荡而去，此时箭在弦上，他不得不发，有炎氏族人他不能不顾！心中同时想到远在西岐，官拜大将军的兄弟耀阳，不由暗自忖道："如果小阳在的话，肯定可以帮到他……"当下将心一横，道："好！就依大人之言，我定当倾尽全力，以求达到大人的意愿!”

刘览登时大喜过望，腾地站起身来，在屋中来回踱步，对倚弦三人更是连声道谢不已，却不知倚弦只是孤家寡人一个，身后并未有他所期待的“尊龙使”势力。

土行孙更是欣喜若狂。

过了好一会儿，刘览才平复心情，道：“下官这就传信陛下，起奏此事，并安排，嗯，安排大人今晚与南域诸位大人的见面事宜，三位就请在此安心歇息吧。”说罢兴冲冲地行出房去了。

倚弦看到刘览这副欣喜的模样，心中着实不太好受，这本不是他想做的事情，但世事哪能尽如人意?

他再次转身望向窗外之时，寒风，落叶，残枝……刚才晴朗的天空，赫然染上了淡淡的冬日萧瑟。

身后心满意足的紫菱忽然呼道：“下雪了!”

“是啊，下雪了……”倚弦背负双手，望着不知何时悠然飘落的雪花，轻叹一息道，“又是一个冬天来了，不过今年的冬天却是精彩了许多。小阳，想不到我误打误撞竟然做了一国使者……”

耀阳看见场上变化，吃了一惊，不解地问道：“此人是谁?”

姜子牙微微一笑道：“此人乃是陈塘关总兵李靖的长子金吒，出身玄宗广法天尊门下，一身玄宗正法得其真传，料想虽不能胜过刑天抗，但是挡个一时半刻定然是没有问题的!”

“陈塘关？金吒?”耀阳自是想起了他们兄弟俩曾经帮助过的哪吒。

云雨妍此时白了耀阳一眼，没好气地说道：“耀大将军，你还愣着干什么，赶紧下山带兵救人哪！先生早料到耀将军会用火攻，所以已经将火油等物运到谷外的营帐里。”

耀阳闻言大喜，想也不想就上前抓住云雨妍的玉手，谢道：“多谢先生和云姐姐，这次有救了。”

云雨妍脸上一红，不着痕迹地将手缩回，心中微感异样，不过她很快恢复过来，淡然一笑道："这是先生的功劳，姐姐只是替先生运过来而已。"

"一样，一样！"耀阳看着云雨妍浮起彩霞般的玉容娇艳欲滴，不由呆了一下，不过马上就急不可耐道，"我现在就回营，只要发动火攻，一定将刑天抗那小子和鬼方这些兵卒烧成烤猪。"

"现在谷中战局未了，如此贸然火攻，难道耀将军要将正在谷中顽强抵抗的数千西岐兵士一并烧死吗？"姜子牙的话像是一盆冷水倾注在耀阳头上。

耀阳怔住了，他心急如焚，的确没想到这点，看着谷中正在奋战的西岐将士，他怎么可能会如此冷血地不择手段？不过这样下去，等到战局一定，他就无力回天了，耀阳不由开始左右为难起来，心中急想对策，但是时间不等人，他急得如同热锅上的蚂蚁一样在崖上不停走来走去。

俯视谷中，刑天抗从金吒的身手看出对方的身份，他虽然并没有答话，却已经开始着手部署兵马，只见谷地上的鬼方兵马整齐有序的排列战阵，整个"落月谷"顿时安静下来，只听见整军的步伐与剑戟交响，压抑的气氛慢慢扩散开来，犹如雷电交加的暗黑天空一般，阴沉沉的让人憋得发狂。

云雨妍也不由得跟着急起来，毕竟战机稍纵即逝，一旦错过现在的时机，耀阳仅凭区区一千兵士将无法阻挡刑天抗麾下数千初战告捷、士气高昂的鬼方兵马。

姜子牙此时更是悠然道："如果老夫料想不错的话，一旦等刑天抗赢了此战，他的下一步计划必定是令手下兵士穿上西岐兵士的衣物，祭起你们的旗帜诈称得胜回城的兵马，一旦成功被他们混入城中，那后果可就不堪设想了。耀将军，你可想出什么办法来破敌了吗？是让谷内的西岐将士陪葬，还是另有办法，或是干脆强攻，博取基本上没有希望的胜利呢？"

耀阳一时间想不到更好的解决方法，被两人这一催，更是急得大汗淋漓，心如火烧。

姜子牙见到他现在的样子，不由摇头惋叹道："耀将军，你可知道，为将者，岂能如此临阵慌乱失措？这样可能会犯更大的错误，让全军陷入无可挽回的死局。”

“可是现在时间急迫，我又想不出办法，该怎么办呢？”耀阳眼见谷内西岐兵士被重重围困，心中哪能不急，但看姜子牙还是神色如常，心中一动，连声问道：“不知耀阳该如何？请先生教我！”

姜子牙淡淡一笑，道：“身为一军统帅，首先应当心如止水，任何成败得失都丝毫无损心中清明，然后衡量揣度应对之法，方能纵横沙场之上，运筹帷幄而决胜于千里之外。否则，你若不能让自己冷静镇定下来，此战必败无疑。”

耀阳心神一震，联想到《龙虎六韬》中的种种谋略之法，知道自己因为焦急失去了身为将帅者应有的冷静，立即深深吸了一口气，运起《玄法要诀》当中的“静心凝神”之法，努力让自己的心神完全镇定下来。

谷地中，双方将士已经再度交锋，鲜血已经将“落月谷”的大地染红，厮杀、惨嚎、嘶鸣之声不断传来冲击着他的耳膜，耀阳却渐渐将自己置身事外，心静如水地分析着当前形势。眼前的惨杀不再影响他的心境，《龙虎六韬》的内容在脑海中快速掠过，耀阳全心神捕捉那一瞬间的感觉。

“怎样才能把握这一瞬间的战机呢？”耀阳心中暗忖，眼神中的神光逐渐镇定如常，朝姜子牙拱手还礼道：“先生高见，耀阳受教了！”语罢，耀阳虎躯扭转回身，如风身形消逝在山崖之上。

云雨妍担心地望着耀阳遁去的身影，有些焦虑地问道：“先生，他……能想到解围的办法吗？”

姜子牙只是轻轻抚拭胸前的白须，仰望苍穹叹道：“老夫这么多年来所见过的人当中，他独具一格的天生禀赋，以及身为将帅的潜质都是最强的！”

风，将冲天的血腥气席卷而去，轻轻刮过云雨妍的脸庞，令她心中一动，惊道：“风向怎么会忽然变了！”

伸出袖袍，感受到风向的骤变，姜子牙始终淡然如常的面色此时也禁不住为之一变，喃喃自语道：“莫非真的是天意？”

甫一遁身回到营地，耀阳面上一爽，被忽然转变的风向拂得灵台明朗，心中主意已定，再一闻到风中传来的浓浓火油气味，更是大喜过望，几十桶火油果然已经摆放在营中了。

回到营帐中，耀阳消去化身，然后行出营帐，吩咐传令官召集全营将士。

片刻工夫过后，耀阳站在营帐前，面对眼前的千人兵士，壮气扬声道："英勇的将士们，今有凶狠外敌侵入西岐，我军今次奉命击退敌军。但是现在主帅出师微挫，咱们有四千多名兄弟已经被困谷中……"

一席话还没有说完，已然引发所有兵士愕然地议论纷纷。

耀阳知道此时正是士气低沉的时候，立时脚底微震，五行玄能由心而发，赫然震喝一声。

千余名兵士被喝声所震，抬眼望去，见到将台上的耀阳神情凛然，周身仿佛游离出一层淡淡的金黄芒光，焕发出一股不可一世的傲然神采，禁不住都被他的气势所震，整个营帐登时一片肃静。

耀阳见效果已经达到，当即威风凛凛的继续说道："我们现在将做奋勇一战，救出我们的自家兄弟，同样也必须将不属于西岐的流寇驱逐出去。本将已经做好足够的准备，相信只要我们大家齐心协力，定然足以对敌人予以致命一击，敢问各位兄弟有信心吗?"

"有！西岐必胜！"在耀阳的一番演说下，千余名兵士顿时士气高涨。

耀阳极为满意地一笑，心中终于领略到身为一军将帅的滋味，尤其是当他面对千余名兵士的齐声震喝时，他心中的热血禁不住也随之沸腾起来。

耀阳知道，没有人比他更向往这种生活了。

虽然耀阳是有生以来第一次领兵，但接下来的事情依然被他安排得井井有条，充分显示出他过人的军事天资，同时也令所有手下的兵将为之信服。他展开方才想好的作战计划，分别派驻四百余人守住前后谷口，将所有营寨木架之类能燃烧的物件全都带往两旁谷口，只等他下令便浇上数通火油大肆焚烧，并以弓箭手中距离射杀所有到时候欲逃离谷地的兵士。

耀阳自身则带着二百精壮兵士从“落月谷”两旁的山崖攀爬上去，尽管带了数十桶火油甚是麻烦，但时间紧急，耀阳还是要求兵士以最快的速度到达山崖之上。

两百西岐兵士带着火油小心翼翼地爬上山崖，其中艰苦自是不得而知，好在耀阳从中以法能相助，不到一刻钟的时间，他们很快按照耀阳的吩咐遍布在崖上各个位置。

即使有谷中厮杀声遮掩，耀阳也还是怕会惊动刑天抗，然而刑天抗面对级数虽然较自己稍差的金吒，但也无暇他顾。当布置完成，耀阳终于松了口气，大手一挥，冷然喝道：“倒！”

随着耀阳的一声令下，崖旁两侧的两百兵士立时将火油对准正在厮杀的所有兵士，当头泼洒而下。

谷中数千兵士正激烈拼杀，满天火油就如滂沱大雨般洒了下去，所有厮杀中的兵士顿时被忽如其来的火油淋得愣住了，当他们嗅到难闻的火油气味，更有一些手举火把的鬼方兵士被火油泼个正着，火光立时冲天而起，被烧得皮焦肉臭，惨嚎连天……令双方兵士都不明所以地同时停了手。

耀阳再一声令下，崖头上的二百多名兵士同时燃起火把，两旁谷口的兵士此时看见信号，同时焚起冲天大火将谷口两端统统切断，顿时间满谷火光通明。谷内兵士顿时众皆大慌，个个脸上几乎都已吓得面无人色，这火势若是烧将起来，定然没有一个人能逃得了的。

耀阳大喝一声，风遁而起，凌空而立，烈风激得黑发张扬，衣衫扬起激荡，威武直如天神降世，声震谷内外道：“吾乃西岐虎贲将军耀阳是也，谷内鬼方兵士若是想活命出谷者，当立即放下剑戟兵器投降，否则……杀无赦！”

双方兵士无不为之震撼，西岐兵士见到耀阳如此神勇无匹，当即齐声喝彩起来，一时间所有鬼方兵士的士气大落，同时注目本家主帅刑天抗。

刑天抗哪肯轻易示弱，立即长啸一声，跃身而起，凌空与耀阳对峙，甫一见到耀阳的时候不由吃了一惊，转而又冷笑道：“原来是你这个打不死的小王八蛋，没想到区区一个手下败将竟然做了西岐的虎贲将军，看来西岐不日危矣，哈……”

刑天抗首先奚落耀阳一番，当他感受到此时的风向，心中不由得还是一震，想到若是依照这个风势一旦烧起来，整个落月谷都将寸草不生，他的面色稍稍一变，但随即又大笑数声后，冷哼道：“你有胆就下令烧啊，难道你就不怕连谷中的西岐兵士也一起烧死烧光吗？哈……”

耀阳嗤之以鼻道：“身为一军将帅，我待手下一帮将士自然亲如兄弟，哪会做出此等不义之举！但是——如果你胆敢再如此视我等西岐将士如同无物，那么即便是拼个粉身碎骨，上刀山下油锅都会奉陪到底！”

只听这语声铿锵有声，传遍“落月谷”内外，听得谷内外一众西岐兵士热血沸腾，同声应诺，声震九霄。

刑天抗眼见耀阳一席话便将西岐士气振奋起来，更感到对方身际所传来的元能感应，不由心中大惊，知道对方绝非从前所见的傻小子，但面容仍是保持如常，仰天大笑道：“既然如此，那你凭什么来威胁本将以及我数千兵士投降呢？”

耀阳双眼精光烁然，直盯着刑天抗，道：“不错，既然两军对峙出现僵局，倒不如由我们两个主将来替代所有兵士做个了断如何？”观望着刑天抗阴晴难定的脸色，耀阳冷然一笑，道：“堂堂魔门刑天氏的顶梁柱，甚至更有可能成为刑天氏宗主的杰出人物，难道也会怯场不成？难道还会怕一个所谓的手下败将不成？难道是在担心自家的名声……”

没等牙尖嘴利的耀阳把话说完，刑天抗已经不动声色地闷喝一声：“那你就去死吧！”语罢，刑天抗双眼冰寒，怒哼一声，双手扬起魔能气势勃然而发，挥出两道炎热火劲直扑耀阳而去。

耀阳一晃便已闪开，笑道：“小心点，别把谷中的火给点着了。”话虽如此，但他手下却丝毫不慢，只手一挥之间，“七真妙法指”划出数道凌厉的炎热指气袭向刑天抗，同时身子激射而出，暗含五行玄能和归元异能的一拳狂烈击出。

指气纵横，仿佛无处不在，几乎是包围了刑天抗，让他无处可逃。刑天抗叱喝一声，双手如漫天烟花飞舞将指气一一挡消，此时狂风大作，气劲迫人，耀阳的一拳已经到了眼前。

刑天抗急急退后，手刀斩出“吞日蚀月诀”，惊人刀气向耀阳当头劈去。耀阳随意一笑，仅只轻描淡写般的一拳击出，早已运用纯熟的五行玄能立时将刑天抗的魔能击消。哪知刑天抗此招不过是虚，为的却是趁虚而入，挥舞出更加强劲的“蚀月魔能”，只看刀气有如狂涛怒浪、铺天盖地的袭向耀阳。

“好家伙!”耀阳的身影化成急电闪开，同时幻出几个身外化身迷惑对方，使出灭除炎火气劲的“乾天龙炎诀”，只看刑天抗的周围顿时起了一阵强烈的旋风，以刑天抗为中心集合，暗含无数锋利的风刃借旋转之势更添锐利，化火焰为风刃，耀阳的“五行化物”已然用得恰到好处。

刑天抗所发的“蚀月魔能”被耀阳的虚影尽数卸去，自身反被风刃包围之下，无处可躲，凝集魔能使出“幻日盾壁”结界尽数顶住，却不料耀阳也学了他方才一招，散去受阻的风刃气劲，乘机提起一脚，脚跟以千钧全力扣压了下来，正砸向刑天抗“幻日盾壁”前部。

刑天抗大呼一声，双手交叉用尽结界元能挡住，但却被耀阳饱含五行玄能的归元异能压下，整个人在半空中硬是下沉半丈。耀阳再弹出脚影如潮，却是每一脚都满含异能，刑天抗自忖抵挡不住，低啸出声，身形急退，但仍是慢了一些，受到几脚玄能的冲击，即使其势已弱，也不由身形受挫，狼狈之极。

刑天抗暗暗惊心不已，没想到一段时日不见，耀阳的身手远非当日可比，而且令他在数千兵士面前如此狼狈不堪，顿时恼怒异常，身形遁飞当空，不惜暴露自身的破绽，拼着两败俱伤的后果，双手凝集魔能疯狂劈出“毁天灭地”的绝学，立时间，只见漫天无数道能劈山裂石的刀气横空而出。

速疾的魔能劲风吹得耀阳的衣衫后扬激飞，耀阳嘴角一翘，洒然一笑道：“好一式‘疯狗诀’，挺厉害的，不过，小意思!”连“邪神”幽玄的追杀也能逃脱的他自然有资格说这种话。尽管他口上这么说，心中也不敢大意，身形施展出“风遁”急幻，化成影子随意飘越，险险才将劈空魔能尽数闪过。

看似轻而易举，其实耀阳却是在全力施为之下，才能有惊无险地应付此招，其实此时他正面对向刑天抗，表面上看来并没有什么，其实后背的衣褛已被刑天抗的魔能刮破，甚至挂伤几道血痕，锥刺般的疼痛令他眉头微皱，但是为了数千将士的士气，他只是身形略晃，并没有做出丝毫不适的动作，乃至面上的笑容都仍然保持着一贯的冷静与静定。

当刘览做好一切准备，再次回到屋中时，发现那名土行孙已经不知去向，只剩下紫菱一直还在扰着不胜烦躁的倚弦。他不由一怔，但随即就当作若无其事地说道：“下官带来了几套衣服，请两位‘尊龙使’换上，也好参加今晚南侯在‘龙凤阁’设下的迎接晚宴。”

倚弦见到刘览，连忙挣开紫菱纠缠，起身相迎，有些意外地问道：“什么晚宴?”

“是这样的!”刘览赶忙解释道，“南域附近的诸国使者基本上今日都已来齐，所以南侯颁诏说是今晚为众使接风洗尘。而我已经照各位‘尊龙使’的吩咐，向南侯报称龙小易公子乃是本国今次出访南域的特使。不好意思，请原谅下官将公子的姓氏改成龙姓!”

不等倚弦说话，紫菱早已喜滋滋地接口道：“龙姓好啊，刘览你做得非常好!”

倚弦没好气地摇头轻叹，别过头干脆不去理她。

刘览对两人之间的关系是越看越看不明白，索性不去理会，只是让两人各自随侍女前去换完衣衫之后，又对他们简要地说了说此次参与宴会的南域官员以及各国使者。

夜幕时分，华灯初上，倚弦与紫菱所乘坐的马车缓缓由西向东穿过荆湘城中，进了一座中型的内城，行进一道宏伟的大门，经由一道圆巷形的门洞，进入南侯宫前的广场。

大门的两旁设有兵馆，驻屯了将近两营的兵士，由南域的城卫军指挥监管，守卫的兵士循例向刘览等人问询查证过后，才放行让他们往内宫驰去。

南域都城的南侯府虽比纣王的皇宫小了一些，但占地百倾只怕仍嫌不够，南侯宫乃是“前廷后寝”的布局，外廷是鄂崇禹办理政务、举行朝会的地方，内廷则是南伯侯鄂崇禹和诸子妻妾的寝室。外廷的三座主殿巍峨壮丽，设于前后宫门相对的中轴线，两边是各类官署。倚弦与紫菱沿途观览，只见殿堂、楼阁、园林里的亭、台、回廊等等，无不气象肃穆，非是等闲府邸所能比拟。

南伯侯鄂崇禹设宴的地方是后廷一座三层楼式的高台建筑——“龙凤阁”，也是后宫中最宏伟的建筑之一，高台上是两层楼阁式的殿堂，殿堂两旁及其下部土台的东西两侧，分布着十间大小不等的宫室，以回廊相连，宫墙上更有彩绘壁画，殿堂和长阶则铺上各类方砖，显得格外气派宏伟，富丽堂皇。

马车停在大殿堂阶下的广场里，早有一些南域的势力弱小的诸国使者与南域几名官员在那里恭候他们。见面后众人自有一番客套，倚弦起初还有些不太适应，但到了后面也都逐渐可以应对自如了，紫菱也难得地收起了天真刁蛮的性子，将龙族公主高贵典雅的姿态摆出，自然震慑诸使。

步上长阶时，刘览低声对倚弦道：“今晚除我濮国外，还有虎方、南巢、六英、夷方，甚至偏远的巴蜀与越两个大公国也有使者前来。他们这些人通常都自恃身份，专横骄傲，不要说其他小族小国，就连南域诸臣都让他们三分，你可要小心应付了。”

紫菱哪曾参加过这种凡世王侯之间的聚会，只听他人说话，却不知人家说的什么，自顾胡乱点头便是，倚弦却是心中着实感叹不已。

几人甫一跨入殿门，一声长笑扑耳而至，只见一个无论体形和手足均比常人粗大的豪汉，身穿华服，虎步龙行地向他们迎来，头戴丝织高冠，上插鸟羽簪缨，行来时鸟羽前后摇动，更增其威势。

此人年约四十，生得方脸大耳，貌相威奇，一双虎眸神光闪闪，予人格外豪爽却不是通变的感觉。

刘览悄声说道："此人是南伯侯手下第一大将——虎遴汉。"同时示意他要小心与此人交好。

倚弦尚未来得及与虎遴汉见礼，他灼灼眸光已然落到倚弦与紫菱身上，讶然道："我虎遴汉足迹遍天下，平生还是第一次见到像是龙将军夫妇这般得天独厚的人物，真可谓郎才女貌哩！"

他有如洪钟的声音，在殿堂的空间震荡回响着。

倚弦见感强劲气势迫人而来，心中暗赞，忙谦让道："将军夸奖了！"

倚弦偷眼在殿中转了一圈，只见除在上首设了三席外，大殿左右各有数席，每席旁立著两名宫奴，舒了一口气，不用应付那么多人，自然轻松了点。

紫菱却是因虎遴汉那句夸奖心花怒放，偷瞧了倚弦一眼，暗道："这家伙还算有点眼光，除了我紫菱公主，谁还能配上倚弦哥哥！"

虎遴汉毫无架子，领着倚弦三人，往设在下首靠右的席位走去，让倚弦他们坐了二席，虎遴汉则满意一笑坐到了上首。

这时，只听门官唱道："虎方尤蒙大人到！"

倚弦和紫菱、刘览三人均自往正门望去，只见一位高瘦的男子，身穿锦袍，气宇轩昂地大步走入殿内，隔远便对倚弦与虎遴汉礼拜招呼，却对其他诸族国使者未曾理睬。

紧接着，其他各地域国的使者一一到齐，但其中的代表人物与虎遴汉、尤蒙之辈比起来，却丝毫显不出大家风范，只有刘览所说的南巢、六英、夷方，以及巴蜀与越等国使者的确都趾高气扬，与寻常国度的使节大有不同。他们虽然各自立场不同，但都同时对倚弦与刘览所表现出的亲近态度，说明濮国毕竟是诸多方外小国中的佼佼者，势力着实不可小觑。

第七十二章　伐纣大计

待到众人一一坐定下来，正相互客套叙旧之际，忽听门官肃然唱喏道："南伯侯鄂崇禹大人到！"

顿时满堂肃然，再也听不到丝毫纷乱吵闹的声音。

倚弦转头往门外看去，只见殿门外数名宫女手持龙锦伞盖，拥蹙着一名身形魁伟中年男子行进殿来，那男子方口狮鼻，斜眉大眼，身着一袭黄绫袍服，龙行虎步，威势十足。

此人正是殷商四大伯侯之一的南伯侯鄂崇禹。

鄂崇禹缓步行进殿内，不时向四周的诸国使节微笑示意，表现出一副极其亲善和蔼的面孔。但倚弦却总能感觉到，在鄂崇禹貌似亲善的眼光下，始终有着一股冰凉的寒意。

鄂崇禹摆足架势一路步上大殿正席，待到他甫一坐定，一直尾随其后的宫奴便清清嗓音，唱喏道："诸位宾客拜见伯侯大人！"

听着宫奴的喊班，一众宾客都只能肃容俯身揖礼，口中跟着宫奴喊道："拜见伯侯大人！"

鄂崇禹正襟危坐地点了点头，挥袖一拂道："诸位平身！"

"谢伯侯大人！"既然已经依足了礼数，众人自然也就入境随俗了，纷纷起身，但见鄂崇禹并没有发话让众人坐下，于是都有些手足无措的站在席位上，面面相觑地相互观望。

鄂崇禹这才满意地点了点头，道："诸位贵客无须拘礼，请入座吧！"语罢，他身前的宫奴又再宣话道："开席！"

诸位宾客纷纷落座，宴席正式开始，成队的宫女穿梭在众人席位之间，端来各式各样的美味佳肴与精选好酒。倚弦一直冷眼旁观方才的一切，心中不由感到有些好奇。

按理说来，这鄂崇禹只不过是一个所辖二百镇诸侯的南伯侯而已，所以寻常的礼节与规矩都不应超出侯王的范围，但今日如此群宾朝拜的礼数却有些过了，已经相当于帝君临朝的大礼。

倚弦想到来时刘览曾说过的一些关于鄂崇禹的传闻，禁不住忖道：“难道这鄂崇禹真的有脱离殷商，独自称帝的打算?”不过，这些都不关他的事，倚弦现时只是一心想要在宴会上寻到魔门祝融氏的法道高手，他不停四下张望，甚至将归元异能运行至最敏锐的境界，企图寻出类似祝蚺这等法道高手的踪影。

倚弦显然失望了，席间的所有宾客均是一些小国使节，如果单纯说到武技能力，自是以虎遴汉、尤蒙为首，或许主席上的南伯侯鄂崇禹本人也可算是不错的好手，但却绝非修炼有成的法道高手。

紫菱公主虽然一直在应酬其他使节，但却也在不停关注着满殿人物，此时凑近倚弦耳边，故作亲密无间的模样，悄声道：“看样子，祝蚺不会在寻常场面现身，我们还是要进行下一步计划。”

言罢，紫菱公主的一双美眸炯炯望定倚弦，鬼灵精怪地往他耳际吹了一口暖气，然后不等倚弦责备，便格格笑着挪到一旁，继续发挥她的无比亲和力，与其他使节闲聊胡侃，套取一些关于鄂崇禹的资料。

倚弦只觉耳中一阵奇痒，知道定是这个丫头使坏，但在大庭广众之下又不便呵斥，只能摇头苦笑。虽然如此，但他却不由自主想起曾经同样在他耳边呵气若兰地说话，最后更轻轻咬了他一口的绰绰，心中涌起一阵难言的酸涩。

此时，殿台主席位上的鄂崇禹斟满一杯酒，立起身来举杯朝向众人，道：“今日盛宴，能邀请到列位贵客亲自驾临，本侯感到万分荣幸，在此以水酒三杯，先敬诸位了!”当即，鄂崇禹接连饮尽三杯酒。

席下诸位宾客响起一阵叫好的呼应声，同时举杯与鄂崇禹对饮了三杯。

倚弦一一饮尽杯中酒，知道这是鄂崇禹的开场白，于是随便挑了一点菜肴尝尝，便开始等待鄂崇禹进一步的说辞。

果然，鄂崇禹放下手中酒杯，放眼望了望席下诸人一眼，道："其实，本侯今次请各位前来，绝不仅仅只是为了久别叙旧，实是因为另有要事要跟大家相商！"

尽管列席众人无一不知鄂崇禹的意图目的，但听到这番话之后，仍然是一阵哗然，相互之间开始议论纷纷。

鄂崇禹见到这个场面，眉头不由一皱，身旁的宫奴见状，连忙行前一步，威声喊喝道："肃静！"

席间的议论纷纷顿时被这一声威喝震慑住了，混杂的声音迅速安静下来。

鄂崇禹干咳了两声，单刀直入地继续说道："众所周知，当今殷商纣王无道，天下诸侯当齐襄盛举，共同伐之。本侯业已接到东伯侯与西伯侯送来的伐纣檄文，既然推翻殷商已成众望所归的定局，所以本侯这才特地将诸位请来，无非是想与大家一齐商讨出一个适当的伐纣大计。"

此言一出，众皆震惊。

倚弦心道："这鄂崇禹说话果然老到，竟先自扯出东伯侯与西伯侯来镇住众人，然后才将大家引入自己的圈套……但是，正所谓无风不起浪。难道西伯侯真的已经决定伐纣，那么小阳现在又在做什么呢？"

想到这里，倚弦不由开始凝神倾听关于这方面的细节。

鄂崇禹看到众人的反应在自己意料之中，又道："不知道大家对此有何意见？又或是对本侯此次的提议是否予以支持？所以还请诸位各抒己见——"

听到鄂崇禹客套的询问，席下诸位宾客顿时又议论纷纷起来，无非都是一些没有主见的小国使节忐忑不安地询问旁近他国使节。

倚弦他们代表的是势力较大的濮国，所以更是惹来更多人在不断询问立场，倚弦不知其中的厉害关系，只能摆出一副讳莫如深的样子，而刘览与紫菱公主等人也是四处赔笑脸，不敢妄言乱讲。

倚弦心中暗暗叫苦不迭，虽然刘览托付他全权帮助濮国处理此事，但他现在也是一筹莫展，毕竟事情关乎一个国家的兴旺盛衰，太过沉重了。附和鄂崇禹，自然被牵扯到伐纣之战当中。如果不赞成这个提议，难免得罪鄂崇禹，也有被其率先借词责伐的可能。

倚弦看了看旁近的一众使节，再远远望了席上正打量四周的鄂崇禹一眼，暗暗叫糟，忖道："如果没有人愿意回答，鄂崇禹肯定会开口询问像是濮国、虎方之类不大不小的域国使节，这一下该如何是好？"

正如倚弦所料，如此敏感且谁也不敢首先做出回应的问题，果然没有人愿意回答，鄂崇禹双目闪烁不定，开始四处捕捉可供威逼利用的对象，道："既然大家都如此踊跃讨论，我想应该有个结果了吧！"

言语间，鄂崇禹的目光恰好扫视到倚弦他们这一席，鄂崇禹虽然看着倚弦比较面生，却深知濮国虽然势大，但本国对外的邦交策略通常比较柔弱，拿他们开刀自是再好不过，只要他们牙关一松，其他趋炎附势的小国自然也就不会再有什么意见。

鄂崇禹想到此中关键，当下嘴角轻扯出一丝笑意，道："不如，现在先让几个南域的老朋友说说看，濮……"

倚弦不自觉的冷汗沁背，知道濮国已经被鄂崇禹盯上，惟今之计恐怕只能顶硬上了，他不由自主想到耀阳最厉害的地方，就是凡事都能蒙混过关，禁不住苦笑不已，心中算计着忖道："还是两兄弟在一起的时候好过。"

正当鄂崇禹准备点名让濮国使节回话之际，只听一声干咳声响起，竟然将他说话的声音都掩盖下来，可见此人的意图极其明显。他颇为惊诧，顺着声音来源望去，咳声正是南域边疆诸国之中一直不甚友好的虎方使节尤蒙所发。

尤蒙见到鄂崇禹的目光回落在己方，当即好整以暇地起身，先是躬身行了一礼，然后双目炯炯环视殿中诸席，诸人登时变得鸦雀无声。

只听大殿之上，尤蒙的语声不卑不亢，说道："纣王无道，天下共知。

而南侯能有此等顺应天地人和之心，着实难得。按理说来，我等边陲小国应当予以千万分的支持才对。只是……”

倚弦见到有人出面回应，自是高兴非常，心中不禁松了一口气，而且只听这虎方使节尤蒙的开场话，便知虎方的意见根本与鄂崇禹背道而驰，他更是高兴看到这样的局面，只要能看到鄂崇禹对此所做出的反应，他自然可以为濮国找出一个折中的回答方式。

鄂崇禹听出尤蒙话中的反对意味，颇不高兴地沉声道：“尤使节有话请尽管开口，无须如此吞吞吐吐。”

尤蒙不以为意地继续说道：“只是虎方不过边陲小国而已，所求的不外乎族国平安，子民无忧。所以对天下大势向来不甚过问，而且商纣再如何无道，也与我国干系不大，所以南侯如果有心替天行道，我们虎方自是无论如何都会支持，但如果谈及兵马粮草之助，恐怕我们纵是有心也是无能为力。”

一番话说得合情合理，而且既申明了所谓支持的立场，又堵住了鄂崇禹日后刁难的借口。倚弦知道这番话并没有什么很出彩的地方，只是这份胆量与勇气便是其他任何人都无法与之相比的。

刑天抗乃是刑天氏年青一辈中的第一高手，岂是等闲之辈，仅是稍候了片刻，刑天抗便已经再度迫近，卷起一道结界旋风，双拳狂轰而至，暗含蚀月吞日魔能的拳影滔天幻起，劲风激得耀阳黑发尽扬，衣衫怒展。

耀阳起身欲退，脑海中猛然想起《幻殇法录》中记载的“震极诀”，不由恍然大笑，凝集五行玄能的一拳堪堪击出，正中刑天抗击来的拳影中心，归元异能的独特禀性轻而易举地破开刑天抗的魔能，隐含天火暗劲的五行玄能狂烈涌出。

“噼噼啪……”刺耳的激荡声作响，炎热异能击在拳影墙上，像是在湖面投入一块石头，震出一道道波纹，瞬间就将拳影尽数荡消。

刑天抗大惊，玄能已经侵入体内，他急忙运起魔能抵抗，哪知炎热的玄能一触即爆，震得他魔能涣散，猛地一口鲜血喷了出来，而魔能骤散的他怎么抵挡得住这隐藏的天火暗劲，顿时被烧得几乎五内俱焚，痛苦不堪。

耀阳丝毫不给他任何喘气的机会，乘胜追击，五行玄能由一化五以“缚灵诀”使出，化成丝布状团团围困住刑天抗，坚韧无比。刑天抗大惊，狂催魔能，使尽全力挣脱束缚，哪知耀阳又是一拳击来，迫得他仓皇后退。耀阳步步紧逼，或刀气猛劈，或拳影如潮，硬是压制得刑天抗只有招架之功，几无还手之力。

两人在谷地的虚空中对战，元能相击轰然作响，激得狂风怒作，身形快如飞影，双方兵士都看得骇然失色，震撼不已，而耀阳也是凭此一战在西岐兵士中奠定了足够的影响力。

刑天抗一招失策，落了下风，被耀阳紧逼不舍，心中恼怒异常，费力驱散侵入体内的天火暗劲，身形不免略有所滞，勉强躲开耀阳的攻击，但还是被余劲击中几下，都被他忍住一气魔能硬撑下来了。当刑天抗驱除天火暗劲之后，愤怒终于爆发了，当即怒喝道：“小子，你受死吧！”语罢，他不顾一切地发出“烈火焚天诀”，只看炎热火劲猛地从四面八方窜起，向耀阳吞卷而去。

眼见火光耀天而起，谷中数千兵士此时哪里顾得了什么敌我双方，立时纷纷向崖边退去。

耀阳怒喝道：“刑天抗，你想让下面那么多无辜的人都跟你同归于尽吗?”他明知这是刑天抗蓄意设计的圈套，旨在让他退无可退。他仍是顾虑到谷下兵士的安危，傲然卓立，镇定如常，扬手一挥间，“牵机引玄法诀”急急使出，堪堪将袭来的炎热火劲引向谷外。

刑天抗见他中计，暴喝道：“给我破！”魔能怒催，正面一拳砸出，耀阳费尽元能导引烈炎出谷，此时对刑天抗蓄势待发的魔能一击已然躲避不及，当即只能运足五行玄能幻出一层“循替相生”的护身结界，硬生生受了这雷霆一击。

“砰”的一声巨响过后，谷中所有兵士都不由忧心忡忡地翘首观望。

耀阳只觉体内的五脏六腑如遭雷击一般，被一股巨力震得倒飞出去，跌出三丈开外，若非体内尚有归元异能护体的效用，恐怕早已被这一击击得跌落下崖，耀阳勉强提起元能遁风而行，缓缓站定身形，胸中一股愤怒之火熊熊燃起。

刑天抗被耀阳的护体结界震得退了一步，眼见耀阳居然仍然没有倒下，不由大骇，衡量着体内的魔能损耗，他咬牙拼力再欲施展相同的一击，却不料身后已然凭空出现一柄巨型紫色光影，当头朝他斩下。

刑天抗抬头细看，正好瞥见此时浮现在耀阳双眉之间那道半鱼形的紫符隐芒，他乃是魔门年轻一辈中的佼佼者，年少时遍阅各门魔宗典籍，知道这是一种“元灵印记”，如果不是体内隐有超乎寻常的不世元能，定然不会出现这种异常情况。

刑天抗想到这里，不由大惊失色，急运魔能使出“烈风壁障”，避过耀阳的倾力一击，然后一袭白衣飞扬，刑天抗顾不得伤势，身形遁化成一道风影，径直向谷外逃去。

耀阳并没有乘胜追去，一来是因为他体内元能损耗过剧，二来毕竟眼下“落月谷”的战事才是最重要的。

耀阳好整以暇，负手卓立于虚空之上，厉声喝道：“所有鬼方兵士听好，你方主帅刑天抗已经逃之夭夭，本将劝你们赶紧放下手中武器，否则定杀不饶！”

鬼方兵士见了刚才一战，已经被耀阳的神威以及胸怀所慑服，且主将刑天抗已逃，哪敢再做抵抗，顿时全都放下兵器，尽皆俯首跪伏于地，齐呼道：“我等愿降！”

金吒见大局已定，当即命令一部分兵士收拾谷中残局，一部分兵士将敌方兵士全都集中起来看管。

耀阳猛然想到还有姜子牙与云雨妍，立即回首四处查看，哪知那位隐世高人与绝世佳丽早已不知去向。他甫一下到谷地中，金吒立时上前拜见。耀阳极为赞赏地夸了他几句，便命金吒将所有投降的鬼方兵士先押往西岐，他则另有要事去做。

看着金吒领命而去，耀阳放下心来，正要准备遁往断崖去救人儿等人，却感应到一道身影在山崖边上，鬼鬼祟祟正欲偷偷遁风溜走。

耀阳远远看出那家伙正是蒙浩，登时虎目圆睁，怒喝道："蒙浩贼子，休走!"身形遁风一幻，已到了蒙浩面前，五行玄能如风袭出，将刚要动手的蒙浩紧紧制住。

耀阳一把擒住了蒙浩的衣襟，喝问道："你们将人质在哪里？快说!"

蒙浩冷哼一声将头撇开，耀阳勃然大怒，硬生生抽了他一巴掌，饱含玄能的掌力顿时将蒙浩的半边脸打得肿如猪头，血丝从他嘴角溢出，没想到蒙浩却仍然极为硬派，只是闷哼了一声，仍然对耀阳不理不睬。

耀阳实在没办法，只能施法将蒙浩封印起来，交给手下的兵士一起押回西岐，他则抱着最后一丝希望去山崖之上的石洞，里面果然早就不见丝毫人影，耀阳愤愤地一拳击在石洞上，看着被玄能震陷的石壁，他心中只想将那个鬼方胡女玉璇大卸八块。

天色大亮之后，耀阳领着数千鬼方降兵进入西岐城中，无数百姓沿街观看，议论纷纷。主将伯邑考不在，耀阳虽然身为副将，但却独占此次全功，自是威风八面，可惜他心忧人儿、冰儿及妲己的安危，根本高兴不起来，一路上更不停对蒙浩动辄严刑逼问，无奈这家伙死不开口，耀阳只好作罢。

待到将数千鬼方士兵尽数押入大牢时，虎贲将军耀阳之名已经传遍西岐城。、

耀阳自然顾不上这些，只押了要犯蒙浩一人匆忙进宫上殿回报去了。

姬昌此时正和玉璇公主在"文成殿"中商讨选亲之事，得报耀阳得胜回城，心情大悦，立即予以接见。

耀阳快步行至殿中，俯身跪礼道："臣耀阳奉诏领兵征讨'落月谷'贼兵，今幸不辱命得胜回朝，杀敌千余，降兵二千余人，并抓获首要犯人一名，特来向侯爷复命!"语罢，耀阳略一偏头，正好看到玉璇公主以一种异样的炙热目光看了过来，他的心中始终不敢肯定这个女人的意图，忙低头避开。

姬昌闻听战况，大喜过望，亲自下殿扶起耀阳，赞道：“耀将军果然乃西岐猛将，真是社稷幸甚……快快请起！”随即他又心中一怔，问道，“我儿伯邑考呢？”

耀阳支吾了片刻，原本想将事实完全说出来，但一想到自己与妲己的约定，遂改变主意，再次跪倒在地，道：“今次落月谷之战，因为……各方面的原因，损失将近两千兵士，而且主将伯邑考公子在乱军中走散，至今还未寻到，所以请侯爷降罪！”

正当耀阳请罪之时，殿外脚步声响起，就见冠甲不整的伯邑考跌跌撞撞的闯入殿中，跌跌撞撞地俯身跪地，说道，“启禀父侯，孩儿没事了……”

姬昌看了看伯邑考的狼狈模样，不由皱了一下眉头，心中已经再清楚不过了，但也并没有加以责备，毕竟此战已经大获全胜，于是只是摇头叹道：“你既然已经受了伤，就先回去休息吧！”

伯邑考脸色微变，看了一眼跪在地上的耀阳，想加以辩解道：“父侯……”

“不必多说了。”姬昌挥了挥手，道，“你先回去修养一些日子，等伤势痊愈后再说吧，免得身体留下隐患。”

伯邑考见姬昌主意已定，只有无奈告退。

耀阳叹了口气，看来伯邑考可能会因此受冷落一段时间，至于以后能否再入姬昌之眼也很难说了。

姬昌看着伯邑考的身影，有些可惜地摇了摇头，因朝歌舍命相救的事，他对伯邑考自然比较亲近，只是此次落月谷之战，可以看出伯邑考至少现在并无太大的军事能力，上殿之时的样子更是有失体统，让他不得不再另外考虑继承人选。

见到耀阳仍然跪伏于地，忙俯身扶起他，道：“这是身为主将的伯邑考能力不够，耀将军又何罪之有呢？”当即又问道，“将军不是说，还有一个首要犯人，赶快带上来让本侯审问一番！”

“是！”耀阳当即往殿外传话，让人将蒙浩押解上殿。

姬昌见到被抓的要犯竟是蒙浩，不由大吃一惊，语声为之一滞，道：

“这……这是怎么回事？他不是鬼方使者蒙浩吗？”说着，双眼中无比疑惑地看向殿旁的玉璇公主。

谁知玉璇公主也是快步行出殿来，惊喝道：“蒙浩，你敢违抗本公主的命令，竟还敢留在西岐？”

蒙浩仍然冷冷地保持沉默，一副什么话也不肯说的样子，气得玉璇公主粉脸变色。

姬昌转头四顾，疑虑地问耀阳道：“耀将军，到底发生了什么事，你怎么把蒙使者抓回来了？”

耀阳答道：“回禀侯爷，臣跟伯邑考公子同去‘落月谷’围剿敌军，谁知‘落月谷’中的敌人竟全部都是鬼方兵士，蒙浩也在其中。所以，微臣也想敢问公主，此事不知有何原由？”

“什么？”玉璇公主顿时脸色大变，深吸了口气，杏目怒视蒙浩，叱道，“蒙浩，想不到你竟敢私自带兵，还企图阴谋攻打我们的友国西岐，难道不怕本公主将你治以死罪吗？”

蒙浩还是倔犟地一声不吭，耀阳和姬昌对视一眼，都感觉不太对头，以蒙浩一个使者的身份怎敢三番两次漠视本国公主的问话？

玉璇公主亦觉不妥，微一深思，蓦地想到什么，粉脸铁青，凌厉的目光盯着蒙浩，冷冷地道：“难道你是王叔亳垄的人？”

蒙浩将头一扬，终于冷哼了一声，说道：“你知道了还问？”

玉璇公主勃然大怒，扬手就给了蒙浩一巴掌，喝道：“难怪你敢如此嚣张，你以为投靠了亳垄，就能跟本公主作对了吗？真是痴心妄想！”

蒙浩大笑道：“亳垄大人骁勇悍战，是我鬼方国第一好汉，岂是你这黄毛丫头可比。民心所向，亳垄大人迟早能登上鬼方王位，你那懦夫老爹早就该退位了。”

玉璇公主气得银牙崩咬，玉手捏得指节苍白，怒斥道：“亳垄他休想！”

蒙浩冷笑道：“那恐怕已经由不得你们了。”

此时，耀阳插话道：“请教公主，不知那亳垄是何人？”

玉璇公主美眸底抹过一丝狠厉，愤然道：“那亳垄是我父王的弟弟，手掌兵权，本来只是和我父王略有分歧，但自从他领兵征服羌方之后恃功自傲，然后开始跟我父王作对，现在势力已经不小。哼，若不是我父王近年来总有微恙，不能时时亲政，否则岂容他如此猖狂。”

“原来如此！”耀阳沉吟道，“但他为何会派兵来我西岐埋伏，而且也不可能这么好心帮崇侯虎，他应该有自己的目的才是。”

姬昌略一思索道：“那他会有什么目的呢？”

耀阳冷静地分析道：“现在亳垄与鬼方王作对，原本应该是没这么空闲再生其他事端，但现在却突然领兵偷袭我西岐，不外乎有两个可能，一是外取我西岐领地以增强周边势力，二是靠外部势力控制内部局势，甚至想一举取鬼方王而代之。”

耀阳言语一顿，淡笑道：“至于此举真正的目的，恐怕就要问问你们这位蒙使者了。”

玉璇公主转过目光，盯着蒙浩冷冷道：“你说，亳垄是不是真的想谋朝篡位？”

蒙浩冷脸相对，只是回以冷哼连声，惹恼了玉璇公主又给了他一巴掌，只听声音清脆有力，力道用的十足，打得他本来就被耀阳打肿的脸更肿得像馒头一般，玉掌印硬生生地映在红肿的脸上。

耀阳微微吃了一惊，他没想到这公主平常样子娇生惯样的，却看不出出手这么狠，不过既然涉及到家国政事，倒是可以理解。当然，若是照耀阳的猜测，这玉璇公主与那胡女玉璇是同一个人，那就更是没什么好奇怪的了。想到这里，耀阳回头看了姬昌一眼，他面上的神情丝毫没有惊讶，显然对这事也是司空见惯了。

蒙浩不怒反笑道：“说给你们听也没关系，亳垄大人已经决定和崇侯虎联手先将西岐灭了，而后崇侯虎全力支持亳垄大人登上鬼方王位。现在大势已定，你们再负隅顽抗也没有用了，不过只是苟延残喘而已，哈……”

“做梦！”玉璇公主怒呸蒙浩，喝道，“即使亳垄居心叵测，妄想阴谋颠覆，我鬼方万千黎民百姓也不会听他的使唤。”

这时，姬昌说道：“事情既然已经明了，看来形势不容乐观，公主，看来我们得好好盘算一下。来人，将此逆贼打入天牢，多多加派人手看管!”

数名宫廷侍卫奉命将蒙浩拖了出去。

玉璇公主看着蒙浩的身影消失在大殿之中，回头甚是惭愧地道：“侯爷，真是非常抱歉，我鬼方国出此逆贼，替西岐增添了不少麻烦，还望侯爷见谅。”

姬昌哈哈笑道：“没事，此事与公主并无干系，本侯自然不会追究。倒是他们会对贵国不利，着实令人担忧，而且现在我西岐也正遭遇战乱之苦，实在无暇助贵国一臂之力。”

玉璇公主施礼谢道：“侯爷好意，玉璇省得。”

耀阳斜眼看着这位玉璇公主，心中仍有疑虑：“这公主与那胡女为何会长得一模一样，而鬼方兵士又怎会无端出现在西岐境内，这一切难道全部都是巧合不成?”不过，既然连姬昌都不再怀疑，他也不便再说什么了，毕竟不管怎么说，人儿、冰儿与妲己他们还在对方手中。

玉璇公主回思了片刻，又道：“启禀侯爷，现在亳垄竟敢如此肆无忌惮地派兵来西岐捣乱，玉璇恐怕国内有变，所以现在必须向叛贼蒙浩再问多一些事情，就此告辞了!”

姬昌微一迟疑，道：“天牢之内阴暗潮湿，关押的都是些穷凶极恶的犯人，公主过去恐怕多有不妥。”

玉璇公主态度坚决地说道：“事关我国安危，玉璇不得不如此，多谢侯爷关心!”

姬昌只能点头同意，玉璇公主立即告退出殿。

望着玉璇公主离殿后，姬昌回头笑道：“耀将军，此次‘落月谷’一战，你又立了大功，本侯真不知该如何赏你才好，你如果有什么要求，不妨直说!”

耀阳连忙推拒道：“这些都是身为虎贲将军的耀阳应该做的，哪用得着什么奖赏，侯爷不如将这些奖赏全部散发给这次阵亡的将士家属!”说着又将金吒等将的功劳细细说了出来。

听得姬昌在旁连连点头，道："如此忠良勇猛之将，自然要重重加赏才是！不过，有功必赏，耀将军你也不要推拒了，除了一些金银衣帛之外，本侯还应该赏你个什么封诰才好呢？"姬昌一摆手，沉思片刻就宣布道，"就这样吧，本侯升你为龙翼将军，薪俸追加三倍，如何？"

"多谢侯爷。"耀阳只能谢恩，却又迟疑地问道，"不知这龙翼将军跟虎贲将军有什么区别？"

姬昌又好气又好笑，道："你为将许久，怎么连这些也不清楚呢？虎贲将军只是寻常的将军头衔，而龙翼将军的封号在我西岐已是将军级别之中最高的，是仅此于大将军的武将地位。"

"原来如此。"耀阳暗思，以后有空的话，一定要好好研究一下西岐的官职将位。

姬昌见公主负气前去天牢，还是有些担心，便道："耀将军，天牢的防范虽严，但为防万一，你还是跟着去天牢，稍事保护为好。"

"怎么这事又是我？"耀阳暗自嘟囔几句，但还是无奈地应命而去。

鄂崇禹的脸色一阵阴晦难明，让人看不透他的真实想法，但转瞬又开怀大笑道："好，好，虎方既然如此支持本侯，那是再好不过了！虽然今次的伐纣大计，没有你们的兵马相助，本侯的确觉得非常遗憾。但是我相信，即使没有——"

鄂崇禹眼中厉芒闪现，语气有意无意地顿了顿，道："……即使没有你们虎方，本侯在其他诸国的帮助下，一样可以完成伐纣大业，拯救天下万民于水深火热之中！"

"虎方祝南侯可以得成心愿，铸千秋万代之不世奇功！"尤蒙恭敬地再次躬身揖礼，却在他俯身的刹那间，不经意地流露出一脸不屑的嗤笑。

鄂崇禹见到席下诸人被尤蒙的这番话搅得已经不能安神，忙出言安定众人道："对于虎方所处的立场，本侯只能为他们感到遗憾。正所谓，唇亡齿寒。我们大家既然共处在彼此相邻的地域之中，一旦我南域疆土以及子民发生任何变化，不论是好还是坏，都难免会因此波及到你们。因此，本侯再次奉劝各位，莫因小利而失大势！”

顿时间，众人都被鄂崇禹这番隐晦言词震住了，这明显就是威胁的语气。这样一来，方才还想着向虎方学习的诸国使节都难免犹豫了，禁不住都暗暗后悔当时为什么自己不能抢在虎方前面说这通话，弄得现在鄂崇禹把丑话都说了，谁如果还说出像虎方一样的托词，恐怕只会惹祸上身。

倚弦心中大是不满，忖道：“哪有像这样恃强凌弱的手段，真是卑劣！”他回首看了看刘览，刘览看出他眼中的愤恨，只能叹息一声摇头苦笑，那种神情就像是在说：“公子终于可以体会到我们边陲小国的矛盾与无奈了。”

果然，席中好几个靠南域最近的小国权衡再三，终于起身表示愿意遵从鄂崇禹的提议，并且愿意派驻相当部分的兵马相助南域伐纣。

鄂崇禹略有得色的环视殿下众席，目光再次盯住了现在身为濮国使节的倚弦，问道：“一早就听说今次的濮国使节更替了人选，现在看来这位龙公子气宇轩昂，非比常人，果然是人中龙凤。”

“南侯过奖了！”倚弦不紧不慢地起身客气一番，他自然知道鄂崇禹的意图绝非单纯的夸赞，不过此时他的心里已经有了主意。

鄂崇禹露出一脸亲善的笑容，大有深意问道：“濮国世代都与南域交好，不知贵国对本侯此次的义举，有何具体支持呢？”

刘览闻言神色一紧，终于到了关键时候，他不由自主望向已然卓立席间的倚弦。紫菱公主一双美眸流露出无比崇敬之色，紧紧盯视着身前这位已经名震三界的少年才俊。

倚弦淡然一笑，道：“诚如虎方使节尤蒙大人所说，南侯伐纣此举既然是合乎天意顺应民心的大事，我们濮国岂有不支持的道理！”

鄂崇禹听到这些话，顿时犹如吃了定心丸一般，大笑数声道：“濮国果然是南域诸国中与本侯心意最为相通的堂堂大邦之国。今次能够得到你们的支持，本侯在此以水酒三杯相敬，先行致谢了！”

鄂崇禹容颜焕发，举杯连饮三杯，然后再度问道：“不知贵国愿以用多少兵马前来相助本侯呢？”

见到倚弦仍然学用虎方尤蒙那一手，刘览心中暗自着急，他百思不得其解，倚弦应该如何去应付鄂崇禹这番问话。

倚弦一一饮尽席上的三杯酒，道："南侯怎可如此心急，只要大战在即，依着我们现时这般相邻的边域地界，我国派驻的兵马只要一二日便会抵达南域，难道还会有所延误不成？"

鄂崇禹连忙摆摆手道："龙使节言重了，本侯绝不是这个意思。"

倚弦应声道："虽然派驻兵马无须太多时间，但是我有一问，相信也是席间诸国使节最感兴趣的问题，不知南侯可否予以告知？"

席下众使都禁不住闻言一怔，显然不知道倚弦口中所说感兴趣的问题是什么，都不由面面相觑地盯视倚弦。

鄂崇禹也感到有些愕然，道："龙使节不妨直言——"

倚弦回身环视众人一眼，同时给了刘览一个肯定的眼神，才面向鄂崇禹道："既然南侯已经下定决心灭商伐纣，那么能否给我们一个确切的征讨时间，以便我们回国早做准备。"

无可否认，尽管这个问题问得十分简单，但却绝对一击中的，因为诸国使节都在一心避开这个话题，希望自己能够脱出这场纷争之外，相反却忽视了鄂崇禹本身对殷商的态度。

鄂崇禹果然被这个问题卡住了，想来他也没有想到有人会有此一问，稍微犹豫了片刻，笑道："关于征讨的具体时间问题，龙使节无须担心。一旦时机到了，本侯会尽快通知贵国出兵相助的。再则说来，这等军机大事又岂能草率下决定呢？"

倚弦展颜一笑，鄂崇禹的答复正是他想要听到的，当即步步进逼道："如此说来，在未能出兵讨伐纣王之前，南侯对殷商的态度以及策略都仍然是维持原状，对吗？"

鄂崇禹闻言一惊，感到有些把握不到对方的意图，于是含糊其词地应声说道："至于正式出兵征讨殷纣，不过只是时日早晚的问题，所以为了麻痹昏君，本侯与在座诸位都有必要做一些表面敷衍的事情。"

倚弦轻咦了一声，环视四周，道："难道南侯可以肯定在座这么多位当中没有人会向殷纣告密，说出南侯以及诸位答应出兵的个中详情?”

席间众人顿时又是一阵骚动，只因倚弦的话正是大家最为担心的关键所在，毕竟答应鄂崇禹所谓的联盟要求并没有什么，只是都在担心如果此事被纣王知晓，而南侯一旦举事不成，便会连累本国造成难以想象的后果。

鄂崇禹一时语塞，不过他纵横四域多年，怎会被如此小小的问题所困，他故作轻松的一笑，道:“你料殷商难道还有闲心管得了这么多事情吗? 东、西伯侯都已生反意，纵是北侯崇侯虎被其利用又如何，还不是一样心存狼子野心，反不反只是迟早的事情。而且只看现时派遣北侯崇侯虎去征讨西侯姬昌，便知纣王也绝非等闲之辈，就算我们有所防范又如何，最后还不是落入别人的控制之中，倒不如现在合众家之力、同心同德反了殷商，岂不自在!”

列席众使被这番话刺激得再次骚动起来，顿时间殿内议论纷然，吵嚷之声更是不绝于耳。

“北侯征西?”倚弦心中一动，不由想到了耀阳，禁不住想要问询详情之际，忽见内廷中行出一名宫奴，神色匆忙地凑近上席，然后在鄂崇禹的耳旁轻声说了几句话。

鄂崇禹的脸色登时一变，然后站起身来，扬声将殿内议论吵嚷的声音盖了下去，道:“诸位请先行用膳，本侯有些私务必须处理一下，待会儿再来陪各位痛饮了!”

在诸国使节的恭送声中，鄂崇禹缓缓步下席，由方才那位宫奴的引领下，疾步行入内廷之中。

第七十三章　危机重重

倚弦虽然没有听到宫奴对鄂崇禹所说的话，但他却能够猜到其中的重要性，再一想到他所策划的计划，此时正是难得的良机，当即与紫菱公主交换了一个眼色，便谎称肚子不适溜出了大殿。

避开殿外宫卫队伍的巡逻，倚弦来到御花园中，冰晶火魄铸就的双目远远看到鄂崇禹匆匆的背影，他连忙凝集元能，念动法咒，施展出隐遁之术，跟着鄂崇禹向内廷继续行去。

行至内廷一间宽大殿房的门前，鄂崇禹却忽然停住了脚步，显然有些心事重重的模样，犹豫了片刻，这才推门而入，只听一声尖锐的大笑骤然从屋里传了出来。

倚弦看着鄂崇禹进门，不多时，一名宫奴从殿房里面轻手轻脚地行出来，反手将门紧掩，然后缓步退了下去。倚弦抬头看去，殿房的匾额上书写着“博文殿”三字，一看便知应该是鄂崇禹的书房。

听着殿房方才传出的笑声，倚弦感应出对方元能的强势，心中一震，知道等待鄂崇禹的人应该是妖魔二宗的高手，当下不敢大意，屏息静气悄然潜近殿房前，透过窗格的缝隙往房内看去。

鄂崇禹正跪拜在地，行的是君臣之礼，他的面前是一位身形清瘦的朝服中年男子，一双冷目闪烁寒芒，漠然的脸上似是戴着一层面具，毫无生气，衣袖外露出的双手如枯木一般，整个人给人的感觉都是诡异莫名。

看着此人手中的那卷诏书，鄂崇禹一脸的恭敬，首先致歉道：“南伯侯鄂崇禹未能恭迎诏使尤大人前来，得罪得罪!”

那人正是当今殷商纣王驾下的红人上大夫尤浑。

尤浑模样极其嚣张，即使对鄂崇禹这个手持一方兵权的南伯侯也不屑一顾，冷冷地斜睨了一眼，哼道："恭迎？未必吧？南侯好大的架子，尤某才是恭迎了多时。南侯鄂崇禹接诏！"

鄂崇禹闻言浑身一震，心中不免稍有犹豫，但想到方才席间诸国众族，在虎方、濮国的隐晦难明态度下，浮于颜表的反对神情，当下双腿一曲，跪了下去，恭声道："臣侯鄂崇禹接诏！"

尤浑相当满意地嘿笑一声，抖手将诏书打开，大声颂道："奉天承运，吾王诏曰：今西伯侯姬昌起兵叛乱，意图谋夺殷商河山，篡取先祖之不世基业，此等大逆不道行为，天地震怒，人神共诛！今特召大商忠侯悍将鄂崇禹即刻发兵，配合北侯崇侯虎共讨之，以安天下！"

倚弦顿时只觉自己背脊凉飕飕的，惊叫之力也全没有了。如果真的如此，鄂崇禹在方才席上迫于虎方与自己的压力，现今无法抓住南陲各国势力，那么肯定会暂时委曲求全遵从纣王，届时战乱一起，那么天下黎民危矣，西岐危矣，耀阳危矣！

想到这里，体内的异能竟无缘由的为之一动，倚弦明显感觉到一种在黑暗中深深包容的炙热逼近，他眉头一皱望向尤浑，果见尤浑神色也自一凛，不过随即就恢复常态。

"不知他在想什么……"倚弦如此忖道，"如果他不是法道高手，那么定然有高手靠近！"

鄂崇禹此时却是并未感觉到尤浑的神色变化，全身冷汗淋淋的不知该如何决定。正在他举棋不定之时，一把刚硬的声音忽然在他脑中响起："主公不必心烦，不若先答应他，微臣稍后自有妙计献上！"

鄂崇禹当然知道声音乃是何人所发，当下不再犹豫，跪礼接诏。

尤浑出奇的并未再加刁难，胡乱敷衍了鄂崇禹两句，并要求鄂崇禹尽快集合兵将，三日后发兵征讨西岐！

看着已经失去尤浑身形的宫路，倚弦的心再次陷入冰冷，虽然他知道乱世之中战争是难免的。弱肉强食是乱世生存的唯一准则，但他真的非常讨厌看到战争！

但是并不容他多想下去，他一手策划的好戏上场了。

异变倏升——

脚下微颤，蓦地尘扬土溅，一个高大矫健的黑影从鄂崇禹身前不足三尺的地上窜出，

当神情略显恍惚的鄂崇禹发现之时，那人早已直接以本身元能幻出一把巨斧，当头向他劈下，劲风激射之声破空传来，只见金光闪耀腰眼生辉，巨斧已雷霆劈到！

“刺客！”除了倚弦外，在场所有人都大惊失色，在这时却来不及插手。只有倚弦冷眼看向鄂崇禹身后，看看那人能忍到什么时候。

果如倚弦所料，隐于旁侧拥有神秘魔能的人终于出现了——先是一只手凭空而出，挡在鄂崇禹之前，轻易接住了巨斧，然后看似轻轻一抓，元能巨斧碎成光片消失在空中。随之，手的主人也显出整个身子，身形魁梧尚在刺客之上。

倚弦一眼看去，已确定这个人就是魔门五族中祝融氏的宗主祝蚺。

祝蚺击破对方的元能巨斧之后，马上掌刀斩出一道炎劲，疾猛扑向刺客。澎湃魔能喷涌而出，那个刺客顿觉身周气流尽陷一片炎热的漩涡之中，令他徒感身不由己无法自拔，当即大惊失色，身形拔空而起，急闪一边，异常狼狈地躲开了这一击。

刺客自然是破除本命禁制后的土行孙所扮，此时见到祝蚺出现，知道任务完成，立即想要退走。

然而祝蚺乃是何等人物，岂能任人在其面前说来便来说走便走，愤然冷哼一声，轻描淡写地又是一掌挥出，铺天盖地的炎热魔能迅速涌出，将土行孙周身气机完全锁定。

土行孙见状不妙，马上身形一顿，整个人快速下沉，使了保命大法“土遁”，隐入地下。

“想逃？”祝蚺冷笑一声，闪电般一拳砸在地上，元能瞬间侵入地下。顿时大地狂震，土石飞溅而起，随之将遁地不深的土行孙震了出来。

土行孙没想到在自己还未来得及完全发挥“土遁”之术就被祝蚺逼了出来，慌乱中大喝出声，元能幻变成势，再次幻出一把巨斧飞射向鄂崇禹，神情略显慌乱，大有狗急跳墙之感。

祝蚺冷笑不已，极为不屑地随手一拍，五指魔能击出一道劲气直冲巨斧，同时极力向土行孙压迫而去。

倚弦知道以土行孙的修为根本别想在祝蚺手下逃走，乘机喝道：“贼子大胆!”自阴暗角落纵起身形，抢先一掌拍碎巨斧，身形丝毫没有慢下来，而是像风一般冲向土行孙。

临近土行孙之际，倚弦一拳狂猛击出，呼啸声中的玄能气劲狂风大作，声势浩大。土行孙却是大喜，倚弦这一击的确很猛，却是用在抵消祝蚺的魔能压力上，剩下的只是一股柔劲。

土行孙忙作样惨叫出声，脱出魔能压制的身子急窜入地，迅速遁去。此次他已早一步全力施展出“土遁”，即使祝蚺再强，此时也奈他不何。

祝蚺对于倚弦的出现颇感惊异，也没有去追土行孙，只是身形一幻，又再次隐于鄂崇禹身后。

倚弦淡然一笑，回头向鄂崇禹躬身行礼，道：“本使方才出殿方便之际，见到有人鬼鬼祟祟潜入宫中，为防不测便跟踪而至，只是才疏能浅，反让那刺客逃了，望南侯降罪!”

鄂崇禹见到倚弦方才的神勇一击，早已欢喜非常，哪里还顾得上什么刺客，上前扶起倚弦，大笑道：“想不到龙使节如此神勇，真是英雄出少年！小小一个刺客能成得了什么气候，由他去吧!”

倚弦忙谦让一番，暗中却以异能探查祝蚺的踪迹，哪知此人甫一出面便已隐去身形，虽然倚弦可以感应到对方的存在，却始终捉摸不到祝蚺的准确位置，不由对这位魔门一族的宗主生出深深的戒心。

鄂崇禹对着倚弦大肆夸赞一番，倚弦在旁做出洗耳躬听的谦逊模样，他知道现在身为濮国使者的自己肯舍身相救鄂崇禹，无异于对他最大的支持，难怪鄂崇禹对着自己表现出如此亲和平易的姿态。不过，他知道，此时的鄂崇禹面对纣王的诏令已经非常头痛，今晚的宴会定然无法再继续下去。

果然，鄂崇禹兜了老大一个圈子才说道："原本准备再回殿与龙使节多饮几杯，只是最近身体偶染风寒，有些不适之症，所以不能继续陪同各国使节了，还请龙使节回殿代本侯跟诸国使节说明一下，如何？"

倚弦知他是利用自己去镇住诸国使节，但又不便推拒，而且细细思量，此举对于现在的局势来说，对濮国只会有利，当即点头应承下来。

鄂崇禹宣了宫奴领倚弦回"龙凤阁"，他则满意非常的入了后寝宫。

耀阳离开"文成殿"，径直往天牢方向行去。

"究竟这个公主是否就是那个胡女？"耀阳心中暗自揣测，却见到一个俏生生的身影翩然落在身前。

妲己……不，应该是九尾狐！耀阳看清那人面目后，并没有因为她的到来而感到吃惊，他知道九尾狐迟早会知道"落月谷"的事情，看来现在是来兴师问罪了。

暗叹了一声麻烦，耀阳脸上却仍是笑嘻嘻地走上去道："耶，美人儿娘娘怎么也来了？"

九尾狐媚笑道："想不到你这小子越来越油腔滑调了，本宫亲自来请你，不知龙翼将军肯否赏脸呢？"她一脸笑容，眼神中却带着一丝恼怒。

耀阳打了个哈哈，道："娘娘客气，您只要找个人来通报一声就行了，何必亲自过来呢？耀阳真是觉得太过意不去了。"

九尾狐见他一口敷衍自己，心中着恼，偏生此刻身在王宫，她时刻都在提防着那个老太婆太姜，不敢有所放肆，便伸出纤纤玉指在他胳膊上狠狠地拧了一下，娇声道："现在你是贵人事忙，本宫可不敢怠慢。"

耀阳来不及运起元能抵抗，顿时被拧得绞痛入心，却还有一种销魂的感觉，不由暗呼这九尾狐的媚术厉害，皱起脸道："啊哟，好痛，娘娘的手劲真大，难道不能温柔些吗？"

九尾狐在他耳边吹了口气，轻声哼道："以前看你挺本分的，现在倒是越来越大胆了，想吃本宫的豆腐吗？"

耀阳暗叫吃不消，忙侧开了身子道："耀阳哪敢！"

两人便这般像是打情骂俏地来到王宫东南角落上的"云阕宫"，正是公子伯邑考的寝宫。伯邑考早已等候多时，耀阳知道定然是他对九尾狐说了什么。

九尾狐首先挪了把椅子坐下，然后信手拈起桌上的一个果子，微起朱唇，露出洁白的贝齿轻啜了一口，随意说道："听说你又立了大功，将'落月谷'中的鬼方兵马尽数抓获，不但替西岐去了一大隐患，更是击败了魔宗这一代最强势的刑天抗，真可谓是春风得意啊。"

耀阳摆了摆手道："只是敌人较弱而已，算不上什么的……"

九尾狐淡淡道："你不必谦虚，这是你的本事，不过本宫想问的是，为何这么大件事情，事先你为何都不通知本宫？"

耀阳早已想好答案，道："因为事情来得突然，根本来不及向娘娘禀报，而且耀阳和伯邑考已经商量过了，想等事情结束后再向娘娘回报的。"

"是吗？"九尾狐回头问伯邑考。

伯邑考自然不会说他也有异心，只能点头道："是的，当时情况紧急，实在来不及告诉娘娘，所以才会自作主张，还请娘娘恕罪。"

九尾狐不置可否地点点头，又道："此事暂且不说，但你先前在'落月谷'中失利是怎么回事？搞得现在姬昌怕是不会对你有所看重了，这对我们可大有阻碍。"

伯邑考看了耀阳一眼，回道："娘娘，这事不能怪我，耀将军他对我说的是对方只有千余人，最后到了落月谷，还硬是分走了一千人在谷外。试想如果他不隐瞒对方人数，也不分走那批兵士的话，我想我一定能赢了对方的兵马。"

九尾狐看向耀阳，沉下脸道："你说，为何要谎报军情？你是故意的——"

"那家伙居然将责任推到自己身上？"耀阳暗骂伯邑考卑鄙，怒视他一眼，然后看向恼怒的九尾狐凝声道："娘娘别听他一派胡言，我记得当时所得的消息本来就是对方只有千余人，并没有骗他，谁知刑天抗狡猾非常，另外还隐藏了不少人马。而且我在进谷之前已经劝过他小心，是他自己不听，没有一点准备就冒失地冲杀进去，以致中了敌人的陷阱，否则就算对方人数超出所料也不会败得如此一塌糊涂。”

伯邑考在旁嚷道：“如果不是你说只有千余人，我怎么会蠢得直接冲进去呢？”

耀阳哼道：“这能怪我吗？我只是得到消息，也并不是完全清楚，所以说的不过是个概数。兵法有云，未战而先料敌，进攻敌人，自然要做好一切准备，哪能像他这样匆忙？如果那时好好计划一下，先侦察军情，然后再依照情况做出决定，就算对方再多一些的人马也能立于不败之地。再说，若非我还留有一千人马，恐怕我军已是大败而归。”

伯邑考并不懂用兵，登时被耀阳说得哑口无言。

九尾狐冷冷地问道：“谷莵，他说的可有隐瞒。”

伯邑考吞吞吐吐，还是心有不甘地道：“他说的……”

耀阳适时再说道：“而且，如果我还知道是刑天抗领兵的话，你还敢再去吗？”

伯邑考顿时愣住了，支支吾吾道：“我……我……”

九尾狐勃然大怒，不等他说完就拿起桌子上的果盆砸在他的身上，斥道：“那你还有脸怪别人？做事不用脑，还这么胆小，领兵打仗哪有这么容易的？现在倒好，你遭姬昌冷落，累得本宫还要另行想办法。”

“我……”伯邑考还想辩解，九尾狐截断他的话，喝道：“你还有什么好说的？没想到你这么无能，真丢了你们梅山七圣的脸。我告诉你，如果再发生这样的事，休怪本宫不给你大哥面子。”

伯邑考唯唯诺诺，不敢再说。

“耀阳，看来本宫是错怪你了。”九尾狐媚眼看着耀阳，心中盘算着。她对耀阳的法道能力以及落月谷之胜越来越忌讳，但又不得不倚仗现在正当得意的耀阳，实在是有些矛盾。

“是我的错，未能及时向娘娘禀报。”耀阳想到九尾狐曾经跟那胡女玉璇的后台对峙过，可能清楚那胡女的身份，便问道，“娘娘，我上次见过一个叫玉璇的鬼方胡女，无论名字还是长相都跟现在的鬼方公主一模一样，不知娘娘可知此时这个公主是真是假？”

九尾狐自然知道玉璇的身份，不过对耀阳已有忌惮的她却不肯说出来，只是皱眉道：“有这回事吗？我没见过那个胡女，所以不敢确认。你先别管这些事情，如今姬昌已经看不上伯邑考了，你一定要想个办法让他有机会立个军功，以让姬昌能再次重用他。”

“我知道哩，如果没事的话，我先告辞，办事迟了恐怕会惹姬昌有所怀疑。”耀阳口上说着，心中却是大为恼怒，暗想：“你个九尾狐，真狡猾，什么没见过鬼方胡女，那天蟠山之上，明晃晃的一个人就站在你的面前，难道你是瞎子不成。”

九尾狐点点头道：“没事了，你先去吧。”

耀阳应了一声，见她不但隐瞒蟠山绝顶的事情，而且并不为此提醒自己，闷着心中恼火离去。

九尾狐看着耀阳的背影，喃喃自语道：“这家伙越来越难以控制了。”

伯邑考走到她的身边，轻声道：“既然如此，娘娘何不将他……”做了一个挥刀斩落的手势。

九尾狐瞥了他一眼，哼道：“说得容易，这时我们还不能对付他。谁叫他现在正得宠呢，都是你不争气，否则用得着靠他吗？”

伯邑考迟疑道：“可是就这样由着他吗？”

九尾狐苦恼道：“本宫也没想到这家伙强得这么快，不过这么短的时间他竟然已经有此等修为，若是这样下去，假以时日恐怕连本宫也未必能奈何得了他。”语罢，她无奈地叹了一声。

耀阳离开伯邑考的“云阕宫”，径直往天牢奔去。

天牢重地，守卫果然极为森严，三步一哨，五步一岗。耀阳现在既然身为西岐龙翼将军之职，而且自从“落月谷”之战后，他的威名已经流传在三军将士之中，试问那些守卫兵士见了如此崇敬的对象，怎敢加以阻拦，反而更是殷勤地问礼。

耀阳一一回礼，进了大牢便问了牢头，值守的牢头说是公主还在里面，耀阳立即命他将牢门打开。

重厚的天牢门缓缓打开，露出阴暗冷森的通道，像是巨兽的阴暗大口一般，仿佛随时都能将人吞食一般，给人以一种足以窒息的压力。

刚进入牢门，就闻到一种湿腐的气味，阴暗的通道两壁是由厚实的石块堆砌起来，极为坚固。通过长长通道，湿腐的气味更浓，还逐渐地掺杂了些血腥味。里面甚是昏暗，黄色的灯光照在墙壁上映出暗红的血迹，每个房间都单独地关了一个犯人，蒙浩就被关押在最里面。

玉璇公主正在拷问蒙浩，她身后站着几个鬼方护卫，个个手中执着皮鞭、烙铁等刑具。蒙浩此时衣衫破烂，身上布满了一条条触目惊心的血痕，看来是挨了不少鞭子。

玉璇公主见耀阳进来，似乎心情极为不畅，也不打声招呼，仍然继续拷问蒙浩，喝道："你说，亳垄究竟准备在什么时候造反作乱？"

蒙浩"呸"了一声，吐出了一口带血的唾液，嘶哑着嗓音有些歇斯底里的喝道："当亳垄大人登上王位的时候，你们就知道了。"

"还敢嘴硬！"不用玉璇公主示意，她旁边的护卫就是一鞭子抽了过去，粗实蘸水的皮鞭抽打在亳垄的身上，发出刺耳的"噼啪"声。

蒙浩痛嚎一声，嚷道："亳垄大人迟早会将你们灭了。"

玉璇公主冷笑道："不错，嘴巴挺硬，亳垄有你这条忠实听话的狗，也算是他的能耐。不过，凭他的那点本事，还别想着谋朝篡位。"

蒙浩冰冷的眼神透出狼一般的阴狠，大声道："亳垄大人的武功文略盖世无双，鬼方国内有谁可比？现在，除了几个老不死的外臣，朝野上下无不支持亳垄大人，他登上王位将是民心所向，大势所趋，谁也无法阻挡。"

玉璇公主吃了一惊，喝道："你说什么？"

蒙浩冷笑道："你还不知道吧，你家的老头子现在就几个老不死在帮忙顶着而已，很快要不行了，只要西岐一灭，亳垄大人就能将剩下的阻力全部摧毁。否则，你想你那个死鬼老爹为什么会急着让你嫁到西岐呢？"

玉璇公主冰雪聪明，上下联想怎会揣摩不到父王的意图，惊道：“亳垄那厮怎会有这么强的势力……”

蒙浩哼道：“迟早你们也将成为亳垄大人的阶下囚。”

玉璇公主似乎沉吟了片刻，然后冷冷地盯了蒙浩一眼，挥了挥玉手道：“今天暂且就此作罢。”说罢，她扭身对耀阳道，“耀将军，本公主先回去了，你如果对这贼子有何不满的话，尽管动手别跟我客气。”

耀阳躬身相送，道：“公主慢走！”心中却忍不住想到：“看蒙浩的惨样该是受了不少苦，而且照这么说来，鬼方王确实有临危嫁女的意图，难道这个公主是真的，而不是那个胡女？”

恭送公主离开天牢后，耀阳对玉璇公主的疑心已然大减。再看着浑身伤痕累累的蒙浩，耀阳却无法生出一点点的同情心，想起人儿、冰儿与妲己至今还不知去向，心中更是对他愤恨无比。

耀阳冷冷地盯了蒙浩许久，咬牙切齿地问道：“蒙浩，你只要将我那些女人的下落告诉我，我现在就可以放你回归鬼方！”

蒙浩从鼻孔里哼出一声，极其不屑地望着耀阳。

耀阳双眼几欲冒火，喝道：“少给老子装哑巴，说，她们究竟被关押在哪里？”

蒙浩仍然当他不存在一般，自顾闭目养神。

耀阳气得肺都要炸了，狠狠地扬手一巴掌凌空甩去，悍厉的元能击在蒙浩脸上，就听“啪”一声脆响，蒙浩的头被震得飞甩起来，满口带着碎牙的腥血喷了出来。

蒙浩痛了半天才缓过劲来，呻吟了几声，却还是不肯说话。

耀阳打了他一巴掌，一口气发泄完毕，反而冷静下来，看着蒙浩冷笑道：“不错，挺能忍的，不过本将军的手段还多着呢，看你能撑到什么时候！”

蒙浩呸了一口，沙哑的喝道：“你有本事就将我杀了，这样折磨人算什么好汉？”

“终于肯开尊口了？”耀阳冷冷道，“我可不是什么好汉，不怕告诉你，我自小就是下奴泼皮出身，不过也比你们这些只会掳掠妇孺的无耻之辈好得很多。”

蒙浩怒哼一声，只是发出微微呻吟声，没有辩驳。

“说！我的女人被关在哪里?”耀阳眼中精芒湛现，他知道自家的忍耐程度已经到了极限。

蒙浩撇开头仍是不说，却不慎触动伤痛，忍不住又呻吟出声。

耀阳语声冰冷地道：“看来你是不想说了?”声音充满杀气，让人绝对不会怀疑他的杀机。

蒙浩也感觉到了，哼道：“人质在我手里，如果你想她们安全，就把我放了，否则……”

“你敢威胁我?”耀阳皱眉缓缓道，“我新学到一种叫‘万剑绞心’的法术，据说术如其名，受术之人会感到万把利剑在绞心一般，痛苦的程度恨不得一死了之……”这法术乃是《幻殇法录》中的一种旁门秘术，说来吓人，其实没什么威力，唯一的用途可能就是严刑逼供了。

蒙浩听得脸色煞白，但还是不肯说话。

耀阳摇头叹道：“看来你多半是不信的，那就没办法了，就用你来试法吧。不过你大可放心，这法术虽然厉害，但却绝对安全得很，即便是个普通人受个百来次也未必会死，以你的法能算来，少说也能撑几个时辰。”

蒙浩在“落月谷”见识过耀阳的厉害，怎会对他的话不相信，额上透出阵阵冷汗，忍不住喊道：“你别想吓唬我，鬼方国的勇士连死都不怕，何况这区区痛楚。”

耀阳露出一个恍然大悟的灿烂笑容，点头道：“是吗?那就好，我平生最敬佩硬汉子，如果你受了百八十次还这么嘴硬的话，我就将你放了。不过，看你这一身微末的法道修为，即使受得一次，还是会有些后遗症留下来，比如说每受一次的痛苦就叠加一次，一日行刑超过一个周天之数，那么从今往后只要你胆敢妄自施展法能，痛苦便会由心而发，令你痛不欲生!”耀阳心中暗想这魔门的东西果然是歹毒无比，但对付蒙浩这家伙却是正好。

蒙浩早已冷汗沁背而出，怒视耀阳。

“来了！”耀阳挥手一扬，五行玄能轻扬而出，正中蒙浩胸部心口部位。玄能由一化五，再化生成数百道尖锐剑气循经倒脉，首先封印了他八脉十二经，最后直入蒙浩心胸的中丹渊海，然后逆阴转阳、截阳堵阴，径自旋动起来，数百剑气在心内绞动，那种滋味决非常人所能忍受。

“啊……”蒙浩立即撕心裂肺地惨叫起来，一张脸扭曲得不成样子，整个人痛苦地挣扎起来，凄厉无比的哀号声表现出那让人根本无法忍受的厉痛。

耀阳感到有些不忍，但为了救出人儿她们，他还是得狠心下来，装作很吵的样子冷冷道：“好刺耳！”

杀猪般的号叫声持续了近半炷香的时间，“万剑绞心”的效果这才散尽，满头血汗的蒙浩已经痛得昏死了过去。耀阳随手一个“傲寒诀”发了过去，一片冰寒水雾罩在蒙浩头上，他对寒系法术虽然只懂很少，不过对于异能淳厚的他来说，泼醒一个人还是易如反掌的。

蒙浩呻吟一声，微睁双眼，无力地看着耀阳，眼中充满无限恨意。

“第一次而已！”耀阳随意咧嘴一笑道，“怎么样，味道如何，想清楚了么？”

蒙浩的喉咙里咕噜了几句，却骂道：“妈的，你去死吧……”

“还这么嘴硬？看来非得给你点教训了！”耀阳皱了皱眉，手再次扬了起来，受了一次酷刑虚弱不堪的蒙浩闭上眼睛，紧张得咬紧牙根，还未受刑脸上的青筋已经暴起。

耀阳顿了一下，叹道：“看你这模样，不如老老实实地说了吧，免得再次受苦。”

“休想！”蒙浩尽自己最大的力气嘶喝道。

“那就别怪我……”耀阳刚扬起手，就听到急急的脚步声从牢门外传来，他感应出对方只是普通的兵士，不由有些讶异：“难道是姬昌有事传他见驾？”

很快一个守卫兵士恭敬的行进牢房，喘了口气道：“耀将军，军情紧急，侯爷请您快些过去！”

耀阳点头应了一声，冷冷瞪了蒙浩一眼，道：“算你走运！”他心中不由纳闷之极，忖道：“这么急能有什么军情？莫非是金鸡岭出了大事不成？”

果然不出耀阳所料，他刚进大殿，正焦急地来回踱步的姬昌迎面便道：“大事不好，大将军南宫适半途遭袭，粮草被敌方所烧。”

耀阳大惊问道：“怎么可能呢？大将军不是带了将近十余万兵马，而且金鸡岭尚有数万守军，敌人怎么可能会烧掉大军的粮草呢？”

姬昌叹道：“本来是这样没错。谁知敌军势大，金鸡岭已经被崇侯虎所破，南宫大将军却并不知情，领兵前往金鸡岭的途中便被敌军伏击，而且连夜赶路的疲军仓促应战之下大败而回。幸好南宫将军用兵老到，保留大部分兵力退到‘望天关’，只是大批粮草被烧，‘望天关’内粮草熬不过十日之用。”

耀阳骇然道：“没想到这崇侯虎如此厉害，竟能在这么短时间内便攻破金鸡岭。”

姬昌摇头道：“恐怕厉害的不是他，而是另有妖魔异人相助。”

“妖魔？”耀阳想到了刑天抗。

姬昌点头道：“这只是传讯回来的兵士所说，具体情况暂时还不清楚。现在敌军趁我军粮草短少，士气低落，正在猛攻‘望天关’，情况紧急，我们必须马上护送足够粮草前往‘望天关’援应。”

耀阳点头道：“不错，此时的当务之急是将足够的粮草送去，而且耀阳恐怕对方能料到我军加送粮草，会派遣小队人马绕过‘望天关’半路截杀，所以护送粮草之事定要备有足够兵马，以防不测。而且西岐这边也不能掉以轻心，崇侯虎能如此轻易调动鬼方的兵马，不防不行！”

姬昌点头道：“不错，此次派送粮草必须小心，我西岐除守城将士一万外，尚有五万将士整装准备。这样吧，不若派遣两万人马护送，如何？”

耀阳知道姬昌定是要遣他为将，欣喜地点头道；“侯爷英明……”

君臣正说话间，外面传报姬发奉命觐见，姬昌忙命人上殿。

冠甲整装的姬发神采奕奕地大步进殿，跪礼道：“孩儿姬发参见父侯!”

耀阳看到姬发进了殿来，知道姬昌已有决定，而且他如果预料不差的话，这应该是那莫测高深的圣祖母太姜的意思。

姬昌宣姬发平身，道：“发儿，现在前线军情紧急，需要派送一批粮草过去救助南宫适大将军。圣祖母亲自要求让你带兵，你可有信心吗?”

姬发轰然应诺道：“父侯放心，孩儿定能安全圆满的完成任务。”

姬昌沉声道：“此次任务事关重大，绝对不能有丝毫疏忽，你切记小心了。”

“是!”姬发应声答应。

姬昌沉吟片刻，道：“还有，到了‘望天关’后，你最好是留在总营指挥全军抗击崇侯虎，耀将军为副将会跟你同去。以耀将军大胜‘落月谷之战’的才能，相信定能助你一臂之力，你要好好跟耀将军合作，还有多听南宫大将军的意见，知道吗?”

“孩儿明白!”姬发一口答应，向旁近的耀阳笑道，“耀将军，还请你多费心了。”

耀阳知道他的师父便是“邪神”幽玄，自然看得清他状似真诚的虚伪笑脸，但当着姬昌的面，他无论如何都要做足面子，忙道：“耀阳定当尽全力辅佐公子!”

姬昌满意地点头道：“如此甚好，你们马上去做准备，明日立即带兵动身!”.

“是!”姬发与耀阳肃然领命。

耀阳与姬发两人出了大殿，姬发便向耀阳抱拳谦逊地说道：“此次出征关乎我西岐安危，如果姬发有所疏忽的话，还请耀将军多多指正。”

耀阳客气含蓄地说道：“不敢，耀阳才疏学浅，恐怕反而会麻烦公子多多关照!”

姬发眼中异芒闪动，想到师尊曾提点自己要小心此人，起初他还并不以为意，谁知落月谷一战，此人竟然击败当今魔宗后起一辈中的佼佼者刑天抗，才让他彻底对其刮目相看，当即回道：“耀将军客气了，‘落月谷’

一战，耀阳将军尽显神通，龙翼将军之名早已扬威西岐，姬发自叹不如!”

耀阳暗想：“你是“邪神”幽玄的弟子，又能差到哪里去?”口上却连声道：“哪里，哪里，公子身份尊贵，文武全才，岂是耀阳可以相比的。至于落月谷一战，若不是伯邑考公子以两千兵马拖住敌方，我也不会有这么好的机会。”

两人虚伪的客套一番之后，便各自回府做准备去了。

耀阳考虑再三，决定则先转回“云阕宫”，跟九尾狐将事情一一说了个明白。

九尾狐听罢，皱眉道：“姬昌这老头怎么能让姬发去呢?这家伙不简单啊。”

耀阳当然知道他不简单，但故意问道：“咦，娘娘很清楚他吗?我看他不过是个公子哥儿，有点小聪明罢了，哪会有什么真本事?”

“他……”九尾狐并没有说下去，只是媚眼之中精光一闪而过，反而责问道，“你怎么不想想办法让伯邑考带兵出征呢?”

耀阳苦笑道：“大姐，这个主意据说是太姜老太婆做的决定，姬昌都没有办法，我能有什么办法呢?再说，你也知道伯邑考落月谷一战的失利给姬昌留下了非常不好的印象。”

九尾狐无奈地摇头道：“算了，事已至此，本宫也不想再多加追究。反正这次你跟姬发一同带兵出征，切记千万别让他太出风头就行了，又或者干脆让他更丢脸地回西岐也行!”

“我知道!”耀阳应了一声，心中暗自好笑地忖道，“你以为个个都像你养的那个兔七爷吗?”

“还有……”九尾狐突然媚笑一声，玉指在耀阳胸口轻轻划了个圈，道，“近来你的胆子是越来越大了，居然敢叫本宫做大姐?是不是……”

“还来这一套?”耀阳哪里吃得消她的媚术，忙侧开身子拒绝道：“不敢，戏言而已!”

九尾狐娇笑道：“本宫还真想吃了你。”

耀阳心中打了个突，看着九尾狐粉脸微红媚眼如丝，顿时觉得心里痒痒的，但是体内的五行玄能抑或是归元异能，对九尾狐的媚术偏偏都无可奈何，只有道："我先走了。"语罢，然后匆匆离去。

九尾狐戏谑的笑声在身后响起，气得耀阳咬牙切齿，咒骂不已。

离开伯邑考府邸后，耀阳直奔蟠山下的"隐弈居"，带兵两万去"望天关"支援不是小事，最好去请教一下姜子牙。他没有因为胜了"落月谷"一战就以为自己了不起，他知道那时若不是姜子牙的帮忙和提醒，他哪有可能胜得如此漂亮。

耀阳也算是"隐弈居"的熟客了，守门的道童直接告诉他，姜子牙在内园。

姜子牙仍然在石亭里悠闲地钓鱼，云雨妍代替武吉煮茶，武吉则是恭敬地站在旁边，目不斜视。

耀阳还没走近，云雨妍就抬头对他嫣然一笑，若百花齐放，比之九尾狐的媚术更添了一种风韵，耀阳为之惊艳倾倒。

姜子牙听到耀阳的脚步声，没有回头，平和地道："不知耀将军来此地所为何事？"

耀阳立即从云雨妍的美色中醒转过来，道："崇侯虎势大，现在'金鸡岭'失守，南宫适带领大军半途被对方伏击，虽然兵力损耗不多，但粮草尽数被烧，此时只能退到'望天关'。西伯侯派遣姬发带兵两万，备足粮草前去支援，令耀阳为先锋将。此次带兵行军和大规模作战，耀阳并无经验，所以特来此请教先生，还望先生不吝赐教。"

姜子牙淡笑道："经过落月谷一战，耀将军难道还没有自信应付这些吗？"

耀阳叹道："自信倒是有了一点，只是首次担此重任，难免担心自己可能会有所疏忽，而且毕竟牵涉重大，故而想向先生请教。"

姜子牙放下鱼竿站了起来，面色肃然道："以崇侯虎之能，定不可能如此厉害，在短短时日内便攻下金鸡岭，想必他身旁定有妖魔二宗的高手相助？"

耀阳赞道："先生真是料事如神，据回报的消息称，崇侯虎身边的确是多了一些厉害角色。”

姜子牙接过云雨妍递来的杯子，用鼻尖深吸了扑鼻的清香，做出一副享受的表情，然后一口将滚烫的茶水喝下，点头道：“金鸡岭地势险要，屯兵数万，守关将领都是沙场老将，带兵老练，即使殷商第一名将武成王黄飞虎亲至，没有十日怕也无法攻下。所以想在几日内攻克金鸡岭只有两种可能，一是崇侯虎的兵马总数十倍于守兵，不过这一点倒是不大可能，除非南侯鄂崇禹出兵相助。另一个可能就是金鸡岭的将领中出了崇侯虎的内奸，又或是妖魔施法从中作梗。”

“谢谢云姐姐！”耀阳接过茶杯也学着姜子牙一口喝下，却被烫得咋舌不已，听到这话又不免呛了几口，顾不得舌头疼肿痛，骇道，“照先生这么说，‘望天关’危矣！”

第七十四章　火神狂舞

第二日清晨，倚弦起床不久，土行孙就匆匆跑进驿馆。

倚弦知道他必定是为了援救有炎氏族人之事而来。

果然，土行孙开口道：“倚弦大哥起来了，哈，我想我们是时候去抄祝蚺那家伙的的老窝了。”

倚弦苦笑道：“这倒是没问题，虽说我们已经发现祝蚺的踪迹，但是祝融氏的老窝在哪里，我们现在还不知道哩？”

土行孙嚷道：“相信肯定就在附近，我们只要找机会跟着祝蚺，一定可以找到的。”

倚弦点头道：“我也知道找机会去跟踪祝蚺，只是祝蚺身为一族宗主，哪里如此轻易就让我们跟踪呢？”

二人正说话之际，倚弦忽而心神一动，做了一个噤声的手势，道：“……有人来了！”

倚弦明显已感应到魔能波动的痕迹，应该是魔宗高手级数的人物已经接近驿馆。

“有人？”土行孙没有倚弦这种敏锐的感觉，诧异中转头看向门口。

倚弦心中有着很熟悉的感应，心中却不敢肯定哪会这么巧：“怎么可能会是他呢？”

沉重的脚步声停在了门外，敲门声骤然响起，土行孙赶过去将门打开，就见一个高大熟悉的身影走入房来，正是他们刚刚说到的祝蚺。

土行孙对祝蚺可是恨之入骨，狠狠地瞪了他一眼，怒哼道：“你来干什么？”

祝蚺眼中寒光一闪而过，沉声道：“老夫来找你们，自然是有要事相商！”

倚弦感觉到这老狐狸的杀机一现而没，但他丝毫不惧，淡笑道：“祝大宗主有何事情尽管说吧？”

祝蚺哈哈笑道：“易公子果然快人快语，那老夫就不妨直说了。明人不说暗话，老夫此次来，是想跟你们做一笔交易。”

“交易？”倚弦还是神色不动，冷静地问道，“祝大宗主此话甚是奇怪，我们之间好像没什么可以值得交易的吧？”

“是啊！我们有什么可以做交易的？你快滚回去吧。”土行孙对祝蚺也是极度痛恨，当然不会愿意跟他谈什么交易。

祝蚺冷哼了一声，杀机大盛，喝道：“老夫身为魔门祝融氏宗主，小辈胆敢如此无礼？”说罢一拂大袖，气势勃然而发，如山一般压向土行孙。

土行孙虽然元能根基不强，但恢复过本命元根后，再经倚弦一番循序渐进的玄法指点，早已非是昔日那般懦弱无能，此时身际结界鼓足，竟挡也不挡地硬生生受了祝蚺一击，胸口虽然一阵气闷，但毕竟还是站得稳稳当当，双目更迸出逼人精光。

祝蚺吃了一惊，脸面上顿觉挂不住，双目凶光崭露，魔能澎湃而出，正要上前之际，倚弦已经迈上一步，挡在土行孙前面，默运归元异能，浑身气势狂冲，硬将祝蚺的压力顶住了。

倚弦吸了口气，沉声道：“晚辈无礼，宗主难道也是如此量狭之人？”

祝蚺心中骇然，心中对这化名小易的倚弦更加忌惮。不过，老狐狸毕竟是老狐狸，他知道若不用全力定不能讨好，立即放松下来，周身所透出的压力立失。

祝蚺瞪了土行孙一眼，道：“此次就算了，小辈勿要为了一时激愤而冲动，免得后悔终身。”

倚弦听到此话，心中一动，阻止土行孙出口反击，道：“多谢宗主大量，不若说些正事如何？”

祝蚺喜怒无常，此时闻言又大笑道："易公子果然爽快，好，我们谈谈正事！"

倚弦道："宗主有话不妨明说，不必再兜圈子了。"

祝蚺嘿嘿一笑道："本宗主知道，易公子此行应该是为了找寻有炎氏族人?"

土行孙一惊，紧张地双眼盯着祝蚺。

倚弦虽然隐有想到祝蚺知道此事，但还是不免吃了一惊，只是表面上却丝毫看不出来，冷静自若地道："是又如何，不是又怎样?"

"是就好说……"祝蚺拉长语调，突然神色一冷，哼道，"如果不是，那有炎氏一族人就没有继续活下去的必要了！"

"你敢……"土行孙听到此话再也忍不住了，跳将出来喝叱，愤然盯着祝蚺，睚眦皆裂。

祝蚺仰天大笑，喝道："老夫有何不敢?"

倚弦按住狂怒的土行孙，他虽然不清楚祝蚺为何会看出他们来此的目的，但却隐隐感到事情有了转机，冷然道："不知宗主意欲何为? 既然宗主已料到在下的身份，易某也不妨直言，希望宗主能明白，如果有炎氏任何一个族人有丝毫意外的话，易某绝不会放过任何一个伤害他们的人！"说话间，化合冰晶火魄的归元异能勃然而发，坚定的杀意让任何人都无法忽视。

祝蚺虽然惊异对方的反应，但他身为一族宗主，岂是寻常易与之辈，当即拂袖道："易公子不必语出威胁，老夫只是想以有炎氏数百族人的性命与易公子做一笔交易，不知易公子意下如何?"

倚弦神色平和，缓缓道："能与有炎氏数百余族人相提并论的交易，易某倒是有兴趣听一下。"

祝蚺道："如此甚好，老夫也不想多费口舌，就直截了当说了，老夫希望与易公子合作，找出'玄武兽穴'所在，并捕杀其中的异兽'麟焱螭螭'。"

倚弦心中微感讶异，道："'玄武兽穴'，'麟焱螭螭'? 难道宗主不惜大肆行凶，就是为了这什么异兽？”

“不错，如果你肯跟老夫合作，有炎氏族人自然没事，否则……”祝蚺突然双眼精光一闪，杀机隐隐，狠狠道，“否则，也休怪老夫手段狠辣，斩草除根。”

倚弦冷声道：“你这是要挟？”

祝蚺傲笑一下，道：“就算是要挟也可以，反正有炎氏族人尽数在老夫手中，难道你敢乱来不成？”

倚弦突然问道：“你为何要找易某？”

祝蚺道：“‘玄武兽穴’非是常人可进，老夫本以为有炎氏族人有进入兽穴的办法，因为‘菱湟玉’只有兽穴中才有，谁知这个秘密早已失传很久，后一辈的有炎氏子弟根本不知道。若非如此，老夫何须找上你们？再说，听我的族人祝唳说起你能与那个高深莫测的黑衣老者一拼，老夫就知道你的确有这个实力。”

原来那个被黑衣老者留下一命的家伙祝唳当时并没有立即回去报信，而是躲在暗中偷看了他与黑衣老者一战，然后将情况告知祝蚺，难怪祝蚺知道他们来到荆湘城的目的。倚弦想到这里，冷笑道：“宗主倒是对我挺在意的，看来在下是没有别的选择了。”

祝蚺目光森然地盯着倚弦，道：“如果你不想眼睁睁看着有炎氏灭族的话，的确已经没有什么选择的余地。”

倚弦丝毫不理他的目光，很自然地闭上眼睛深吸一口气，半晌才蓦地睁开双眼，两道寒光有如利剑从双眼直刺祝蚺，霍然道：“我们可以合作，不过在下心中仍然存有一个非常诱人的想法！”

“哦！”祝蚺轻咦一声，道，“说来听听看！”

倚弦轻笑道：“如果现在易某可以留下宗主的话，岂不是无须那么多波折，直接可以凭宗主交换那些有炎氏族人。”他已想出应付手段，先拖延祝融再说。而他还有一点打算，只要能够当场制服祝蚺，便能以其人交换有炎氏族人。尽管倚弦知道可能性极小，但他心中却有着另一个目的。

祝蚺大笑三声，双目魔芒滥动，道：“易公子虽然是后起之秀，法术之强远超同辈高手，但要想胜过老夫，恐怕还要再多修行上百年。”

倚弦沉声道：“不必多言，此地不易动武，就到城外山头一战，祝宗主请！”

“好，有胆色，老夫反正闲着无事，奉陪便是！”祝蚺毫无诚意地称赞一声，身形冉冉升起，冷笑一声，突然加快速度，整个人像是离弦之箭向前直射而去。

倚弦看了土行孙一眼，土行孙坚定地道：“易大哥，我和你一起去。”

“走吧！”倚弦微笑着拉住土行孙以归元异能催动“风遁”，紧跟不舍。

倚弦刚加速跟上祝蚺之际，驿馆中的紫菱公主匆匆来到倚弦的房内，却没看到人，正在担心之际，抬头看到几条身形向城外疾飞而去，于是也不假思索地跟了上去。

祝蚺不断加快速度，倚弦已经有些落后。但祝蚺的心中更加震惊，以他现在的速度，倚弦一个后辈，带了一个人竟然还能赶上。他们的速度何其之快，转眼间，祝蚺就到了城外一处悬崖上落下身形。

土行孙率先一步跃下，倚弦随之徐徐而下，衣衫随山风尽展，长发飞扬如丝，神态潇洒飘逸之极，毫不为接下来的激战而紧张。

祝蚺的神色越发凝重，完全不敢小看这个出道不久的法道新秀。

“宗主请了！”倚弦凭归元异能在片刻间已经将刚才的消耗恢复过来，微微一笑，右手伸出，顿时龙光闪烁，龙刃诛神应声而出，斜指山地，凛然战意立即充斥在这悬崖之上，若实质般在悬崖之上的劲风中激荡。

“龙刃诛神！”祝蚺震惊莫名，脑中想到最近三界风头最劲的一个年轻人物，心中忽然有些懊悔，怎会如此草率便答应对方的邀战。但既然已经来了，他身为一族宗主，怎能示弱。

面对战意昂然、手持龙刃诛神的倚弦，祝蚺不敢有丝毫大意，双袖一挥，火光冲天中一条浑身火红的粗长藤鞭崩然弹出，那长鞭之上竟然还有火在燃烧，火焰在山风的猛吹下更劲，整条鞭子噼啪作响，而方圆百丈之内突然变得异常炎热，像是火炉一般。

祝蚺却完全不怕那鞭上的火焰，手指轻轻拂过被烈火焚烧的鞭身，缓缓道："此鞭是我祝融氏的三大神器之一'火神鞭'，长六丈七，先祖火神祝融便是凭此鞭将自以为是的水神共工击败，历代来都为本族宗主所持有。今日易公子能领教此鞭之威，当算是你的荣幸。"

或许是体内冰晶火魄的原因，倚弦并没有感觉到丝毫热意，即使没有运用归元异能也悠然自得，淡淡道："我手上的龙刃诛神据说是神玄二宗第一神器，料想今日之战决不会辱没'火神鞭'！"

"好！"祝蚺猛然手上加劲，一拉"火神鞭"，喝道，"来吧！"

倚弦也不谦让，手腕一转，龙刃诛神龙吟声起，起手一道龙形剑气破开悬崖山风，直奔祝蚺而去，倚弦随之身形旋起，半空中龙刃诛神斩出剑光如电。

祝蚺紧握"火神鞭"一卷，火红的长鞭将龙形剑气尽数绞碎之余腾飞而起，迎着龙刃诛神就是一鞭。"火神鞭"果然是厉害，一鞭击散剑光，顺势向倚弦击去。

倚弦完全可以避开"火神鞭"，但是感觉告诉他不能避，没有任何思虑，他低喝一声，龙刃诛神划出一道金光直击而出，剑尖正中"火神鞭"身。剑光冲天，剑气吞云，火光爆射天地之间，整个山崖表面顿时化为焦尘，龙刃诛神与"火神鞭"交击的光芒让运功抵抗火力的土行孙睁眼如瞎。

瞬间，倚弦仿佛能感觉到龙刃诛神那舍我其谁的威风，即使是曾经作为火神祝融拿手兵器的"火神鞭"也无法抗衡。但若非是遇到"火神鞭"这样的神器，普通兵器自是无法也不配激起龙刃诛神的豪气。

倚弦首次遇到龙刃诛神如此兴奋，像是已经活了一般，倚弦能完全地感受到龙刃诛神的雀跃，孤寂了千数年的它再次遇到勉强能跟它相提并论的神器，那种感觉是充满活力的生命气息。

在这一刻倚弦终于与龙刃诛神达到真正的心意相通，他的心神和龙刃诛神已经完全融合在一起，他与龙刃诛神不是主仆的关系，而是朋友，生死与共的朋友。

倚弦长啸一声，龙刃诛神仿佛与他的血脉连在一起，伸展从未有如此地随意自如，顺手挥动龙刃诛神轻轻划破长空，毫无阻隔地落在“火神鞭”之上。龙刃诛神剑气冲霄，“火神鞭”却是顿时火光一黯，祝蚺大惊抽鞭，他绝对不会愿意败在倚弦这个小辈手下，于是再不留力，魔能运起鼓动“火神鞭”，飞卷起狂风大作，直袭倚弦全身。

倚弦却在祝蚺出手之前，异能回转已察觉到他的意图，足尖凭空一点，身子斜飞如燕，早一步轻松自如地脱出了“火神鞭”的攻击范围。祝蚺冷笑一声，“火神鞭”回旋而起追着倚弦的身形而上，魔能催逼下的“火神鞭”烈火猛劲，竟欲与龙刃诛神一较高下。

倚弦身形突坠，心念一动，龙刃诛神便已看轻实重地拍在“火神鞭”上，剑鞭同时一震，火光四射，两人向后反退。龙刃诛神威力虽然在“火神鞭”之上，但是毕竟祝蚺的魔能强了倚弦不止一筹，这一击倚弦没占到任何便宜。

倚弦止住退势，祝蚺也已冲了过来，通红的“火神鞭”向倚弦当头砸下。倚弦心中微动，感觉到这老家伙以鞭为虚，自身为实。没有犹豫，身子一晃，果然轻松地躲过这一鞭。“火神鞭”击在山崖，立时冒火的大小石块四处飞溅，整块山崖爆裂崩溃。倚弦顾不得这些，龙刃诛神劈出一道金色剑形狂啸而出，对着祝蚺就是迎面一击。

祝蚺经验老道，早已蓄势待发，一掌击在剑气之上，却没有击散剑气，反而是借力将身子翻跃。反射之下，祝蚺的身子快若疾电，转眼就到了倚弦面前，双腿疯狂弹出。面对满含魔能的漫天腿影，倚弦回剑再斩已不可能，匆忙纵身再退。此时倚弦心中又有所觉，硬是将身子一偏，“火神鞭”刚好无声无息地从他身旁擦过，慢一步的话，倚弦必会受得重创。

倚弦刚闪过“火神鞭”，祝蚺再次临近，一记手刀斩出火焰刀形劲气，向倚弦扑去。

倚弦低喝一声，撩起龙刃诛神，一剑劈散火焰劲气，顺势而起正挡住再次击来的“火神鞭”，“砰！”“火神鞭”再次受制，鞭身一弹，勒勒作响，实是发出悲鸣之声。倚弦正要趁势进击，但祝蚺已一袖拂来，在魔能的充斥下，这衣袖不下于神兵利器，倚弦只能跃身闪开。

倚弦知道这样一直处于防守，绝非良策，只是祝蚺这老狐狸狡诈得很，论元能根基也远比他深厚，让他一时难以扭转战局。他仿佛总是有种完全可以掌握对方节奏与意图的感觉，但无论经验还是元能毕竟还是逊了祝蚺一等。祝蚺也领教到了这后起之秀的厉害，心中震骇莫名，他十分清楚，三界之内论年轻一辈，已无人能与眼前这个小易相比。

两人各自思量，手底下却没有慢下丝毫，“火神鞭”在祝蚺魔能的催逼下化成一条巨大的炎龙从四面八方向倚弦狂攻。倚弦虽然形势较危，但他仍是挥洒自如，衣衫飞扬中，龙刃诛神任意舞动，将祝蚺的攻击尽数挡下，潇洒逸然仿若闲庭散步。

躲在远处的土行孙看到倚弦如此神态，不由得也佩服得五体投地，对倚弦更加崇拜。

祝蚺久攻不下，也没急躁，将“火神鞭”舞得天花乱坠，让倚弦进退失据，只是倚弦仍像是随意地以龙刃诛神将之一一挡住。有意无意间，祝蚺竟将“火神鞭”围着倚弦逐渐绕圈，像要把倚弦绑住似的。祝蚺绞动“火神鞭”，就快要抓住鞭尖之时，倚弦突有所觉，龙刃诛神爆出光芒耀天，就中一剁，默运“寒星变”，顿时以倚弦为中心卷起一股冰寒入骨的暴风雪向周围迅速扩展开去。

而就在同时，祝蚺已将“火神鞭”头尾接在一起，顿时，“火神鞭”内的空气猛地焚烧起来，火势狂烈无比，无可匹敌。不过，幸好被“寒星变”一阻，倚弦有时间顺利布下异能结界，奇特的异能结界硬是抵住了火势侵入。倚弦借势脱开“火神鞭”的包围，但是“火神鞭”再次化成炎龙向倚弦席卷而去，速度之快远超刚才。倚弦毕竟经验不足，没想到“火神鞭”袭来的速度竟会突然加快至此，略有失策，不过他还是冷静非常，瞬间就想定了主意。

倚弦暴喝一声，轮起龙刃诛神就是向“火神鞭”斩去，“火神鞭”却蓦地一变势，凭空转了一圈罩下。倚弦早一步察觉到了，龙刃诛神斩空后，让这一斩之力将自己的整个身子带了下去，避开了“火神鞭”这一击。

不出所料，此时祝蚺再次欺近，烈焰手刀斩出，直袭而来。倚弦长啸出声，竟抛开龙刃诛神，不顾祝蚺的手刀，双手合掌对着祝蚺的胸口就是全力一击。这摆明了就是两败俱伤的打法，谁也占不了便宜。

姜子牙点头道：“耀将军所言正是，‘金鸡岭’中若有将领退到‘望天关’，一时之间必定无法获得关键位置的任用，作用不会很大。但如果崇侯虎二十万大军疯狂攻城，在人手不是很够的情况下，那些从金鸡岭退回的将领定会受到重用，到时只要有一人反叛，无论从实战上还是士气上，西岐都将遭到严重的打击。”

“那就好，如果让我逮到那个内奸，非要他好看不可。”耀阳松了口气，注意力就马上被疼痛所吸引，伸出通红的舌头吸了几丝凉气，嚷道：“好烫，先生你是怎么喝的，一口喝下这么烫的茶水，一点事情也没有，是不是用元能硬挺的？”

姜子牙哑然失笑道：“喝茶还要用元能？亏你想得出来。喝茶讲究趁着茶香正浓之际，一口吞入，用舌头将茶水卷入喉中，享受那种炙热的淳厚茶香。在如此热茶入腹之后，心中一团火热，但头脑反而更加清醒，你若多喝几次，也便习惯了。”

耀阳连连摇头道：“算了，我喝不了这玩意，再烫几次舌头就没了。反正这是书呆子的爱好，俺这个大老粗这辈子就甭瞎想了。”他做出乡野粗人的神情动作配合话语，还真是有模有样的。

云雨妍被他逗得“噗嗤”笑出声来，轻嗔道：“先生跟你分析军情，你瞎扯什么？还说先生是书呆子？”

耀阳这才想到刚才无意中说了姜子牙是书呆子，忙道：“耀阳一时口快，先生休怪。”

姜子牙道：“没事，年轻人想说什么就说，如此随性未必不好。只是不能用于权谋征战之上，否则容易得罪他人。不过以老夫看，耀将军虽然年轻，却能够把握置身处地的环境，调动手下兵士的士气，相信只要稍加注意，必不会犯此错误。”

耀阳知道姜子牙说的是落月谷一战，忙谦逊道：“先生过奖了！耀阳年轻懵懂，尚有许多缺点。而对手却无不是身经百战或是老奸巨猾之辈，以耀阳的能力，要想取胜对手，恐怕尚是力有不逮。”

姜子牙沉吟道：“耀将军才智过人，办事能力绝不在任何人之下，只是所学不多，经验也是不足，但假以时日，成就必将不可限量。”

云雨妍浅笑道；“是啊，平日耀将军就能言善辩，智计层出不穷，没人敢说你的资质不行。”

耀阳打趣道；“姐姐嘴上这么说，心里一定在说我巧言令色，诡计百出，是个小滑头吧。”

云雨妍轻哼道：“也是，你倒有自知之明，听你这句话就又是不正经了。”说着朱唇微启含笑，玉容淡红，却更是娇艳欲滴。

耀阳看得又呆了一下，叹道：“姐姐果是绝世姿容，时常惹得耀阳目炫神迷。”他这句话说得甚是真诚，倒无平时的油腔滑调，云雨妍只是微微一笑，也没嗔责。

姜子牙道：“雨妍的确是天生丽质，足以令常人沉迷其声色。只是平时一般男子见到她若非自惭形秽，便无不大献殷勤，做出一副谦谦君子的样子，不敢有丝毫有损形象之言，倒是耀将军能率性直言，仅凭这一点，可以看出耀将军确是非常男子。”

耀阳叹道：“这次先生就看错了，耀阳何尝不想这样？不过姐姐气质出尘脱俗，岂是我等凡夫俗子可以亵渎，耀阳心慕姐姐，却知自己才疏学浅，不敢奢望，所以才会唐突佳人，以奇特言行让姐姐留有印象罢了。”

姜子牙微笑道：“仅只这句话，就足以配上雨妍。”

云雨妍脸色霞红，斜睨了两人一眼，又将两人的杯中茶斟上，没好气地道：“你们两个究竟是在研究敌情还是在调侃我，再这样下去，天都快黑了。”

姜子牙喝下一杯茶水，笑道：“好，不说就是了。耀将军，我们得继续分析金鸡岭的军情！”

耀阳诚恳地点点头，道：“正是，正是！”

姜子牙道："崇侯虎攻破金鸡岭，自身兵马势必有损，此时也就二十万不到的兵马。而西岐这方，能从金鸡岭退回的人马应该不会超过一万，加上损失不多的南宫适大军和'望天关'原有兵马，估计就十三万左右。你和姬发再带两万兵马同去，总共十五万之数，与崇侯虎大军所差不多。可是'望天关'不是金鸡岭，并无可恃地势，城墙也不够高厚，加上将士新败，士气低迷，身为守方，所以相对崇侯虎的大军，并不占多少优势。而且若是真有奸细，那后果就不堪设想了。"

耀阳不无担心地道："若真如先生所言，崇侯虎此时必定疯狂攻城，我军明日出发，由于押送粮草随行，恐怕要四日后方可到'望天关'，只能希望到时'望天关'还未被攻下。"

姜子牙轻轻地放下茶杯，道："这你倒是可以放心，就算那个奸细发挥作用，以老将南宫适之能，失了'望天关'，退守其他隘口，凭十三万人马守个十来日也完全没有问题。"

耀阳放下心来，道："如此就好！"

姜子牙皱眉道："你别高兴得这么早，南宫适虽然能守住，但当你们汇合时，极有可能已是兵力大损，士气更加低落。到时你们的处境绝对不会好，甚至可能会因此陷入以寡敌众的困境。"

耀阳道："先生说的甚是，所以耀阳过来请教先生。不知先生认为耀阳该如何去做？"

姜子牙沉吟道："战场之上瞬息万变，岂能一一预料，即使老夫知道现在军情，也难保以后会有什么其他异常的变数发生，而且身为战场将帅，最忌思想僵化，墨守陈规，必须懂得随机应变，针对不同的情况做出不同的应变反应。"

耀阳为难道："可是，先生给我的《龙虎六韬》，耀阳一时不可能完全领悟，更有许多事无法做好，到时恐怕尚有纰漏，难保不会导致我军大败。"

姜子牙沉吟道："此次事关重大，如果西岐此战惨败，恐怕就难有翻身机会，老夫也不是很放心。这样吧，不如老夫和雨妍跟你同去，看能否助你一把。”

耀阳大喜过望，道：“那真是太好了，多谢先生和云姐姐!”

姜子牙沉声道：“只是，此次老夫虽然会随军跟从，但必不会给你出任何计策，你必须自行决定一切事务。你尽管大胆按照自己的想法去做，不要担心，如果你有何纰漏，老夫自会直言指出。”

耀阳知道这是姜子牙难得的指点垂青，当即欣喜地谢过，想到只要有姜子牙在后面收尾，他自然可以毫无顾忌地做出决断。

姜子牙不肯出谋画策，云雨妍知道他是在培养耀阳，虽然临急用兵，耀阳不懂的东西还太多，但耀阳的天赋与能力实在没人能够估算得到。

第二日清晨，耀阳很早到了校场。

姬发晚一步赶到，看到耀阳后，讶然道：“耀将军来得真早!”

耀阳肃容道：“此次事关西岐安危，耀阳定要全力以赴相助公子，岂敢迟来。”

姬发做出欣喜的神色，连连点头道：“有耀将军这样忠心的人才，实在是我西岐之福。”

耀阳自是客套一番，两人领了诏令，共同去往校场点了两万将士，整装待发，士气高昂。

姬发没有说话，一脸肃然地走上站台，突然举起手中长剑朝天长啸。马上、台下的将士都随之举起兵器，仰天大吼，吼声震天，军戎的煞气显露无疑。

耀阳很早就见识过这样的场面，但是仍然感到胸中热血沸腾起来，心潮起伏震荡。

姬发回剑入鞘，双手一扬，两万将士立即停声，校场顿时回复安静，声调一致整齐有序。令耀阳心中微惊，看得出姬发绝非无能之辈。

姬发立于台上，双眼炯炯有神地扫视一遍台下将士，蓦地扬声道：“英勇的将士们，我父侯忠心为国，将西岐治理得井井有条，百姓无不安家乐业。如今卑鄙小人崇侯虎假借朝廷之名，欲要吞并我西岐，企图扰乱你我朝夕相对的安定生活，你们肯吗?”

“不肯!”两万将士无不愤慨高亢的回声答道。

姬发继续道：“崇侯虎想吞并我西岐，目的是什么呢? 无非是掠夺我们的财富，掳掠我们的妻女，我们能容许他们如此卑劣的禽兽行为吗?”

“绝不!”全场的愤慨气氛更加浓烈，回声震天。

姬发趁机高喝道：“所以为了西岐的父老乡亲，为了我们的亲人，我们决不妥协，势将崇侯虎赶出西岐!”

“势将崇侯虎赶出西岐!”两万将士激昂出声，士气分外高涨。

姬发拔剑指天，这次不用出声引导，将士们自然全都效仿，大声喝叱，一时战意无限。

这个姬发果然不简单，耀阳心中又是惊服，又是惊慕。

之后，姬发和耀阳率着两万大军出了西岐，急急赶往“望天关”，姬发身为主将一路发号施令，耀阳虽然只是副将，但他冷眼旁观之际，却在细察姬发从军处事的每个细微小节，然后再结合《龙虎六韬》将这些经验融为己用，更有化身成亲兵的姜子牙和云雨妍随军潜行，一路上再三指点，令耀阳进步神速，一日千里。

两万大军在姬发的整顿下，全军整整齐齐，丝毫没有一点凌乱。姬发对所有军务处理得都很是恰当，没有什么很大的纰漏。两万兵马在前往“望天关”的路途上，横向十人一排，将粮草衣物保护在中间。暖和的阳光在尖锐的戟尖折射下却是充满了冰寒的萧杀，无数旗帜迎风展扬，猎猎作响，伴随着整齐的脚步声，散发出铿然杀意。队伍蜿蜒前移，不见头尾，仿若一条巨大的蟒蛇，拥有吞食天地的气势。

每次休息用餐或是宿营，姬发都能安排妥当，事先让探子查探前后地形，选择居高向阳的地方驻扎，务必让将士在最适当的地方驻扎。驻扎之后，将粮草等物纳于士兵的保护之下，无论哪个方面都有人侦察监视。而动身前，定是前方探子已确定安全。姬发还亲自视察休息的将士，时而发表慷慨激昂的讲话，使将士得以一直保持高昂的士气。

姬发对手下将士，一般情况都甚为和气，但赏罚严明。若士兵有功，他决不吝啬奖赏，一旦有人有违军令，也丝毫不会容情，严厉处置了几个抗命偷懒的士兵，让全军将士引以为戒。全军上下对他敬畏有加，对他的命令不敢有丝毫懈怠。

士气高昂的将士们带着粮草等物日行七十多里，在姬发的指挥下列着整齐的队形，将士之间也稍有临阵前的紧张不安，在姬发极富煽动性的言论下，所有人都为能杀敌保国而兴奋。前进中，探子时刻回报前后方和两旁情况，将士精神饱满，毫不因赶路而疲累，如此行军即使有敌军想来偷袭也不可能。

耀阳看着这些，知道姬发的兵道水平远在自己之上，暗想这次姬昌的眼光还真准，至少这次的人选没错，姬发远比伯邑考强了不知多少倍。也由此看出姬发这家伙果然不愧为“邪神”幽玄的弟子，的确有过人的才能。

耀阳暗中问姜子牙道：“看姬发此次带兵，并无太多纰漏，各方面都做得很好。耀阳着实自愧不如，不知先生意下如何?”

姜子牙亦为姬发的能力而震惊，沉声道：“这姬发年纪轻轻，带兵竟如此老练，实在是难得一见的军事天才，注目后起一辈之中，或许只有耀将军才能与他相比。”

“我?”耀阳苦笑道，“我现在或许可以自信法道能力比他强，其他的那是远远不如了……”

旁边的云雨妍不忘嗔道：“我看就你的油腔滑调和不知死活比他就不止强一点。”

姜子牙笑道：“只要你没有失去信心，无论对手多厉害，你将《龙虎六韬》融会贯通，并经过此次大战的锻炼，无论才学还是经验，都将不会比姬发差。”

耀阳立即振作精神，道：“多谢先生鼓励，耀阳定不会让先生失望!”

经过姬发的刺激，耀阳更是勤学《龙虎六韬》，如有不懂之处，无不细细询问姜子牙。姜子牙也不加隐瞒，一一解说，或引经据典或举例说明，让耀阳大为佩服。而耀阳学得也是奇快，短短四天的行军时间，已经将《龙虎六韬》的内容倒背如流，更时有独辟蹊径的想法流露，连姜子牙也深叹耀阳资质实是非凡。

行军四天后，终于到了“望天关”的范围之内。众多将士兴奋地爆出阵阵欢呼声，姬发却非常冷静地发布命令：“大家听着，从现在开始，我们必须时刻保持戒备，三军时刻做好作战准备，以防敌军偷袭！”在姬发的指挥下，全军小心戒备地前行。

经探子回报，敌军正在紧张地围攻“望天关”，姬发当即发号施令：“粮草由五千兵士守护，暂停前行，原地待命。其他三军借机绕过望天关，随时做好进击围城敌军的准备！”全军一阵紧张，随即又兴奋起来，这几天他们在姬发的引导下，早已激起一身战意。

半刻钟以后，万余兵士在姬发带领下，悄悄由侧边绕过“望天关”的防线，来到“望天关”西线的山坳边上。震天的厮杀战嚎声已经回荡在一众将士的耳旁，登高举目望去，只见“望天关”前满山遍野都是黑压压的人群，战车雷动，尘土飞扬，飘扬的旗帜上尽是“崇侯”、“征西”等字样。

战鼓声声入耳，万千兵将喊杀着犹如潮水般涌到“望天关”前，云梯、破城车等等破城工具尽数上场。尽管形势不容乐观，而且“望天关”的城墙似乎在屡次的攻防战中破损严重，但城墙上的西岐兵士却仍然个个精神百倍，丝毫不为城外的局势所影响，哪怕拼尽最后一丝气力也定要将企图侵入城内的北侯兵一一击退。

这般残忍肃杀的气氛不但感染了所有西岐兵士的情绪，同样更让他们感到愤慨难平，没有人比他们更爱自己的家园，自己的亲人手足，这一切都岂能任由外人来践踏，不由个个战意激昂，摩拳擦掌地看着主帅姬发，恨不能立时加入战团，将这些敌人统统赶出这块不属于他们的土地。

耀阳虽然不是西岐本土人，但此时仍然再难忍受心中激动与愤慨的煎熬，眼光投向一直冷静观看战局的姬发，等待他的进攻命令，首次面临如此大规模的战事，令他胸中沸腾的热血再也难以平息。

姬发一直没有发号施令，反而眼神中流露出异常迷茫的神情，眺望远阳偏西，口中竟喃喃小声哼出一首曲调，曲韵委婉，词调平仄有度，竟是极其平常的农家小调：“……夕归兮，吾为子乐。夕归兮，吾为母悦……”

耀阳微微一愣，不明所以地望向姬发。

此时，斜阳余晖照射在姬发棱角分明的俊朗脸庞上，随着曲调的转折反复，一行热泪自姬发眼眶中潸然而下，紧接着，万余名兵士一片死寂，不知是谁开始跟着姬发口中的曲调哼了起来，然后一个个兵士都开始哼唱这一首相同的曲调，渐渐的，包括正在“望天关”上的拼命坚守的西岐兵士也跟着清唱起来，低沉委婉的浅吟低唱顿时盖过了战场上的一切厮杀声。

“铿吟……”龙吟声中，姬发手举长剑，策马驱逐战车当先疾驰而下，身后一众万余名将士根本无须他下令，已然齐声哼唱着曲调潮水般涌入山下战局之中，“呀……”全军发出震天吼声，战车发出“喀喇”轧地声逐渐响亮加速，姬发亲自立于最先的战车之上，手持长剑仰天而指。

耀阳亦是大吼一声，随手持了一把长戟，喝道：“杀!”战车已向“望天关”方向飞驰而去，数千战车遍野狂驰，敌军显然已经察觉到他们的来到，而且敌军将帅显然甚有才能，丝毫不乱地下令后阵三军转身迎战。但毕竟对方是慢了一步，此时“望天关”内的西岐兵士在得知援兵赶至后，已经全力冲杀出城，全力迎战北侯军。

西岐战车在耀阳和姬发的指挥下冲入了对方还没站稳的阵地之中，凭着冲刺的威力，将士们的剑戟纷纷将敌人刺入车下。姬发的长剑舞出满天气劲，遇者无不被激飞爆杀，加上他运起元能怒喝如雷，神威更是激起西岐战士的士气如虹。

耀阳也不例外，不过不熟悉战车作战的他只能凭着五行玄能混合天火烈劲爆发，长戟像是舞出一条巨大炎龙将眼前的敌军尽数焚杀。以姬发和耀阳的强悍作战能力作为中坚，挟着无比冲杀之威，竟硬是将层层敌军冲散，失去阵形的敌军立即陷入困势，纷纷车毁人亡。

敌军主帅见情况不妙，大喝道：“放弃攻城，全军稳住阵脚，准备与敌一战!”看出姬发和耀阳之威的他亦飞身而起，手持双手短戟，挥出戟风如刃向耀阳和姬发两人斩去。

“何方高手，我来会你!”耀阳这句话其实是说给姬发听的。

深知耀阳之能的姬发不再顾虑，喝叱着率领全军继续冲杀。

耀阳纵身而起，长戟狂舞尽破戟风，敌将已扑至面前，耀阳终于看清对方主将竟然是一个比自己大不了几岁的男子，长得浓眉虎目，甚是威严。

对方显然也为耀阳的年龄吃了一惊，不过手底下丝毫不慢，双戟泛出银白色的光芒，迫出强大元能向耀阳直袭而来，其强劲程度竟不下于刑天抗多少。

耀阳暗惊：“什么时候又多了一个青年高手?”掌中长戟迎着对方的双戟当头砸下，两人同时虎口一麻，均被反震而出，元能交击所爆出的气浪，顿时将周围的兵士全部抛飞出去。

耀阳退后几步，这才发觉手中的长戟已经断为两截，看来对方的双戟非是凡品，不由大恨没有称手得意的神兵利器护身，索性抛开断戟，耀阳一式“乾天龙炎诀”作手刀劈出，炎热火劲凝成紫色气刀，斩出几道紫影向对方主将包围而去。

敌将低喝一声，双戟闪快击出，正中几道紫影，“砰……”闷响声中，紫影消去。

第七十五章　伏羲武库

脱手而出的龙刃诛神正阻住神出鬼没的“火神鞭”，将其制得无法动弹。

祝蚺如何肯冒险，而且他还想要倚弦帮忙，就在这种情况下，他唯有化手刀为正面掌击。

两人毫无花哨地拼了一记掌势，如果全凭元能强弱，倚弦毕竟无法与祝蚺相比，此时猛地胸口一闷，体内一口鲜血顺势喷出。但倚弦暗含冰晶火魄的归元异能也非常人可比，祝蚺被震得气血一阵翻腾，深吸一口气才镇定下来，知道自己没什么异样，朗声道：“果然是后生可畏，竟能破了本宗‘火神鞭’的神术‘烈焰焚神’，易公子年纪轻轻已有如此修为，当是千年难遇的不世奇才。”

语罢，祝蚺拂手收了“火神鞭”，表示就此停战。

倚弦借一口血卸去大部分侵体的魔能，其实并没受到很大的伤害。他抹去嘴角的血丝，将龙刃诛神收入体内，运用归元异能渐渐平复了不是很重的伤势，道：“宗主也不愧为祝融氏一族宗主，易某佩服！”倚弦见目的已经达到，自然没必要再打下去。

祝蚺目光烁然，问道：“那易公子对于我们的合作还有什么意见?”

倚弦眼中神色一闪，凛然道：“只要有炎氏族人无碍，我们的合作没问题。”

祝蚺大笑道：“如此就好！那就祝我们合作愉快吧。”

倚弦没有任何特别的神色，冷然看着得意的祝蚺。祝蚺再怎么也想不到，倚弦与他激战这么久，只是为了一个目的，就是借方才元能对搏的机会，将新近领悟“意念烙印”的一线“魂灵引”导入祝蚺体内。“魂灵引”与当日黑衣老者施的“意念烙印”同出一源，作用效果都相差不大，被种下“魂灵引”的人，若非有归元异能这种神奇特别的元能或是如黑衣老者这样强的高手，是绝不可能察觉出来的。

既然交易目的已经达到，祝蚺道：“过几天老夫自会派人通知你们，现在就先行告辞了。”

倚弦浅笑道：“不送!”

祝蚺微一拂袖，整个人化成一道黑影遁风回向荆湘城疾去。

此时，灰头灰脑的土行孙来到倚弦身边，担心地问道：“你没事吧。”

“没事!”倚弦拍了拍衣衫，笑道，“完成任务，我们回去吧。”

“完成任务……”土行孙愣了一下。

倚弦突然转头看去，远处一个人影飞驰而来，惊道：“紫菱?”

果然，紫菱公主落在倚弦身边，紧张地问道：“易大哥，你没事吧?”

倚弦笑了笑，道：“放心，我一点事情也没有。”

紫菱公主这才喘了几口气，刚才她察觉到这里有激战，立即全力赶了过来，生怕倚弦出事。

土行孙嘟囔道：“一天就知道黏着易大哥，怎么不见你来关心一下我。”

紫菱公主白了他一眼，气乎乎道：“每次出手的又不是你，有什么可以关心的?”

土行孙嚷道：“你怎么知道我没出过手。”

紫菱公主反唇相讥道：“就凭你？算了吧……”

倚弦无奈地摆了摆手，道：“好了，都别再闹了，我们回去吧。”

回到驿馆，宫中也没什么事情，只是有几张请帖都被倚弦婉拒了。

入夜后，倚弦准备出门，被紫菱拦在门前，担心道："你这么晚要去哪里？"

倚弦不便告知详情，只能敷衍道："我有事，去去就回来。"

土行孙闻声而至，问道："难道你是去暗探祝蚺不成？"

紫菱一听，马上道："不行，易大哥，你这样一个人实在是太危险了。"

土行孙虽然心急族人安危，可也不放心倚弦一人深探虎穴，也道："你一个人去的确不妥，不如我跟你同去，也好有个照应。"

倚弦忙摇头道："我一个人就可以了，人多反而容易误事。而且相信凭我的修为，即使是祝蚺亲自出手也困不住我，多一个人到时候只会变得碍手碍脚。"

紫菱还是不放心，拉着他的手道："就算你比祝蚺厉害，他们一大堆人，你单身一个怎么会是他们的对手。"

"对啊！"土行孙忙不迭接口道，"我跟你去吧，至少还能帮上点忙。"

倚弦将飘逸的长发束在脑后，笑道："不用了，我一个人应付得来，而且我也怕有人过来窥视，你们不若替我做做样子，隐瞒我的去向。"

土行孙还在迟疑，倚弦一拍他的肩膀道："好了，别婆婆妈妈，你留下来保护紫菱。"

紫菱可不愿意了，嘟着嘴嚷道："我才不用别人保护，人家要跟你一起去嘛。"

紫菱还想找理由，倚弦已经微笑道："你在这里小心点，我一个人没关系的，除非遇上像你外公这样的高手，否则逃脱绝对没有问题。"他的声音柔和，但语中坚定的之意已不容拒绝。

紫菱对此倒是深信不疑，上次他带着两人能从修为比应龙还强的黑衣老者手中逃出来，此时除非有三个祝蚺同时动手，要不也休想困住倚弦。不过关心则乱，她只是有些担心，现在倚弦如此坚决，她也不敢再说什么，只能点头同意。

倚弦回头向两人一笑，便已遁风而起，瞬间化成一条若有若无的黑影消失在“荆湘城”外。

“我们还是做个易大哥在睡觉的虚像吧。”土行孙叹了口气。

紫菱斜眼瞪他一下，哼道：“小心点，别让人看出破绽，本公主先去睡了。”说完转身回了自己的房间去了。

“为什么又是我一个人……”土行孙忿忿不平地念叨了几句。

倚弦通过掌握植入祝蚺灵神中的“魂灵引”，感应到祝蚺此刻就在“荆湘城”外，他寻着感觉一路找去。一直到了城外“牛头山”下，倚弦再次确定了祝蚺的方位，就往深山里面遁去。

“牛头山”山如其名，长得像是个牛头似的，地势斜峭，因山间有两处互为犄角的崖顶，常人根本无法上得去，但这当然难不到倚弦。

倚弦随手使个“千符隐”将身子隐去，然后落于地面上，寻了片刻过后，果然发现祝蚺的鬼祟踪迹，当即屏息静气尾随祝蚺而去。

远远的，他见到祝蚺突然转入一个山洞，倚弦心中大喜，知道终于找到祝融氏囚禁有炎氏一族的秘密地点。顾忌到祝蚺魔功了得，倚弦非常小心谨慎，收起所有气息，直等了很久之后，才跟着异能感应进入洞中。

山洞很长，而且越走越宽大，过不了多少时间，前面有一丝亮光射到他的脚下。倚弦欣然加快前进速度，往前几步就见到了两个祝融氏的魔族兵士持着兵器守护，他们后面便是一个严密紧闭的石门。

倚弦虽然会隐遁之术，但却没学过“穿墙术”，所以自信根本不可能在不惊动两个祝融氏守卫的情况下推门进去。他皱了皱眉，突然想到一个主意，手拈“傲寒诀”，轻轻向其中一个守卫挥了过去。

“啊哟！”那个守卫突然觉得胯下一凉，低头看去，发觉自己的裤裆居然是湿漉漉的，惊讶中回头看到同伴充满调笑的眼神，不由尴尬地笑了几声，道：“我也不知道这怎么回事……你先看一下，我进去换一下就回来……他妈的，你别笑，我马上回来，真他妈的，这是怎么回事？”

那个守卫骂骂咧咧地推门回去换裤子了，倚弦趁机跟了进去。

倚弦进去的那一瞬间，不由呆了一下，环目四顾，没想到这里居然是个地宫，长廊斜下直通一个小型广场，再过去就是几个大殿，大殿的后面，还有几栋建筑物。

地宫内戒备森严，五步一岗十步一哨。

依靠“千符隐”的法能，倚弦谨慎前进，循着“魂灵引”的感觉到了一直地宫后面，发现前面有个人工洞窟，竟是直通往地底深处。

倚弦小心翼翼地进了洞窟，前方无数的敲打声不断传来，进去一看，果然是一帮有炎氏族人正在挖掘地道，看他们骨瘦如柴的身上衣衫褴褛，灰白色的皮肤上伤痕累累，看来是没少吃苦。他们身后还有不少祝融氏的人拿着鞭子时不时地抽打他们，有炎氏族人都眼中含恨，可是均敢怒不敢言。

倚弦看得勃然大怒，若非他一人无法同时间救出这么多人，他早就出手教训这些祝融氏族人了。但是为了救助整个有炎氏族人的大局，倚弦忍下心中怒火往祝蚺所在的方向潜去。

过了长长的地道，前面出现一个石屋，祝蚺就在里面。

倚弦欺近石屋，透过窗口看进去，里面两个人坐在木桌旁边的凳子上正在谈话，除了祝蚺外还有一个发须皆白的老者。老者枯瘦的手指弹着桌面发出‘咚咚’声，嘶哑地问道：“宗主，你真以为这‘玄武兽穴’里有什么‘圣库传说’的秘密?”

祝蚺讶异地问道：“当然，不知长老究竟有何疑问?”

长老叹道：“传说毕竟只是传说，不能太过当真。再则，为了一个虚缈的传说而劳师动众，未免有些不值。”

祝蚺摇头道：“长老此言差异，‘圣库传说’绝不是虚无飘缈之谈。”

“是吗?”长老还是半信半疑的神态，道，“‘圣库传说’自古就有，但是真是假却无人知道，宗主凭何认定此事是真的?”

祝蚺显然有些不耐烦，只是又不便说什么，只能摇头问道：“长老可知伏羲此人?”

“大神伏羲!”长老惊道，“那个上古跟女娲齐名的伏羲?”

祝蚺点点头道:“三界之内，除了他还有第二个伏羲吗?”

长老露出兴奋的表情，道:“难道从前流传的‘圣库传说’就是关于伏羲的吗?”

“不错!”祝蚺笑道，“想当年那伏羲叱咤三界，独创八卦神术，其后更是转战天下，从来无有敌手，即便是玄宗之祖广成子与他一战，也只是半斤八两，可见其人是何等威风!”

长老细细思量片刻，欣喜非常地说道:“原来传说中的‘伏羲……’是确有其事?”他说到中途言语一顿，仿佛想到了什么一般，恍然大悟的双目中魔芒绽动，一副极其兴奋的表情。

祝蚺点头道:“其实本宗历代宗主都口授相传这个秘密，相信只要我们的‘火神军’有圣库之助，届时纵横三界，我宗的兴盛自然指日可待!”

长老深吸了一口气，点头大笑道:“如此甚好，我就让那些有炎氏族人再加把劲，如果能让我祝融氏得到其中秘密，不只统一魔门五宗，连称霸三界，甚至将神玄二宗的地位取而代之也有可能，哈哈……”

祝蚺随之仰天大笑不已。

倚弦听到大神伏羲的名字也忍不住兴趣大增，暗想:“‘玄武兽穴’之中会有伏羲的什么秘密呢?”

祝蚺接着又在长老耳边低语几句，长老连连点头道:“宗主放心，老夫省得。”

祝蚺满意地点头道:“那本宗主就先行回去了，凡事小心!”

“恭送宗主!”长老躬身行礼。

倚弦听到此话连忙收息静气，绝不让一丝气息惊动祝蚺。祝蚺跟长老告别后，在地宫中巡视了一圈，然后便向地道外行去，倚弦已找到有炎氏族人，自然不需再跟他。

待到祝蚺走后，那个长老狞笑着走出石屋，来到地道口上的洞窟外，扬声喝道:“有炎氏的小崽子，给老夫好好地干，否则小心你们的身家性命。”

有炎氏族人在鞭子的威胁下也只能照做，稍有缓慢者，便被一群祝融族监工一鞭子抽下，打得有炎氏族人惨叫连连。

倚弦忍住满腔怒气在地宫中转了几圈，四下窥探地势以及情况，心中策划着整个营救的计划，谁知转过几处甬道，竟然被他发现了一处刑房，里面的鞭打声和惨叫声让人听了心惊肉颤。

倚弦循声潜入，却见一个满脸横肉的家伙正用蘸满水的皮鞭抽打一个绑定在石壁上的有炎氏老者，一脸狰狞的祝融氏族人怒喝道：“老头，看你嘴挺硬的，其实只要快说出‘玄武兽穴’的入口秘密，也免得老子每天都得面对你这个打不死的老家伙。”

老者已是遍体鳞伤，虚弱地呻吟一声，但还是不肯屈服，“呸”的一口吐出血水。

那祝融氏族人勃然大怒，正要继续用鞭抽打下去，倚弦已出手一指，元能袭中对方的后脑窍穴，顿时将他弄昏过去，然后暂时撤去隐遁术。这时虚弱不堪的有炎氏老者费力抬头，惊讶地看着倚弦，嘶哑的嗓音虚弱无力的问道：“你是谁?”

倚弦忙施法将老者身际的束缚尽数除去，一把抓住老者枯瘦如柴的手，度了一些元能给他，轻声将土鳖老爷子的事情一一简要地说了出来。

“圣使？您是圣使!”老者眼中一亮，这个圣使之事除了有炎氏几个有辈分的人之外，谁都不知道，眼前之人能说出此事，定然真是土鳖所说，而且土行孙早前也已经将此事禀告过他们，他两相对比一下，自是没理由不信的。

倚弦苦笑道：“如果一定要这样说，或许就是吧，你放心，我一定会想办法救出整个有炎氏的数百族人!”

知道倚弦是圣使之后，老者似乎也有了精神，道：“只要有圣使在，我土附也没什么可以担心的了，我相信圣使一定能救出我们有炎氏一族。”

倚弦好奇地问道：“老爷子，祝融氏族人为何要抓你们？据说是为了一个什么‘玄武兽穴’?”

土附立即点头，悲愤莫名地说道：“不错，现在祝融氏那些家伙就是要我有炎氏族人挖我族地，从这里一直挖到莨城的‘玄武兽穴’!”

倚弦算了算此处莨城与荆湘城之间的半日路程，料想也差不多需要一些时日，当即更是好奇的问道：“为何要挖这么远的距离，何须这么麻烦呢?”

土附答道：“只因我们族地的保护层完全构建在‘玄武兽穴’之上，所以寻常的挖掘根本没有丝毫破坏的用途，只能根据八个方向的相辅相生才能找到生门所在!”

“八卦神术?”倚弦一点就明，道，“那里面果真藏有伏羲的秘密?”

“是的!”土附咳了几声，道，“大神伏羲是我族先祖圣皇神农的至交好友，故而相互都知道各自的居所所在。大神向来对我族照顾有加，当年若非大神飞升，蚩尤就算有天大的胆子也不敢动圣皇及我有炎族的。”

倚弦没想到伏羲竟真是如此威风，连魔神蚩尤都不敢为难他，难怪祝蚺为了“圣库传说”会如此大肆造作。

土附继续道：“自从大河旁近我有炎氏的千年族地被蚩尤毁掉之后，我族全部族民根据圣皇遗训来到这个隐秘安全的地方，谁知最后还是让祝融氏这些贼子破坏了，想来真是愧对圣皇和大神啊!”说到这里，土附涕泪皆下，悲伤不已。

倚弦安慰道：“这也怪不得你们，自从被蚩尤下了本命禁制之后，你们的本命元能根本无法发挥。”

土附叹道：“圣皇为人仁慈为怀、光明磊落，怎会想到蚩尤老贼如此歹毒。这才会被蚩尤老贼所迫害。”

倚弦再又安慰了几句，问道：“那大神伏羲跟‘玄武兽穴’有什么关系，难道‘玄武兽穴’就是伏羲以前的栖息之所?”

土附道：“根据先祖所言，‘玄武兽穴’可能就是‘伏羲武库’的所在。”

倚弦惊问道："伏羲武库?"

土附面上露出神往之色，感叹道："当年伏羲大神的八卦神术举世无双，举凡包括神术、兵战、卜卦等各种学识更是无不精通，乃三界第一奇才，即使桀骜高傲的魔帝刑天也对其有三分敬意。只是其人心性极其古怪，从不为凡情俗世所扰，所以第一次神魔大战他也没有参加，但所有人都知道如果伏羲参战的话，战局将不可同日而语。"

土附一口气，道："结果是神玄二宗险胜，也是因此，伏羲大神的妻子女娲对他存有很大的意见，两人在战后终于黯然分开。从此伏羲大神遨游天地三界，热衷于搜刮各宗各地的灵兵神器，凭其声望才学，各宗神器至少有三成尽入他手，而且非极品不要。你想想看，如果'伏羲武库'真在'玄武兽穴'内，那将是一个多大的秘密?"

"神器?"倚弦顿时想起"火神鞭"来，此物虽差龙刃诛神甚多，但已是威力不小了。

土附沉吟道，"其他的，老夫也不是很清楚，但其中至少有三件神器是三界闻名遐尔的。"

倚弦轻咦了一声，问道："哪三件?"

土附沉思道："神宗的'打神鞭'，魔宗火神祝融的得意神器'焚神天戟'，以及并不隶属于三界四宗的盖世神器'翻天印'，单只这三件神器已是能让任何人都垂涎三尺了。"

倚弦讶道："火神祝融的兵器不是'火神鞭'吗?"

土附不屑道："'火神鞭'只能算得上当年火神祝融前期的神器，还排不上号哩。"

倚弦心中一动，问道："那龙刃诛神又如何呢?"

土附惊道："龙刃诛神?那可是三界最强的两把神器之一，广成子得道前的杰作，天下间只有其弟子——不世奇才轩辕黄帝亲手所锻造的'轩辕剑'可与之相比。"

倚弦惊了一下，他没想到这龙刃诛神真是如此神器，忖道："看来自己的修为还远远不够，无法发挥神器的原有神力。”

土附紧张四处张望一番，道：“此地不易久留，圣使还是请先行离去，容后再做打算。不过地道的挖掘已经接近尾声，所以很难保证会发生什么事情。土附虽死亦无所畏惧，但数百余族人的性命乃是至关重要，还请圣使尽快解救他们！”说罢，竟自跪伏下来。

倚弦连忙将其扶起，毅然道：“老爷子放心，我一定会救出所有有炎氏族人，决不会有负所托。”

土附点头大慰道：“那请圣使将我再绑起来，莫要因此惊动了这帮禽兽不如的东西。圣使放心，我自问这把老骨头还算撑得住，没事的。”

此时远处已传来脚步声，倚弦施法将一切恢复原样，对土附道了声“小心保重”，立即使出“千符隐”隐去身形，随手一挥将那个昏迷的祝融氏守卫弄醒，然后轻轻遁出刑房，往地宫出口而去。

只见那名敌将低喝一声，双戟闪电般击出，正中紫影中心劲气漩涡部位，“砰……”闷响声中，紫影消去，但耀阳已经随身逼近，右掌中的紫色炎刀狂斩敌将。敌将反应敏捷，急闪躲开，身影如电飞驰，双戟幻影如涛，变幻莫测，又掀起气劲激涌，强悍的元能运至戟尖上，无坚不摧，连耀阳也不敢直撄其锋。

耀阳在激战中心念一动，“无间遁法”使出，身形在战圈中骤然消失，然后蓦地又出现在敌将身后，紫色炎刀再次向敌将斩出。不过，敌将也非是等闲寻常之辈，显然已察觉到身后有异，竟然也不回身，叱喝一声，手腕一转，双戟从肋下及时向后回捌。

战场之上非比寻常双方斗法，可以从容施法行咒展现法能玄术，而是争分夺秒抓紧战机，靠得便是双方苦修法道所精炼的元神灵识能够及时做出对敌反应，施展出贴身肉搏的必杀之技，所以仅凭敌方方才如此神速的反应，令耀阳顿生惊服之心。

耀阳掌中元能一刀斩在一支戟尖，借力急速飞起，避开紧接而来的另一戟，心念甫动，夹杂着天火烈劲的“万刃同归”倏地展出，敌将周围凭空燃起熊熊烈火暗卷锐利风刃以他为中心迅速集中。

这一招连“邪神”幽玄也吃过暗亏，敌将虽强也自然难以抵挡得住，好在他不敢像幽玄一样托大，身子急窜欲脱出耀阳这招的攻击范围。耀阳甫一得势岂肯轻易饶人，挥手捏起“七真妙法指”，就是一式“乾天炎龙诀”，紫色的巨型炎龙向敌将吞食而去。

敌将登时大惊，不及躲避之下，唯有全力舞出戟芒滔天，耀出漫天结界护住全身，用以防御紫色炎龙，却在无意间也将隐藏在烈火中的风刃挡住。不过同时受“万刃同归”和“乾天炎龙诀”攻击，敌将又怎么可能安然无事，顿时被炎热的天火暗劲轰得气血沸腾，猛地一口热血随着满天飞散的衣甲碎片喷出。

只是敌将却在喷血之时运上元能，艳红的腥血激射而出，在瞬间遮住了耀阳的视线，让耀阳的攻势也不由为之一滞，敌将则趁机闪开耀阳的攻击，连连向后退却而去。

两人交战不过匆匆几个回合，但此时“望天关”下的两军接战显然胜败已分，兵力上略占优势的敌军抵制不住西岐军士的前后进击，已呈败局之势，一众西岐将士在姬发有条不紊的指挥下逐渐将敌兵分割开来，凭空前旺盛、无比英勇的斗志将惊慌失措的敌军蚕食击杀。

敌将看清局势，在确定姬发的实力之后，更在耀阳的阻拦下无法做到“擒贼先擒王”，便当机立断立即不再与耀阳纠缠，闪身遁退至阵营中，果断下令全军撤退。

耀阳也没追赶，刚才如此快速击伤敌将占得上风，多是因为体内五行玄能的特异远超对方的缘故，所以才能在瞬间抓住时机施展出“万刃同归”，令对方出其不意被他击伤，若不是如此，在敌将有利器相助的情况下，自己想赢还得等上一段时间。

敌军虽然显得有些狼狈，但是得了主帅将令，迅速从“望天关”左右撤回的势头仍然是有条不紊，丝毫看不出慌乱逃窜之象，足见敌军平素训练有素，如此败势之下仍能再次汇合，保持阵形逐渐后退。但败局已定之下，敌将再如何厉害也已不能扭回战况，姬发趁势率军追击，步步追逼。

敌军绕过“望天关”与另一面攻城的兵马会合，不知是何缘故，对方竟然在片刻时间内整顿败军，趁着自身兵势依然大过西岐，准备正面与姬发交战，然而“望天关”守将也非庸才，此时见势不妙，立时派出数千一队的精锐兵马分作几批，出关向敌军后方冲杀袭扰。

刚刚吃败仗的敌军兵士士气大落，在姬发和“望天关”精锐兵马的合击下，加上同时面对关墙上数千弓箭手的威胁，敌将见势不对，马上下令全军后撤十里。

姬发和一众“望天关”将士汇合，首先在关外三里处顺应地势驻寨扎营，与“望天关”互成犄角之势，然后才率了一队精兵缓缓退回关中。

第七十六章　傲视三界

“望天关”位于“金鸡岭”与西岐之间的直通驿道上，只是寻常普通的一个小关卡，关墙高不过三丈有余，关内也并无多少精良的守城装备，比之铜墙铁壁的“金鸡岭”实在是天壤之别，唯一能支持它到现在还没被敌军攻破的原因就是主将带兵老练，兼且敌军兵马经“金鸡岭”一役，长途奔袭难免力所未及。

耀阳跟随姬发的兵马之后缓缓入城，甫一进入城门，就见到西岐兵士一个个虽然流露出欢喜的神情，但是仍然掩饰不住眼神中的疲惫之态。城关内气氛肃然，平民百姓基本上都躲在屋里不敢出来，到处是持着尖利兵器的兵士，倦怠的脸上充满紧张的神色，甚至不少人的身上绑扎着裹布，白色的绑扎布条上还有暗红色的血丝渗出。越往城里进去看到的伤者越多，看来这几日的战况甚是激烈。

过不久，“望天关”主将毛公遂亲自率众出来迎接，他头上的白发又多了不少，神情略显憔悴，看来这几日的攻防作战甚是艰辛。他人一到就立即上前拜见姬发，行了君臣之礼，便着人安排众将士的住处。

姬发等他安排完，问道：“毛将军，不知近来战况如何?”

毛公遂面有愧色道：“老臣实在愧为将军之职，竟让奸细混进‘望天关’。前日敌军攻城狂猛，老臣为了让手下将士获得更多时间休息，便委派从金鸡岭一役退下的将领守关，谁知其中一人竟在紧要关头反叛，打开了一边城门，好在一番苦战还是被我军将士拼死击退，但我军因此伤亡数千……说到底还是老臣的责任。近日来敌军攻势不断，而且日趋强猛，若非公子及时来援，‘望天关’危矣!”

耀阳在旁心中暗赞：“姜先生果然是料事如神。”

姬发摇头安慰道：“这非是毛将军的责任，崇侯虎此次来势汹汹，而且手下将领如此狡猾足智，想来就算是我，在当时攻守急迫百忙之下，也必然有料想不到的时候!”话中谦逊有礼的意思虽然是在抚慰毛公遂，但是字里行间的语气却现出一份与别不同的自信。

耀阳先是与毛公遂互相拱手一礼，大咧咧道：“此非战之罪，毛将军劳苦功高，末将等深感敬佩。至于家贼难防，这点谁在一时间都难以避免，最主要还是老将军始终守住了‘望天关’，所以只要下次再让他们吃不完兜着走，一次回个够本就行了。”

毛公遂闻言大笑道：“耀将军豪气万丈，果然是年少气盛。”说完，伸手一领道，“公子、耀将军，不若我们先进府中详细研究战况。”

姬发并不发表意见，微笑着有意无意地看了一眼身旁的耀阳。

耀阳出乎意料地拒绝道：“毛将军，我们不必急于一时，敌军连战数日，又逢今日败势，已成疲兵，所以在不明我军此次来势之前，定然不敢前来扰事。故而，我们此时不如先去看看辛苦奋战的将士们如何?”

毛公遂闻言暗暗点头赞赏不已，体恤兵士乃是为将者首要之重，试问如不能以德服众，又哪能令全军上下一心，共抗外敌呢?话虽没错，殊不知耀阳和倚弦自小为奴，生活过得十分辛苦，故而度己思人，对下层兵士甚是关心，却绝非有意为之。

姬发微微为之一愕，神色中略显惊讶，道：“耀将军说得正是，守关将士们如此艰辛奋战，我们既然已经来到城中，若不多加关心，先看看他们，又岂是为将之道。”

毛公遂应声道：“公子与耀将军能够如此体恤将士，真乃‘望天关’之福。既是如此，请随我来!”

当下，众将领在毛公遂的带路下，先行前去看望伤兵了。甫一走入安置伤员的几处大院，扑鼻而来的就是夹杂着浓浓血腥的煎药味，味道很是刺鼻。姬发此时不由皱了皱眉，想那毛公遂久经沙场，自然不会对这种境况有什么不适应，倒是耀阳虽然是首次面对这样的场面，却对此若无其事，处之泰然，毕竟曾经他的少年生活环境比之此处更差数倍不止。

举目望去，只见满院都是受伤的西岐兵士，断胳膊少腿的更是比比皆是，严重的已濒临死亡，几个随军大夫正四处游走寻视，忙得不可开交。见到毛公遂和公子姬发等一同来到，那些伤兵似乎回复了几分精神。姬发自然露出亲切的微笑，不停安抚大家。

耀阳却在伤兵之中走了一圈，除了不时安慰那些伤员之外，更多的是用《幻殇法录》里所记载的各种法术治疗一些适合的人，只是这些人受的多是外伤，玄门法术的作用不是很大，但在减少痛苦方面多少有些效果。他这么做倒不是为了收买人心，而是以往做下奴的时候，身边不知曾经有多少人因为生病无法医治而凄惨死去，此时血淋淋的情景有些相同，所以他下意识只是希望能减少这样的事情发生。

这种无意间的行为却让那些伤兵个个感激莫名，尽管他们不知耀阳究竟是谁，但这个已经不再重要，又有哪一个将领能像耀阳这样体贴入微呢?

姬发从旁冷冷观望耀阳的一举一动，看似赞许的眼神中闪烁出一种惊异的异色，明显是被耀阳施展法道表现出的元能修为所震。毛公遂有些吃惊，以往他虽然听过耀阳这个人的名号与事情，但对耀阳未必看在眼里，他甚至认为耀阳只是一个恰巧救了姬昌的弄臣而已，从未将他放在心上，但此刻对耀阳大为改观。

姬发和毛公遂也随之上前帮忙一番，等他们转完一圈之后，几人才随着毛公遂去了“望天关”内临时的“大将军府”。

“大将军府”前后三进，层层递进，数百兵士在府中戒备森严，谨防刺客进来行刺。府中大堂的檀木桌上摆放着几张兽皮地图，是用来研究战术用的。此时，包括双方的副将，众人齐齐进了大堂，围在桌旁。外面已经清点战场完毕，刚才一战敌我双方的伤亡，轻伤不计，敌军死降一万二，“望天关”将士死三千三，伤二千六，姬发来援将士死千余人，伤八百。敌军七成伤亡在于姬发的突袭。

看似西岐军大占上风，但西岐军依仗守城之利，而且姬发带援军攻了敌军一个出其不意，也只能消灭敌军一万二千余人，而且自身伤亡颇重，由此可见敌军之强。

姬发肃容上前，立在大堂之上，轩眉一展，语声凝重地对毛公遂说道：“毛将军，我们虽然与敌军经此一战险胜，但毕竟初来乍到，对详细军情还不够清楚，所以还请你给我们说一下详细情况！”

“遵命！”毛公遂抱拳行礼，示意兵士将兽皮地图悬挂在堂上显眼位置，然后面向众将缓缓道，“据探子回报，敌军攻破‘金鸡岭’之后，由崇侯虎屯兵‘金鸡岭’亲自坐镇，此次前来袭击我‘望天关’的主帅是崇黑虎，其麾下先锋大将为黄天化，也即是今日的攻城主将。”

“黄天化?”耀阳虎目一睁，这才知道刚才被他击退的年轻高手的名字。

姬发略觉诧异道：“那崇黑虎和黄天化两人我从未听说过，他们究竟是何方神圣?”

毛公遂道：“据报，崇黑虎乃是崇侯虎之弟，早年离家潜修法道秘术，多年不知踪影，至此时才突然冒出，而且两军阵前甚少露面，显得非常神秘。而那名少年将军——黄天化的来头更大，他是殷商第一名将武成王黄飞虎的儿子，自幼随法道高人修行，文韬武略无不精通，堪为当今年少一辈高手中的翘楚，非是池中之物。”

姬发眼中精光一闪，低语道：“黄飞虎之子……”

毛公遂继续道：“经过这几日苦战，昨日敌军应该还剩四万左右的可战兵士，今日死降一万二，失去作战能力的兵士至少五千以上，此时敌军理应不过二万六七千余。而我‘望天关’尚存八千战力，凭守关之利，勉强能敌住对方几次攻袭实乃未知之数，今日更是岌岌可危，若非公子及时赶到，恐怕‘望天关’已经……”

姬发点头沉吟道：“照这么看来，现时加上我和耀将军带来的两万将士，除去伤亡人数，此时也有二万六千余人了，应该可以与敌军一战。不过……既然‘金鸡岭’失守，为何南宫大将军还未能及时退回‘望天关’

呢？按照正常的情况而言，他早就该到了。”

毛公遂苦笑一声，道：“按照正常情况来说，南宫大将军的确是应该早回‘望天关’了，但是当时‘金鸡岭’失守的军情，根本未能及时通知我等。致使大将军率军赶往‘金鸡岭’的路途中，遭受敌军伏击。大将军尽力保留大部分将士后撤，却因此失去先机被敌军重兵围困，在对方的追杀中，最终只有数十个浑身是伤的将士杀出重围，回到‘望天关’向老臣通报军情。”

“什么？”姬发与耀阳不由同时失声惊呼，“大将军被困？”

在场的人都不免陷入沉默之中，试想，如果大将军南宫适所带领的十万大军若被困死，则西岐危矣，毕竟整个西岐此时的兵力还不到二十万。

耀阳惊问道：“老将军可知南宫大将军此时被困何处？”

毛将军用手指向地图中的一处位置，道：“大将军素来擅长防守，此时他将全军撤守在离‘望天关’一百八十里外的‘伏龙山’上，对着敌军将近十万大军，凭着地势之利已经严守好几日。但据老臣估计，他们所剩下的粮草可能只有三至四日之用，再过多两日，可能会因为缺粮而不得不冒险突围。”

耀阳细细观看地图，沉思片刻，道：“大将军有将近十万人马，以大将军之能，对方即便兵马集备，遇上擅守的南宫大将军，想要就此轻松取胜，应该也非是易事！而且，只要我们及时出兵‘伏龙山’，打破敌军的包围圈，自然可以有惊无险地扳回先机才对！”

毛公遂叹道：“此话说来不错，可是上次大将军遭到中途突袭，不只粮草被烧，更糟糕的是战车被毁大半，随军药草也几被毁尽。敌军追杀数十里，将我西岐大军逼入‘伏龙山’，而十万大军受袭已损耗数万兵马，撤退之时又有伤亡。如果再算上因药草不足而平白消耗的战力，此时大将军手上不过是士气低落兼缺少战车的数万人马，面对士气高涨、战车齐备的敌军，南宫大将军恐怕回天乏力。而且……”

姬发皱起眉头，打断毛公遂的话，道：“原则上看来，伏龙山在离此一百八十里外不远，我军只要能在外围选取薄弱部位进击敌军，然后跟大将军配合无间，对分散包围的敌军进行前后夹击，采用逐个击破的分割战术，就能将敌军的包围圈迅速撕破。”

“但……”姬发踱前几步，道，“毛老将军却在担心，现在的问题是崇黑虎所带领的二万多兵马，只要脱开这支兵马的纠缠，剩下的一切就容易多了。只是这崇黑虎加上黄天化，都是非常难缠的对手，而‘望天关’此时更是通往西岐最为关键的关卡，若是我们轻易出关去搭救南宫大将军，则必然陷入敌方事先设下的陷阱，使‘望天关’真正陷入危境！”

耀阳仔细按图索骥查看地势的比较，忍不住惊呼道：“一旦‘望天关’被破，通往西岐的门户便被打开，即使救回大将军的数万人马，怕是也无法阻拦一路势如破竹的崇侯虎大军……”

此言一出，在座所有将士尽数震惊当场。

毛公遂无可奈何的深深叹息一声，点头道：“耀将军所言正是！”

“所以现时的首要，便是如何击溃黄天化……”耀阳陷入沉思之中，虽然他初涉兵法，但五行塑身后的归元异能令他对军事各方面的领悟力，达至一个常人无法企及的境地，脑海中跳跃的思感灵识总能让他的所思所想别具一格，独立于寻常思维之上。

毛公遂道：“黄天化此次虽然受挫，兵马也消耗不少，且不明公子此来的兵势底细，必然不会贸然再来攻城，但是想要借机击溃他却绝不容易。”

耀阳看着地图中“望天关”的周围地形，脑海中不停盘旋《龙虎六韬》中关于攻守战略的运用，然后试图结合眼前的形势，寻找可以一试的攻守兼备的方法。

“望天关”地处两条山脉中间的平原地带，城关前方正对的是地势较为平缓的坡地，但那些山地并未与“望天关”旁近的山脉接壤。根据地图上所绘，敌军驻扎之处就在山地之上，附近没有树林，只有几条溪水流经过。没有靠近林木繁盛之所，自然无法借助天然优势起用火攻，而那几条水流由于敌军已经占据高地，即便想要使用旁门毒术也无处可施。如此看来，只余短兵相接一途……

耀阳正在思虑间，姬发已然一拍桌案，眼中精芒绽射，振奋人心的喝道："既然如此，我军就与对方在平原上堂堂正正的一战！"

毛公遂皱眉道："正面作战，我军抛开大占优势的守势，恐怕不利啊……"

姬发以镇定非常的眼神毅然回望毛公遂，点头道："对敌作战的方面，老将军请尽管放心，我自有分寸，我们只有两三日的时间，若不约战强攻，则我军危矣，此事已不容多虑！"

毛公遂被姬发坚毅的眼神望定，心神不由一凛，联想到日间带领援军来助的勃勃雄威，不知为何竟生出一种没有道理不相信他的心念，自然而然便不再有所疑虑。

耀阳知道姬发用来震慑他人的是一种魔门秘法，不免对他的手段有所惊服，但心中感到震惊的却是，按照常理推断，西岐军与敌军正面对抗，完全没有胜算可言，究竟姬发做出这样的决定暗藏着什么惊天之计，可以反败为胜呢？

姬发见到众将对他心悦诚服，唇角微露出冷竣的笑意，振臂一呼道："好，明日就让崇侯虎老儿见识见识我们西岐军的无上神威！"

众将轰然应诺。

倚弦使出遁法出了地宫，直接回了驿馆。

驿馆内，土行孙和紫菱早已等得焦急万分，口口声声说要回房睡觉的紫菱还是放心不下倚弦，陪着土行孙在房内等待倚弦回来。

房门吱啊一声开了，倚弦施施然推门而入。

见到倚弦安然归来，土行孙和紫菱都不由松了口气。不过，土行孙还是最在意倚弦此次出去的成果，急忙问道："老大，你总算回来了，怎么样，没出什么事吧？找到我有炎氏族人下落了吗？"

紫菱回头恶狠狠的瞥了土行孙一眼，皱眉道："你不会让易大哥休息一下，他这么辛苦替你去冒险，你至少先关心一下易大哥是否遇到危险啊……"

土行孙老脸一红，意兴索然的慌忙先请倚弦坐下。

倚弦摆手微笑道："我能出什么事，倒是此事关系到有炎氏族人千余条性命，老土身为有炎氏的一分子，自然是非常紧张的！"

土行孙感激道："多谢倚……易大哥为我冒险，不知我有炎氏族人可有消息？"

"我已经打听得非常清楚了。"倚弦点了点头，当下将在牛头山地宫中的所见所闻一一说给土行孙听。

土行孙一边听，一边咬牙切齿，几次打断倚弦的述说，义愤填膺地怒骂祝蚺该死，好不容易等倚弦说完，他越想越是恼怒，当即跳起冲向门外。

倚弦微皱眉头，遁法急运，闪身一把抓住土行孙，问道："你要干什么？"

土行孙激动地说道："我当然是去救我的族人！"

倚弦摇头苦笑，问道："那你准备怎么去救他们呢？难道就这么直接冲到牛头山上去跟他们拼命？还是你认为自己能打得过祝蚺？"

土行孙立即为之语塞，他方才不过只是一时冲动，怎么可能会有什么准备，而且他心里也清楚得很，依他现在的身手，想要跟身为祝蚺魔族宗主的祝蚺交手，就算再苦修百十年也根本不可能。

稍稍愣了一下，土行孙捏紧拳头，怒喝道："我即使拼了这条命不要，也不会眼睁睁看着祝蚺那个老匹夫欺辱我有炎氏！"此时的土行孙全然不比从前身材三寸钉的时候，九尺英躯傲然挺立，横眉怒目自有几分豪迈的英雄气概，连一向看不起他的紫菱也不由得对他另眼相看，赞道："没想到你还有点血性骨气！"

倚弦露出极有把握的笑容，道："老土的确是个汉子，不过你可以放心，我已经想好一计，定能将你有炎氏族人尽数救出。"

土行孙闻言大喜，忙问道："老大，有什么妙计赶紧说？"

倚弦摇摇头，但笑不语。

土行孙苦着脸道："大哥，你别打哑谜行不行？"

紫菱跳起来拍了土行孙一下后脑勺，道："笨啊，你难道不知道什么叫作天机不可泄露吗？"

土行孙不甘心地嘟囔道："哪有这么多的天机？"

紫菱哼道："易大哥的想法岂是你这样的脑筋所能预料得到的……"

倚弦挥手制止紫菱继续说下去，道："老土，你不要这样子，心浮气躁对解决事情没有任何好处。我的确已经想到了办法，到时候你只要一切按照我所说的去做就万事大吉了。"

土行孙见倚弦不肯透露，只能无奈地耸肩道："好吧！"

倚弦将二人送出房外，嘱咐二人各自回房好好休息，然后回到房中先休养静坐了半个时辰，琢磨了一些玄法要旨，这才缓缓睡去。

一夜无事。

第二日，晨光和煦，倚弦早早起身，负手轩立于后院，仰望柔和的初日，将近来的几次激战在心中细细回味，借机消化了其中的经验，经此几战，以往尚有诸多对玄法实战的不明之处，开始逐渐领悟于心。

"铿吟……"

一阵龙吟作响过后，龙刃诛神跃然呈现在倚弦手中，在朝阳的光线衬托下，灵刃剑身泛出一圈一圈的紫色玄彩，充斥着倚弦身周的三丈虚空之外，翩然灵异，独有一股睥睨三界万千气象的不世气势。

他，倚弦再也不是当初任人欺辱的卑微下奴，而是已经有足够能力把握自己的命运，甚至左右整个三界四宗未来的不世人物。

倚弦轻轻挥动"龙刃诛神"，玄彩光晕立时激荡开来，随着剑势的流转溢出紫芒片片，无上威力绽现无疑。

倚弦感应到龙刃诛神所带给本体元能的推波助澜，他每一天都可以体会到不同的进步，怎能不让他感到心中欣喜交加，倚弦缓缓吁出一口气，暗叹一息："不知道小阳是否还好？"

"易大哥，早啊！"

紫菱清脆娇媚的话语声响起，她起身洗梳完毕后的第一件事，便是来找倚弦。

倚弦回头向紫菱微笑示意，道："你醒了！"

紫菱见到倚弦朝她微笑，心中甜滋滋的，扭头看了看四周，有些诧异地说道："奇怪，土行孙居然破天荒没来缠你？"

倚弦听出小丫头话中的揶揄之意，只能微笑着摇了摇头。

不等二人反应过来，只听呼喊声传来——"易大哥！"原来土行孙还没洗脸就跑了出来，紫菱顿时摇头无言，跺脚低声嗔道："刚刚还在说你好，想不到这么快就来了，也不让我和易大哥再单独多相处一会儿……"

倚弦摇头苦笑，正欲说话之际，忽感掌中"龙刃诛神"跃然微震，思感异能也为之浮动，他脸色一肃，眼中异芒闪烁，沉声道："小心，祝蚺来了！"他已经感觉到祝蚺的魔气出现在驿馆外。

紫菱和土行孙立即戒备起来，紧紧站在了倚弦的身后。

倚弦炯炯注视院门外，淡笑道："祝宗主大驾光临，何不请进？"

"哈哈……"一阵大笑，祝蚺大步迈入驿馆后园，道，"易公子神功盖世，果然不愧是三界难得的少年才俊。"

土行孙闻听齐声，双眼怒火直冒，祝蚺却对他视而不见，反而看到紫菱后神情大感惊异，道："没想到，连龙族公主也在此。"

紫菱听到祝蚺认出她的身份，当即冷哼一声，喝道："祝蚺，你识趣的就把有炎氏族人放了，否则，休怪我龙族不给你们面子……"

祝蚺眼中魔芒一闪，冷笑道："这句话就算是你父王也没资格说，别说现在就你一个公主了。你以为龙族会为了一个区区有炎氏便擅自挑起神魔玄妖四宗的争端吗？"

紫菱当然知道这其中的复杂关系，只能冷哼一声，却也无话辩驳。

倚弦挥手阻止紫菱继续说下去，道："宗主何必跟小女孩子一般见识？未免太有失风度了，更何况神宗龙族的面子多少都要卖一点的。"

祝蚺自是不会做开罪龙族的蠢事，但又不甘示弱，道："没有人敢威胁老夫，这次还是客气了，若非看在易公子的面子上，龙族又如何，老夫一样非给你小丫头一点苦头尝尝不可。"

倚弦摇头道："祝宗主此言差矣，身为一族宗主必得有足够的肚量才行，否则像祝宗主这样独断专行，恐怕迟早会导致族人离心。"

祝蚺眉头一皱，冷然道："这是老夫本族的事情，不劳易公子费心！"

土行孙早已憋了很久，这时忍不住嘲讽道："祝宗主久居高位，早就不需要听其他的想法，早晚一日身首异处时就会觉得我倚……易大哥的话是对的了。"

祝蚺何曾受过如此讽刺，眼中厉芒射向土行孙，魔能挟惊人的杀气倏地向土行孙逼去，土行孙感应到气势逼近，退了一步躲在倚弦背后。

倚弦微一拂袖，元能鼓荡之下将压力抵消，浅笑道："宗主应该还不至于这样小气吧？忠言逆耳，宗主如不愿听也就算了，用不着为难小辈吧？"

祝蚺双眼厉光盯住倚弦，道："如果老夫任由一个如此小辈出言侮辱，岂非辱了我祝融氏的名声？老夫此时已经够客气了，别真的惹恼了老夫，那对大家都没有好处。"

倚弦丝毫不惧地与他对视，轻描淡写地回道："此是祝宗主自己的事情，易某管不着也不想管！"

"你这是威胁吗？"土行孙对此则是嗤之以鼻。

祝蚺道："就算威胁也无妨，你们别忘了有炎氏千余性命都在老夫手里。"

土行孙哑了，他也不愿为了逞一时口快将有炎氏族人置于危险之中。

"大家互有所恃，祝宗主不必如此，倒不如说说今日来此的正事，如何？"倚弦知道祝蚺决不会为了一时气恼而翻脸，冷静地说道，"祝宗主此来可有什么好消息？"

祝蚺果然不愧是魔门中人，闻言顿时亲切的笑了起来，道："不错，今日老夫的确是有个好消息来通知你。"

倚弦嘴角浮起本该如此的笑容，问道："敢问祝宗主，是否已经在'玄武兽穴'中有所发现？"

祝蚺正是因为地宫地道提前完工而来，他对于倚弦能猜测此事并不觉得惊讶，毕竟他来此跟倚弦做交易的唯一目的就是为了“玄武兽穴”，只要稍有头脑的人都能猜到。

祝蚺口上赞道：“易公子果然聪明过人，没错，老夫的确已经找到‘玄武兽穴’所在，所以今次特地来找你兑现当日的交易。”

倚弦也不想跟他废话，直截了当道：“既然是这样的话，客气说辞不必多讲，祝宗主有什么吩咐直接说便是!”

祝蚺哈哈大笑道：“爽快！老夫也不多废话了，只是想你能尽快跟老夫一起进入兽穴之中，助老夫将‘麟焱虺螭’擒杀。”

倚弦清楚他会提出这个要求，道：“这个自然没问题，但是有炎氏族人呢?”

祝蚺摆出一个理所当然的模样，道：“只要你帮老夫一把，他们自然没事。”

倚弦沉声道：“易某如何才能相信你?”

祝蚺道：“老夫乃是何许人？祝融氏一族宗主岂是言而无信之人，你有什么可以不信的呢？何况你们也没得选择！不过，老夫在这里可以向你们保证，事情办成之后，老夫自然会放了他们，不放他们难道还养着那群废物不成?”

土行孙心中气愤已极：“你……”

倚弦一把拦住急欲冲出的土行孙，脸上露出嘲讽的笑容，道：“祝宗主是哪种人并不重要，我们也不用对此争执什么，只是事关有炎氏一族安危，仅凭宗主的一句话，易某岂能放心?”

见眼前三人全不将他的承诺当回事，祝蚺不由气结，自当上祝融氏宗主之后，还没人如此地鄙视他。不过他一来忌惮倚弦的修为，二来也需要他的帮忙，祝蚺岂会分不清利害关系，于是冷笑道：“照那么说，你们是不想与老夫合作了?”

倚弦虽然不会天真的认为祝蚺肯这么容易放了有炎氏族人，但是为了消除祝蚺心中有可能产生的疑惑，他剑眉一挑，略显怒意，道：“易某既然答应过宗主，自然便会履行承诺，但宗主最好也不要逼我，毕竟是千余条性命，易某怎么也得有些顾虑！”

祝蚺听出倚弦口风，嘿嘿笑道：“老夫希望你们明白，现在主动权在老夫手里，你们没有资格与老夫讨价还价。不过，你们大可放心，老夫一言九鼎，只要此事一成，我自然会将所有有炎氏族人释放。”

“希望宗主真能信守诺言！”倚弦冷哼了一声，深吸了一口气，恢复平静的神情，道，“不知所有的有炎氏族人现在过得如何？”

祝蚺笑道：“放心，他们现在好得很，如果你们中途不另生枝节，相信他们会很安全的。”

倚弦、土行孙与紫菱心中都暗骂祝蚺睁眼说瞎话，倚弦神色不变，点头道：“这样就好！易某定会助祝宗主成事的。”

祝蚺哈哈一笑，道：“如此甚好，那么你现在就跟老夫一起去吧！”

倚弦微微颔首，回头看到紫菱和土行孙两人都是一副准备动身的样子，便道：“你们留在驿馆等我的好消息！”

紫菱毫不迟疑地摇头道：“不行，我要陪你一起去。”

土行孙也要说话，却被倚弦一眼瞪了回去，只能闷在那里。倚弦柔声对紫菱道：“那里非常危险，你就在这里等我回来吧，我去去就回！”

紫菱还要说什么，倚弦目光中现出微怒的样子，肃容道：“别再说了，听我的话，此事非同小可，你不许再任性！”

紫菱嘟起小嘴，很是不愿意，不过看到倚弦如此认真坚定的神色，只能作罢，委屈地说道：“你小心一点！”

倚弦笑道：“我一定会安全回来的，你们好好的在这里待着。”

紫菱点了点头。倚弦满意的一笑，转头打个眼色看向土行孙，同时施展归元异能传音给土行孙道：“老土，等我们走后，你去我房间，在床上枕下有个锦囊，你们根据里面写的去做，凡事千万小心！”

土行孙听了微愕，不过老油条的他脸上没有一点异容，只道：“易大哥你小心啊！”

倚弦微笑点头，回头对祝蚺道：“祝宗主请！”

祝蚺满意地点头道：“随我来！”

两人立时纵身而遁，化成两道黑影，转眼间就消失在天际。

土行孙望着天际消逝的二人，羡慕道："如果我有易大哥一半本事，现在就可以分身去救我的族人了。"

"你做梦吧！"紫菱故装嘲弄地笑了一声，道，"现在易大哥走了，我们该怎么办呢？总不能在这里干等吧？"

土行孙点点头道："对啊，我们该做正事了！"

紫菱疑惑地问道："什么正事？"

土行孙神秘地眨巴眼睛，道："刚才易大哥走的时候传音给我，说留下了一个锦囊，让我们按照锦囊里的吩咐去做！"

紫菱嘟起小嘴，道："易大哥怎么不跟我说，偏偏告诉你……"

土行孙闻言嚣张地大笑道："怎么样，你再怎么说也只是个女人而已，做大事肯定靠不住的！"

紫菱气恼地大喝道："哪有那么多话，还不快去将锦囊拿出来！"

两人立即进了倚弦的房间，发现在床头枕下果然放了一个锦囊。土行孙刚一拿起来，就被紫菱一把抢了过去，然后急急忙忙打开看了。

锦囊里面是倚弦留下的一块丝布，上面以丹朱写着："字留老土、紫菱：我此次过去牛头山，祝蚺定不会让我在地宫见到有炎氏族人，所以留下当日勘探地宫所绘地图给你们，以便你们前去救人。不过仅凭你们二人是根本无法成事的，所以我已经知会蜀山剑宗的幽云仙子前来帮忙。届时我去武库取宝稳住祝蚺，你等汇合幽云一起前往地宫附近查探救人。此事甚是凶险，你们务必小心！倚弦。"

锦囊中果然有一幅丝布绘制的地图，笔工极好，比例适中，像是专门画图之人做的。紫菱看了不由有些沉醉，道："易大哥文武双全，实在是太厉害了！"孰不知倚弦本没学过什么书画，只是因为随着修为的提升，特别是对轩辕图录有所领悟后，自然而然所产生的禀赋变化。

被紫菱左遮右掩始终没看到丝布的土行孙在一旁急了，道："拜托，你先别急着陶醉了，让我看了再说！"

紫菱这才哼了一声，将丝布交给他。

土行孙接过丝布一看，大喜道："没想到易大哥不只神机妙算，而且还能请动蜀山剑宗的幽云仙子来帮忙，这下事情就好办多了。"

紫菱别起嘴道："我看未必吧，蜀山剑宗又怎么样？我看那什么幽云仙子的就没有多大本事，整天只知道扮可怜来讨好易大哥……"紫菱想到上次见到幽云之时，倚弦拼了命也要去维护她的情景，心里始终酸酸的憋着很不舒服。

土行孙奇怪地看了她一眼，摇头道："幽云仙子不只人长得漂亮，而且玄门法术非常厉害，心地也善良。她有什么不好还是得罪了你什么，听你的口气怎么会这么酸？"

紫菱委屈的一记粉拳揍了过去，嗔道："死老土，就知道帮外人说话……"

土行孙早有所料，身形一偏，躲过这一击，道："你看你脾气这么差，怎么跟人家幽云仙子比嘛！"

二人正说话打闹之际，院外传来阵阵衣褛破风之声，紫菱与土行孙警觉心大起，反应迅捷地出了院子一看，见数十余位玄衣负剑的男女从空中缓缓降下，为首的一人秀美绝伦、翩然若仙，正是引起两人口舌纠纷的幽云仙子。

土行孙顾不得和紫菱争执，跑上前迎接，道："幽云仙子，你来了就好！"

幽云优雅地欠身一礼，微笑道："易大哥对蜀山有功，更对幽云有恩，此时有事需要帮忙，幽云岂会拒绝，况且此次经师尊同意，还特地和二十九名师兄妹前来助阵。"

紫菱这时姗姗出来，睨视幽云一眼，道："只有你们三十个人，够了吗？"

听了她这句轻蔑的话语，其余蜀山弟子无不愤慨地向她看了过去，幽云反倒还是柔声说道："请紫菱公主放心，今天来的这些师兄妹都是我宗的精英弟子，对付小小一个祝融氏的窝点应该没什么问题。"

幽云无论才貌气质还是言语举止，都不是还算稚嫩的紫菱可比，更别说法术修为，这让紫菱更是不舒服，而幽云与倚弦若隐若现的关系也让紫菱感到威胁，令她不由对幽云生出抵触与排斥的情绪。

紫菱再次耍赖一般的反驳道：“区区三十个人就能对付祝融氏一族？那你们蜀山剑宗的人全部出动岂非便能将魔门尽数剿灭了？”

幽云如何听不出紫菱话语中明显的敌意，同为神玄两宗的人，她也不知道得罪了紫菱什么，不过她自然不会对这个还未成熟的龙族公主生气，只是淡淡道：“想要击败祝融氏一族自是没这么简单，但此次我们的目的只需将人救出来就行，所以料想应该无须花费太多手脚！”

紫菱仍是强辩道：“如果祝融氏那些家伙倾尽全族之力看押人质呢？”

见她如此说，幽云只能又好气又好笑地看着这个刁蛮的小公主，无奈道：“那我也无可奈何了，这原本是照易大哥的意思去做的，并非幽云任意猜测，若情况有变，也只能到时再说了。”

蜀山弟子对紫菱的挑剔甚是恼火，但是被幽云以眼色制止住了。土行孙在旁也急了，忙道：“我的姑奶奶，这个时候说这些事情有什么用，还不如现在好好研究一下如何救人。”事关有炎氏族人的安危，土行孙自是最急，生怕紫菱说得太过得罪蜀山弟子，如果他们不顾而去，那才真的完了。

紫菱怎会不知自己是强词夺理，这时识机地瞪了土行孙一眼，就此住嘴不说。

幽云轻轻颔首，道：“我们来探讨一下究竟怎样救人吧。”

土行孙把倚弦留下的丝布给她，并向幽云点明地图各个位置所在，指向图中牛头山的地宫，道：“易大哥叫我们去那里探寻我族人的下落。”

幽云接过丝巾，沉吟道：“易大哥在上面标明了三处最有可能关押人质的地点，到时侯我们进去最好莫要正面跟敌人交涉，偷偷潜入后找到人质，然后再伺机出宫。只要能将人质救出地宫，祝融氏想拦也拦不住我们了。”

土行孙高兴道：“这样就好，我们想办法先救人出来再说。”

紫菱这时又泼下冷水道：“废话，救出人来自然好，但是怎么救人呢？

有一千多个人，难道都能隐身不成?”

幽云蛾眉一扬，面上浮起自信的笑容，道：“到时自有办法。”

紫菱轻哼道：“也不知是真是假?”

土行孙连忙从中缓和气氛道：“以仙子的才智和修为，定然没有什么问题。”

幽云也不与紫菱争辩，便开始分派各个蜀山弟子的任务。

待到众人将营救计划统统部署好，已是半个时辰之后。

第七十七章　奇人奇战

众人随随便便用了晚膳，便一直研究战局到了深夜，耀阳才随着带路兵士到了临时住所，遣退兵士不久，他还没有时间好好休息一下，一路随军赶来的姜子牙与云雨妍已经施展隐遁来到他的房中。

耀阳正愁没人相助解决眼下的难题，见了姜子牙自是高兴非常，甚至连对着云雨妍也只是随意打了一个招呼，便忙将刚才的情况对姜子牙一一说了出来。

云雨妍颇为悠闲地跟随在姜子牙身后，显然对耀阳此时面对自己的这种态度极为欣赏一般，倾国倾城的一双美眸中充满了撩人的笑意。

姜子牙听罢耀阳所言，沉思半晌后沉声道："只看今日之战，便可看出那姬发绝非等闲之辈，而他现时胆敢如此夸口，必有一定的把握才是。"

耀阳不解道："但我军兵力并不比敌军多出多少，在坚持守城的情况下还仅是堪堪击退敌军，应该不可能有更大的优势才对？他怎么可能还表现出很有把握一样呢？"他一边说着一边摇头，表示想不通。

姜子牙肃然道："耀将军，虽说兵道必诡，但诡道不过只是虚实变化而已。其实论才智你绝不输于姬发，只是莫要沉湎于局部，受对方表面虚言表象所扰，分不清楚轻重缓急之分啊！"

耀阳顿时有所醒悟，躬身回礼道："多谢先生指点，耀阳知错了！"然后随即又再问道："那请教先生，耀阳现在应该怎么做才好呢？"

姜子牙淡淡一笑，道："这就要问你自己了，我来之前就已经说过，任何事情都由你自己做决定。想想看，如果主将是你，你又将怎样处理明日的战局策略呢?”

耀阳被姜子牙的反问震住了，仔细思量再三，始终有所犹疑。

云雨妍虽然半晌没有说一句话，但此时也被他的情绪所染，秀眉紧蹙，仿佛生怕耀阳回答不出似的。

姜子牙怎会看不出耀阳的心态，当头喝道：“为将者，最重要便是当机立断，否则凡事优柔寡断，只会在战场之上延误战机，随时致使你麾下万千男儿落入进退维谷的险难境地!”

耀阳心头巨震，缓缓舒了口气，终于抛开脑海中的诸多顾虑，好整以暇道：“耀阳认为，在相比较之下，我军似乎更应该施展迂回战术，俨然守城以待，然后分派多队兵马借地势之利不断袭扰敌军，令他们对我们的意图愈加迷惑，这样才能让相对处于优势的敌军自乱阵脚，暴露他们在攻守心态上的弱点，以利于我们突袭对方，达到出其不意的效果，为能够搭救南宫大将军寻得契机!”

姜子牙与云雨妍同时为之一震，这样一个几日前还是兵法门外汉的年轻人，竟能说出如此一番攻守兼备的用兵之道，先且不论是否行得通，仅只是这等天赋便已经让人震撼当场。

耀阳看着二人的神情古怪，不由搔了搔头，干笑道：“我知道自己说不好，所以刚刚有些迟疑，现在说出来肯定让先生跟云姐姐笑话了!”

云雨妍轻摇螓首，道：“耀将军太自谦了，其实……”

不等云雨妍夸赞的话语说出口，姜子牙已经把话打断，大有深意的追问道：“那再请教耀将军，若是敌军始终不为所动，摆出以静伺动的姿态，你又待如何?”

云雨妍冰雪聪明，怎会看不出姜子牙有心栽培的意图，当即不再言语，一双妙目眨都不眨地望着眼前这位少年军事天才，静静等待他的答复。

耀阳这次的回答相当果断，毕竟这些必要的考虑早已在他的计算之内，于是微微一笑道："敌军如果采用静候的方法应对，的确可以显出主将的睿智，然而却因此暴露出对方在战略上过度自信的隐患，他们一定是在坚信某种设计好的作战准则，这样恰恰犯了兵家理应遵循'奇诡变易'之道的大忌!"

耀阳所说的这些论调，完全脱胎于《龙虎六韬》的记载，而且活学活用，丝毫没有生搬硬套掉书袋的牵强附会之感，反而令人可以听出一种胸有成竹的自信，加上肃然而立的耀阳说到精彩之处眉飞色舞的摄人神情，更让人不得不生出信服的心理。

姜子牙微微颔首，以示赞许，试问自己花费数十年光景的兵法理论能被一个后生小辈运用如斯，他的心中何尝不感到高兴，只是越是兴奋他越是不能流露出来，眼前这块璞玉尚未经过细细雕琢，此时如果再经他好好调教一番，将来的前途自是不可限量。

姜子牙继续问道："所谓兵家大忌，不过只是敌军的一个破绽而已，相对于现时四处受制的西岐军来说，即使面对这个破绽，恐怕也无心无力去有条不紊的展开应对之策。所以，耀将军认为下一步唯一可以做到的，应该是什么呢?"

云雨妍也感觉到姜子牙的惜才之心，美眸望定身前这名惊世少年，芳心不由自主再次寂然一动，这种怦然心动的感觉很少出现在她的心中，在这之前只有两次。

第一次是在十年前的"梦冢"，她见到一名自称慕行云的玄宗少年独自挑战师尊，妙玄法道、琴棋书画无一不精，连向来极少称赞人的师尊也表示非常欣赏。第二次则是在不久前的九离魔族"离垢城"，那一位闻仲宗主的弟子杨戬，见了她之后仍然一副心不在焉的淡然神情，更是格外让她觉得有种好奇的冲动。而眼前这名举止随性、天资纵横的少年却给了她完全迥异的感觉……

云雨妍甫一想到这里，俏脸禁不住一红，好在此时耀阳正沉浸在姜子牙所提的问题当中，并没有注意到这极为例外的现象——三界四宗闻名遐尔的“天魅舞者”居然会露出小女儿一般的娇羞姿态。

看着耀阳时而皱眉、时而冥思的俊毅神情，云雨妍有些不忍地对姜子牙道：“先生何不直接教会耀教军呢？何须如此折磨人家，让雨妍看了，总觉得先生又在放直钩钓鱼一般！”

姜子牙闻言微微一怔，随即大摇其头，大笑道：“雨妍啊，雨妍……”

耀阳沉思半晌，原本茫无头绪的思感此时闻言豁然开朗，蓦然抬头，虎目中精光迸射，充满感激地望了云雨妍一眼，然后哂然道：“如果单论集军作战，我们受到牵连的地方太多，任何步骤的实行都让人顾虑重重。所以，唯一可行的方法应该是抛开固有的作战模式！”

说到这里，他终于明白姬发为何会说出那么有把握的话了。

姜子牙心中禁不住长叹一息，赞许的目光炯炯注视在这位年轻人身上，大感宽慰地点了点头，以示对耀阳回答的肯定，心中忖道：“如此天资卓越的才俊终于让我碰到，总算对师尊的重托有个交待了！”他故作责怪地看了云雨妍一眼，云雨妍忙做了一个可爱的调皮笑脸，退至一旁。

姜子牙道：“既然耀将军已经明白其中关键之处，就应该早点休息，以充足的精神应付明日的更多变数！老夫跟雨妍也是时候走了。”

“走？回西岐吗？”耀阳因为想通其中关键处，此时正满脸兴奋神情，闻言一震，心中免不了一空。

云雨妍没好气地笑道：“呆子，当然是回去休息！难道耀将军还要我和先生替你值守不成？”

“不敢，不敢！”耀阳忙躬身行了一礼，道，“耀阳谢过先生跟云姐姐相助，你们慢走！”

姜子牙颔首回礼，与云雨妍同时隐去身形，出了房径直往城南一家客驿遁去。

二人身形遁空之际，云雨妍好奇地问道：“先生觉得耀阳如何？”

姜子牙微笑着反问道：“雨妍认为呢？”

云雨妍细细想了片刻，道：“这个耀将军不管哪一方面都非常优秀，只是先生直到如今都推演不出他的本命来历，岂不怪异之极，如果他跟那姬发一样都是妖魔二宗的人，先生如果助他一臂之力，岂不白白助桀为虐了吗?”

“雨妍的担心不无道理!”姜子牙面色凝重道，“其实，推演不到某人的先天命数有很多原因，比如说他修炼的法道秘术具足本命修复之功，又或是臻至‘灵元合体’之境，则寻常的阴阳八卦术自然无法推演出其人的命理运数!”

“不过可以肯定的是，单纯从他本体经脉所修持的五行玄能来看，他不可能是妖魔二宗的弟子。因为自上古洪荒开始，四大法宗的修持路径便完全迥异，而且我在他昏睡的时候仔细察看过他的本体经脉，是非常纯正的玄门道统！不知他究竟得到过什么奇遇？一身还充满非常强悍的龙脉气运!”

说到这里，姜子牙身形一顿，转身停在“望天关”后一处山岭之上，卓立崖顶凝神思忖半晌，却无缘由地叹了一口气，道，“只是……有一点让老夫着实感到天机难测啊!”

云雨妍跟随其后，落在姜子牙身旁，轻咦了一声，不解地问道：“先生还有何不解之处?”

姜子牙眉尖紧蹙，直望天际暗黑无边，摇了摇头道：“浩缈天机明明揭示圣主诞西，而我神州龙脉地气恰恰被姬氏占尽，姬昌不但勤政爱民，而且仁心仁政四方称颂，由此看来这天机预示原本是指姬氏而言！但是按照如今事态发展，姬氏内政已然陷入妖魔二宗的掌握，即便姬昌寿数尽终，天下终难免落入妖魔之手!”

云雨妍听得更觉奇怪，索性问道：“对啊，现在正需要先生来救西岐于危难，更何况还有耀将军如此天纵之资的人相助，何愁大事不成?”

姜子牙苦笑道：“古往今来，人间称帝者，必是掌握神州龙脉运数之人，否则定然没有天威运势可以服众，而姬氏占尽龙脉地利，不论从哪一方面来推算，这都代表天下最终将尽归姬氏。只是，当老夫今天看到姬发的时候，便已看出现在已经没有办法救回这些被妖魔二宗控制的姬氏子孙，所以天下最后的命运究竟如何，再也没有定数了！”

云雨妍闻言默然，芳心一阵浮动，脑海中禁不住浮现出耀阳大咧咧的样子，禁不住想再问姜子牙，却怔住了半晌，又不知该从何问起了。

姜子牙似是想到了什么，双目洞穿天际一般，喃喃道：“莫非他是‘第七道轮回’改变世间一切既定规律后，所衍生的一个异数吗？”

云雨妍心神一震，问道：“先生说的是……”

姜子牙不敢肯定地摇了摇头，道：“算了，咱们还是先回客驿吧！”

云雨妍虽然不敢肯定姜子牙心中所想，但料想也猜得八九不离十，然而她为人冰雪聪明，自然知道姜子牙的心中也在为不可预演的天机所扰，当即也不多话，紧随姜子牙身后遁下崖头，直入“望天关”客驿。

第二日清晨，耀阳早早的便到了将军府。哪知姬发和毛公遂比他更早一步到了，见到耀阳，都亲切地笑着相互打了个招呼，姬发笑道：“既然耀将军到了，我们便来商量一下如何出击吧！”

耀阳心中已有定数，不慌不忙地直接问道：“不知公子想如何做？”

姬发俊逸非凡的一笑，道：“摊开地形图来看看就一清二楚了！”

毛公遂忙将地形图摊开，摆放在三人面前。

姬发指了指地形图上的“望天关”位置，再向东南方向挪了几分，道：“根据探子回报，敌军现时盘踞在‘望天关’东南三十里外的‘东吉岭’，扎营此地易守难攻，而且此岭地处‘望天关’与‘伏龙山’之间，敌军摆明是为了防止我们解救南宫大将军的兵马才这样布设的。”

毛公遂皱眉道：“也就是说，只要我们率军去解‘伏龙山’之围，则必将遭至‘东吉岭’的敌军乘势掩杀，如果此时对方还藏有伏兵，趁机强攻‘望天关’，恐怕大事不妙！”

耀阳与姬发自然不会否认毛公遂的说法，这是目前大家都认同的局势。

耀阳大有深意地望着姬发，出言问道："耀阳现在很想知道公子昨晚所说的应对之策！"

看着耀阳与毛公遂同时望向自己，姬发笑道："从地形上看已经很简单明了的，只要将敌军引下'东吉岭'，打乱对方固定的攻守部署，我军自然就有胜望。"

耀阳经过昨晚姜子牙的指点，对姬发莫测高深的举动已经能够适应，同样回敬了姬发一个讳莫如深的淡笑，便也不多说。

毛公遂却疑惑地问道："黄天化乃殷商武成王之子，非是寻常易与之辈！再则说来我军不过区区两万多兵士，首尾难顾，敌军只要固守坡地适时出击便可，甚至可以任由我们去往'伏龙山'，而只是截断去路便足以致我军于九死难生之境，所以对方怎肯轻易就范呢？"

耀阳冷静地哂然一笑，道："公子已经有主意了！"

姬发对于耀阳话中的机锋极其敏感的微一皱眉，眼中精芒一闪即逝，稍顷展颜笑了笑，悠然道："耀将军既然已经猜到我的应对之策，不妨说来听听，看看你我将帅之间是否有默契！"

耀阳怎会向这位"邪神"弟子轻易示弱，闻言飒然行出几步，来了一个当仁不让的大咧咧笑容，好整以暇地说道："既然所有正面对抗的战术都已经行不通，而死守'望天关'只能是坐以待毙，所以我们惟今之计便是以奇击正！"

"以奇击正？"毛公遂一听兴趣大生，忙道，"耀将军不妨细细说来一听！"

姬发心神一震，首次对这个看似大大咧咧的耀阳生出不一般的重视，耳边再次想起师尊曾经告诫的话语，目光中的杀机隐然若现。

耀阳不答反问，正容道："毛老将军，你认为一个绝佳的攻守策略所要依靠的应该是什么？"

毛公遂愣了一下，恍然间有些明白过来，睁大眼睛惊问道："你是说刺杀主将？"

大笑声中，姬发击掌数声，表露出极为赞赏的目光，道：“想不到耀将军所说之策竟与我的计划不谋而合，看来今次我西岐军定能化险为夷，将崇侯虎驱逐出西岐境内！”

耀阳适时地谦让了一番，心中却对姬发所作的表面动作极度厌恶。

姬发继续对毛公遂解说道：“我查过今次围攻‘望天关’的兵马，人强马壮、兵精将良，全是武成王麾下的家将旧部，而武成王其人正直不阿，素来与崇侯虎不合，看来此次出征必定会有摩擦。所以一旦他们的主将黄天化受制，则一切问题就解决了。”

耀阳经过姜子牙指点，虽然可以猜到姬发的意图，但此时听到他的详尽分析，仍是感到由衷的敬佩，因为他从《龙虎六韬》中学过，两军交战，虽然临阵机变之数较大，但总体的胜负输赢还是围绕二军将领各自的用兵谋略而言，所以为将者除了要精通兵法机变之道外，还有就是必须通晓对方的举动脾性。

毛公遂又再问道：“听闻这黄天化出身玄门，一身法术了得，而且身为将官，身旁定然有不少护卫保护，想要成事恐非易事？”

姬发朗声笑道：“毛将军怎会忘了咱们的耀将军可是一等一的法道高手，不但可以只身将父侯从高手如云的朝歌城救回来，而且更在数日前的‘落月谷’大战中取得非凡的战绩，如今在西岐三军中已然成就超凡，更得父侯钦赐‘龙翼将军’的封号，毛老将军千万不可小看才好！”

毛公遂一直守护“望天关”，根本不知西岐居然也已战事纷争，当即向大讶回望耀阳，问起详情，耀阳也不过谦，将落月谷一战的经过避重就轻地说给毛公遂听。

毛公遂细细听罢，先是震惊莫名，而后对着耀阳躬身行了一礼，感慨莫深地道：“想不到鬼方竟然会参与崇侯虎此次西征，此战真是凶险之极。这次多亏耀将军立下大功，否则后果不堪设想！”

耀阳忙自谦一番，道：“这些都是身为臣子应该做的！”他对姬发主动渲染自己功绩的意图自然最是清楚不过，无非是想将刺杀大任交予他，但毛公遂的夸赞仍然让他感到心中有种抑止不住的兴奋。

姬发接着道：“所以，今次的刺杀大计自是非耀将军亲自出马不可！”

毛公遂点头附应，大力拍了拍耀阳的肩头，道：“一切拜托耀将军了！”

耀阳知道自己完全推脱不得，而且他也没有推脱的打算，只因他从小便听花子爷爷说过，战场之上只有勇往直前的兵卒，没有临阵退缩的将士。况且以他如今在西岐三军中的地位来看，跟他目标中的“建功立业”还有很长一段距离，尤其当他得到越多，便越感到一种深心里涌现的冲动，一种迫切想要登山岳而小天下的冲动。

姬发炯炯注视耀阳，道：“我从军中挑选二十位高手交给耀将军支配整个刺杀行动，如何？”

耀阳无所谓的一笑，好整以暇地理了理周身装束，道：“不需要，人多反而误事！”

毛公遂不无担心地皱眉说道：“耀将军，你此次前往敌营，孤身犯险，行迹万一被发现的话，岂不身陷重围，还是多带一些兵士来得安全！”

姬发应声道：“只要耀将军有需要，相信我西岐兵士多是愿意跟随将军前往赴险的勇士！”

耀阳听到姬发语带轻视，心中反而觉得大爽，冲天长笑数声，一身五行玄能跃然透体而出，眼中无比坚毅的炙热精芒望定姬发，缓缓道：“今晚三更时分，拜托公子与毛老将军集结兵马，看我在‘东吉岭’点火为号，届时我们在岭下汇合！”

“军令如山，一言为定！”语罢，姬发缓缓伸出手掌。

毛公遂正要再行劝阻，却在举目注视耀阳之际，触及耀阳目光中的坚毅神情，以及另一种令人生出莫名信服的霸者气息，令他心神一凛，止住了行前的脚步，这种震撼绝不同于姬发目光所带给他的压力，而是来自一种仿佛与生俱来的威势。

耀阳朝毛公遂露出一个微笑，道：“毛老将军请放心，耀阳定不会有辱使命！”说罢，耀阳回身举起手掌，与姬发击掌三响，立下军令状，然后朝二人躬身行礼，道，“耀阳身负重任在身，现在要为晚间的行动做准备，所以先行告退了！”

姬发含笑点头。毛公遂则应声道：“一切拜托耀将军！”

耀阳向二人露出志在必得的坚定表情，洒然大步迈出了“将军府”。

姬发望着耀阳大步流星的离开步伐，始终微笑无语的神情竟无端阴郁了下来，英挺双眉下的目光中透出杀机重重的魔异魅芒。

倚弦跟在祝蚺身后，不久遁至牛头山地界，二人落地便直奔地宫而去。

到了地宫门前，倚弦假意装作只是微微点头表示讶异，并没有做出太夸张的神色。祝蚺见他如此，反而没有生出任何疑心。

倚弦随着祝蚺进入地宫之中，匆匆到了地道之内，果然如倚弦所料，地道之中已不见任何有炎氏族人的踪迹，暗忖他们应该已被转移到其他地方。

随着甬道石壁上暗暗的明珠光线，两人逐渐深入地道深处。

地道相对倚弦昨日看到的地方又深了许多，初初的一段路程可以看到祝融氏的不少族人在看守，但所有人都在离地道口不到十丈的范围内，均不敢再深入其中。或许正因为这个原因，渐渐的地道两壁不再悬挂明珠，里面也无光线，一片漆黑，伸手不见五指。

以倚弦的修为，对于这点黑暗自然是不可能阻碍到他，但是穷极他的目力竟也无法看到地道的底部，可见这条地底甬道之长。

当越往深处行进，倚弦就越是感觉到通道深处所涌出的强大异能，在不断地向外涌出，若非行走之人具备坚实的元能根底，只怕根本无法前进几步。

走在前面的祝蚺回首看了倚弦一眼，道：“此处兽穴越往内行，非是如易公子这等修为以上者，根本无法行进寸步，易公子可有信心？”

“没问题！”倚弦微微一笑，问道，“既然无法寸进，为什么挖掘地道的人可以继续将这个甬道挖到底呢？”

祝蚺阴笑数声，却并不作答，只是回身厉声震喝道："儿郎们听着，全力看管此处，任何人不得入内，胆敢有抗命者，杀无赦！"

"是！"洞府外的祝融氏族人轰然应声。

"走吧，易公子！"祝蚺干笑了几声，和倚弦一同向前继续行进。

甬道前方还是一片漆黑无光，每进几步，倚弦都能感觉到那无形的压力在不断加强，过不了数十丈距离，倚弦已经不得不运起元能来抵抗那股异能的侵袭。祝蚺虽然法能修为较为深厚，但也同样支持不了多久，只能提起魔能抗衡这异样元能的压迫力。

倚弦默默地感受这不断增强的压力，心中却一直在揣度，这元能究竟是何禀性，从本体元能的感应上看，它既从属于阴阳，又区别于五行，让人难以把握。即使是冰晶火魄铸就肉身的倚弦也无法揣摩清楚，只能隐约觉得这股元能同出一源，又分属不同，似乎是相生相克，又相辅相成，牵一发而动全局。他知道若是无法清楚这异能的本属所在，便根本不可能将其逐个破解。

更奇怪的是，随着祝蚺与倚弦不断在甬道中前进拐弯，那些异能竟可以根据方向生出不同的吸引、排斥等变化。令二人不得不改变元能运作来适应这时时刻刻的变化，精神片刻不敢放松。

倚弦越发感到奇怪，终于忍不住问道："祝宗主，此通道的法能压力实是强悍诡秘，天下间竟有如此之能，到底是怎么回事？"

祝蚺神秘莫测的一笑，道："这便是'玄武兽穴'四周的'八卦符气'，若不能知其生门所在，便只能以本体之力勉强相抗衡。幸好已过了不知几千年，'八卦符气'已然减弱不少，否则即使老夫也不敢自信能入得此穴。不过，即使现在想要进'玄武兽穴'，也非得破此符气才行。"

"八卦符气？"倚弦想起那日洞中受刑的土附所说的伏羲大神，忖道："莫非此正是伏羲所布？"如果真是这样，那伏羲的确是经天纬地之奇才，经过数千年消耗的"八卦符气"竟还能让如祝蚺这等高手为之却步，其威力实是非同小可。

祝蚺继续道："八卦共分生、伤、休、死、惊、杜、景、开八门，八门融合纠缠而成，实不止万千变化，如无法找寻其隐藏之生门，必无法破其符气。"

倚弦道："宗主即已找到，何不趁早将此符气破了。"

祝蚺摇头道："易公子此言差异，不瞒你说，以老夫之能尚难以将符气破去。若是老夫能够破得了符气，还用得着劳动易公子大驾吗?"

倚弦淡淡一笑，也不作争辩，他知道祝蚺以为他这么热心救助有炎氏族人，与有炎氏的关系绝对非浅，由此推断有炎氏可能会因此告知他破除"八卦符气"的方法，故而才会以有炎氏族人的安危来要挟。他自然不会说自己也不懂，毕竟有炎氏族人还没被救出来之前，能拖得一时就拖一时。

倚弦不再说话，反而沉浸在这压力无穷的"八卦符气"之中，思感无限扩展，感触那八卦符气之运行变化。"八卦符气"暗合阴阳之意，超越于五行之上，然而又不脱离于五行之间，其间变化万千，更是神鬼莫测，非三界之众生可以轻易领悟的。

但倚弦却还有一种奇怪的感觉，他感到自己似乎对这"八卦符气"的变化略有熟悉，但究竟在何处遇到过类似的事物，他一时之间也想不起来了，倚弦不由微皱眉头。

祝蚺在一旁叹道："这'八卦符气'实乃三界最为奇伟的法道绝学，相信即使连神玄两宗的高手如元始天尊，也未必能从容破之。"

"这么厉害，连元始天尊都无法破除……"倚弦在震惊中，突然思感中灵光一闪，想到了一个仅次于元始天尊一级的神宗高手。

太乙真人！对，就是他，倚弦想到当日和耀阳隐身偷听太乙真人将《阴阳法要》中"生藏成易变"的过程详细讲解给哪吒，这"八卦符气"的变化竟与"生藏成易变"有类似之处。

太乙真人所说的话还历历在耳："《阴阳法要》共有五篇，皆是按照这篇大旨中'原生无极，终生太极'的要义推演而成，分为'生、藏、成、易、变’五个层次，为师就先给你讲解这第一层‘生’!”

“混沌之初，万无空有，无阴、无阳、无上、无下，也无内外左右之分。然其后从无至有，有无无有相互转化之机，终成其相，一有一无，一阴一阳，循环往复。从一而二，合二而三，三衍万物，始称其为‘生生不灭’!”

“故而，唯有明白‘生’生不灭之机，佐以天人合一之法，方能促使灵元合修、道法臻玄。而修道之人将久蓄成势的元能，尽敛于体内三丹渊海内，闭而封之以‘藏’，经六六之劫乃‘成’，渡七七劫方‘易’，直至九九劫一过，元极灵‘变’、阴阳归真。玄法终至大成!”

太乙真人的这段话无疑就如是对此“八卦符气”较好的解析，倚弦心中大喜，但表面上仍沉静如水，继续感悟这阴阳五行八卦变化。

“一元二气三才四象五行……散之千经百骸，聚之一气归元……”倚弦又想起《玄法要诀》的内容，心中逐渐明悟，对“八卦符气”变化也甚为熟悉，虽然还有想不通之处，但他已能把握符气大部分的变化规律，看似随意地调整步子，却深合八卦变化，正好化解符气的压力。倚弦不再需要全力运用元能抵抗，整个人顿时感到轻松了不少。

祝蚺在旁不断运转体内魔能抵制“八卦符气”的惊人压力，此时突然见到倚弦轻松自如的样子，不由被他所表现出的能力所深深震撼。祝蚺心中对倚弦更加忌惮，暗忖：“此次事完定要将此人除了，以去心头大患。”

倚弦走在侧前方，自然无法看到祝蚺此时含有杀机的眼神，而且他沉湎于这奥秘莫测的“八卦符气”之中，浑然对祝蚺也不加注意了。不过，再长的通道也有完尽的时候，当倚弦尚未完全悟通“八卦符气”的变化，他们已经到了地底甬道的底部。

一道巨大的崖壁挡在他们面前。

凹凸不平的崖壁看是似平常普通，但其隐含的“八卦符气”远比甬道中的压力要强大得多，尤其这符气法能将此崖壁充实得比天下任何金属都更坚硬。

倚弦和祝蚺都知道这看起来很正常的崖壁，若不能破除其中蕴含的符气法能，即使当今神玄二宗强若女娲娘娘和元始天尊合力也未必破得了，更别说是他们二人了。.

祝蚺先是闷喝一声，运足魔能往崖壁上轰出一拳，顿时只感到气流涌动，压力激增，但崖壁却连尘埃都没落点下来，倒是祝蚺自己反被震退了几步。

祝蚺这老狐狸甩了甩手，无奈地摇头叹息，表示没有办法，转身拍了拍倚弦的肩膀，笑道："老弟，这次就看你的了。"说到此处，他连称呼都改变了。

"我试试看!"倚弦点了点头，他还没完全清楚这"八卦符气"的变化，自己也没把握能破得了，只是为了有炎氏，他还是要试一下，而且尽量为幽云仙子在牛头山营救有炎氏族人拖延时间也好。

倚弦并没有像祝蚺一样轰出一拳，却只是贴近几步，伸手摸在崖壁上，缓缓将体内元能释出。然而崖壁上的"八卦符气"却将他的元能反弹回来，似乎不肯让倚弦的元能渗入。

倚弦沉吟片刻，掌指之间的"七真妙法指"顺着阴阳五行之变滑动，同时在符气变化抵制冰晶火魄元能之际，他周身一震，催发体内的归元异能试探性的顺势融入地道中的"八卦符气"，这次"八卦符气"倒没有再反弹，仿佛将倚弦的元能也认做是其中的一股法能了。

暴、锐、柔、厚、纯五行异能回环交织，又将阴阳之气水乳交融其中，以太始混沌为连接调协，任何轻重缓急的变化都完全独具禀性，如此融合纠缠而成八卦，之间相生相克，相辅相成，形成密不可分的"八卦符气"。

整个"八卦符气"都基于太始混沌这一点，这一点是最强的，却也是唯一的破绽，倚弦明白想破"八卦符气"非得将这个连接点突破不可。

倚弦微微沉思，蓦地联想到"轩辕图录"中的一幅图壁变化所示：五行之气依旧周天循环，唯一不同的是，交替往复的过程中必须附应日月阴阳，互为生克，然而固有规律一旦派生变化，隐蕴五行之中的混元一气自然而然应势而出，并和五行、日月而成八股全新气极，对应八方而存在。

“日月五行，并作七政，六七得一，八极乃生……”

原来如此！倚弦恍然大悟，嘴角含笑。太始混沌合阴阳并金木水火土而成生、伤、休、死、惊、杜、景、开，此为“八卦符气”，此八卦各有相对。倚弦心念动间将冰火元能化为阴阳之力，以阴阳化合八卦，取生、杜、景、开而成阳，取惊、休、伤、死而成阴。以阳化阴，以阴合阳，阴阳交融，龙虎并济，阴阳生克相衔，终化为太始混沌。

就是这一点了！

倚弦震身大喝一声，整个甬道似乎在那一霎那都为之轰然一震，他体内的冰火元能在一线归元异能的引导下尽融太始混沌，再分阴阳，成五行，转八卦……

瞬时间，八道剧光从崖壁上狂烈射出，崖壁上的强大符气突然尽数反弹，倚弦顿时被震退了好几步，胸口一阵气闷，口中不由吐出一口鲜血。

甬道里猛地大震，灰尘石块纷纷震落下来，但倚弦和祝蚺不惊反喜，因为那惊人的压力正在逐渐消失。

倚弦心中还有一喜，那就是经过刚才化解“八卦符气”的过程，他隐隐约约从中领悟出一种元能化生的妙法，只是暂时还不能如意运用，但假以时日，则必可演变成不世法道绝学。

甬道在晃悠一阵后终于安静下来，倚弦指着完整无缺的崖壁道：“宗主请！”

祝蚺哈哈一笑，魔能蜂拥而出，一拳便将整个崖壁击得粉碎，所有的石块随着魔能向后激飞。尘埃落定，却有一片亮光从里面照出来，倚弦和祝蚺都是大感奇怪，这在十数丈的地底之下，如何会有光线？总不会这里也跟冥界一样，存在一个冥日吗？

两人穿过破损的崖壁，走出通道，出现在眼前的是一座宏伟至极的地心宫殿！

高达数十丈，占地数顷的庞大宫殿给人以难以言语的震撼，宫殿之顶几乎直达地面，外墙成八角形，共有黑、青、蓝、紫、橙、红、黄、白八种不同的颜色，八个方位各为一色，墙上各有不同的符形标志。整个宫殿屋檐翘起，殿角欲飞，给人的感觉不是威严肃穆，却是一种充满张力的狂野，突现非常自我的个性。

如果说这宫殿表现了建造者的性格，那就可以从中得知，难怪伏羲不肯身入神宗，也不肯参加第一次神魔大战的原因了，他的性情与生俱来就有一种豪迈不羁，视凡尘俗世的得失荣辱如无物的大神风范。

但究竟这宫殿的光线是从何而来，两人却还是弄不清楚。

倚弦看着宫殿外墙上的符形标志，沉思片刻，于是不再深究。

两人身子一晃，到了宫殿大门之前。高五丈左右的大门没有什么特别，只是上面勾画着不同横纹爻文的八卦符文，浩大的石门并没有因为千万年的沉寂而紧闭，竟是半开半闭地虚掩着。

倚弦与祝蚺正要迈步进去，却同时警觉突生，同时跃身而起。

第七十八章　武库夺刃

入夜，姜子牙与云雨妍立于“望天关”外的一处绝岭上。

云雨妍俯望静寂的古城墙和黑暗中的“东吉岭”，有些担心地说道：“先生，你说耀将军此去‘东吉岭’，胜算究竟会有多少？”

姜子牙的目光始终停留在漆黑的夜幕中，淡淡道：“不管胜算有几成，我们都不能助他！”

云雨妍芳心一震，惊道：“先生，难道我们就算眼睁睁看着耀将军陷入重围，也不可以去救他吗？”

“不错！”姜子牙点点头道，“这是他的命途际遇，我们绝不能插手其中！一个人要成长起来，一帆风顺也好、跌倒也罢，都是属于他的因缘际会，不论是心性理智的成长，还是阴阳理数的推演，如果妄加干涉的话，只会适得其反。除非……”

“除非什么？”云雨妍紧张地问道。

姜子牙答道：“除非天生异相，道消魔长……万事万物的发展已经失去了定向！”

云雨妍一时无语，她虽然也知道自从冥界出现“第七道轮回”后，三界六道的固有运行次序被打乱，但是却还没有达至像姜子牙所说的那等境地。

稍顷，云雨妍忍不住又再问道：“请教先生，不知耀将军此去的胜算究竟有几成？”

姜子牙喃喃道："那就要看黄天化的道行有多高了！"

"黄天化？"云雨妍乍听这个姓名，心中咯噔了一下，道，"好耳熟的名字，雨妍肯定在哪里曾经听到过这个名号！"

姜子牙苦笑一声，道："黄天化乃我玄宗清峰山清虚道德真君的嫡传弟子，曾参与三十年前的'百年蜀山道会'，此子一身修为业已臻入神玄二宗年轻一辈高手中的前十位。"

"哦？"云雨妍禁不住有些惊异地问道，"既是同门同宗，那为何黄天化会反助商纣呢？"

姜子牙道："为人子者，孝道为先！其父黄飞虎现在身为殷商武成王，他又怎能反其父而行之呢？"

云雨妍想到望天关前的一役，道："看日前'望天关'前耀将军与黄天化一战，似乎耀将军更胜一筹。料想如若单打独斗，耀将军应不会有事吧！"

姜子牙摇头道："黄天化最擅长的是兵法策略……"说到这里，姜子牙忽然话音一顿，面色凝重地掐指一算，感慨地说道，"……想不到这个黄天化居然是如此不简单的人物！"

耀阳遁行在夜空之下，体味着融合在风中的惬意感受，再看那掩映在夜幕山林中的"东吉岭"，他心中只感到浑然一阵轻松。没人能体会到这种驾驭轻风飞舞的感觉，自由自在的漫游在天际虚空中，足以令人抛开一切忧虑和愁思。

然而"东吉岭"转瞬即至，耀阳收了遁法，身形落在岭山上的一座小崖处，仔细观察一番，探明前山平坦的坡地上正是敌军营寨所在，他经过与黄天化一战，深知对方的法道修为丝毫不低于"落月谷"的刑天抗，自是不敢存有轻敌之心。

耀阳首先以隐遁逝去身形，然后缓缓从后山向前山营地靠近，根据

《龙虎六韬》中关于法道用兵的总则，他猜到黄天化定然在营地附近设有阻拦法道高手的结界，当下更加小心起来，生怕因此触动对方结界而让对方早做防备，令他此次行动功亏一篑。

在小心翼翼的归元异能探测下，耀阳果然在营地五丈方圆之外感应到结界玄能的痕迹。像是这种身外结界，是施法者以本体元能结合独门咒法，虚应地势营造出的防护网，对寻常兵士作用不大，但是一旦触及身具法道修为的高手，因元能气息的不同引发结界共振，施法者便会立时感应到对手的存在。

但这对归元异能根本无效，耀阳将本体五行玄能隐蔽在体脉之内，而以归元异能首先融入对方的防护结界中，凭借异能独具天赋的功效化掉对方结界的阻拦，顺利浸入营地范围。

抬眼望去，整个营地建在坡地最高且最平坦的地方，两条小溪流从营地附近的一处山石中流溢而出，缓缓向山下流淌而去。环顾四周并无可以令营地受制的地势存在，而且从营地前向不足数十丈开外的山下俯视，整个“望天关”关前的平原一眼在望，任何兵马的出入调动情况无不尽现眼前，相反他们的兵马调动被遮掩在坡岭之间，可以毫无痕迹地出入“东吉岭”，而且营地内旗帜鲜明、岗哨林立，来回巡逻的整齐兵马更显得训练有素，这不得不让人佩服黄天化的军事统领才能。

耀阳怀着惊慕的心情踏足营地，虽然他随军也有一段时日，但很多《龙虎六韬》中行军布阵之法都只是读到过，现在他借着隐遁术逐一细细浏览黄天化营中的布设，凭着五行塑身的卓越天资，尽将其中精细微妙之处探得一清二楚。

越往营地内行进，耀阳越有一种忐忑不安的心态，他也不知道为什么会有这种情绪，那只是下意识的一种警兆，虽然归元异能操控下的思感神识总能让他生出效验如神的感应，但这次计划关系到整个西岐大军的存亡危急，他怎会因为一点小小的警兆就放弃呢？

耀阳立在暗处仔细审视中军营帐的布设与巡逻兵士的布置，很快判定了主将营帐所在，隐遁的身形飞掠过一队队的巡逻兵士，径直落在主将营帐外，透过厚厚的帐帷往里看去，帐内围坐着五六名将领模样的中年男子，立于正中的便是他此次的目标人物——黄天化。

耀阳看出一众人等你一言我一语的在议论纷纷，知道定然在召开军情议事会，于是也不着急，屏息静气异常冷静地等待，一来担心人多难免误事，二来更想从中听取一些关于崇侯虎方面的军情。

营帐中的众将原本正处在不停吵嚷的情况中，却在黄天化一阵轻咳声中顿时静寂下来，一众热切期盼的眼光紧紧注视这位年轻才俊的主将。

黄天化抬眼环顾在座众将一眼，语声恭敬地说道："天化非常明白各位叔伯的意思，只是因为前几日有外人在我军督监，所以有些话不便先跟您们打声招呼，还望您们见谅了！"

在座众将齐声轻咦了一声，显然对黄天化的话感到意外。当中一名中年将领起身微微躬身行了一礼，道："启禀少将军，众将一直都在疑惑近几日的作战计划，既然您说到这其中另有目的，我们都希望能听个明白，所以还请公子示下！"

黄天化点头应声道："邓凯将军所言甚是，今晚我将大家齐聚一起，便是为了向大家说明这个问题！"

邓凯闻言一喜，再行了一礼，然后缓缓坐下，与众将一齐等待黄天化的解答。

帐外的耀阳心中却感到有些诧异，不由心忖道："作战计划有什么疑惑的？听毛老将军说，这几日他们一直都在猛烈攻城，按理说这并没有什么问题。难道他们还有其他攻城策略不成？"

想到这里，耀阳心中一动，更想探听一下他们的详细攻守计划，甚至在旁暗自偷笑不已，暗想应该每天都上黄天化的营帐外转转，只要这样的话，日后之战何愁不胜？禁不住越想越觉得得意。

黄天化起身首先向众人躬身揖礼，道："前几日与西岐军之战，相信大家都有目共睹，我们甚至已经可以破城而入，但是为什么每每到了关键时刻，我都会改变战略呢？”他先是自问一句，而后言语一顿，迎向众将迫切想得到答案的目光，续道，“只因——我不想胜！”

“不想胜？”此言一出，满座皆惊。包括帐外的耀阳也为之一震，不明所以的怔住了。

黄天化一早便预料到众将的反应，接着说道：“必须声明的是，这绝不是因为崇侯虎与父亲大人素有间隙的缘故，而是天化为当下时局着想，为父亲以及在座诸位叔伯，以及我飞虎军全体将士的前程着想，才暗地中促使战局僵持发展的结果。”

又一名满脸络腮胡的中年将领站起身来，语气多有不满之意，绷着脸问道：“末将不明白少将军的话中之意，难道近些日子征战损失的飞虎军将士都没有前途可言吗？咱们先不说锦绣前程的堂面话，末将起码还知道他们与在座我等一样，家中也有妻儿老小……”

不等中年将领将话说完，邓凯已然起身打断道：“放肆，雷鸣不得无礼！”

黄天化忙挥手阻止道：“邓将军无须阻扰，雷将军不过是将心里话说出来而已，再则说来，这也是事实，又不是什么说不得的事情！”

邓凯抱拳一揖，退回自身座位。倒是那个雷鸣被黄天化的大度所震，反而显得不自然起来，看着黄天化，站也不是坐也不是，半晌吭不出声来。

黄天化走上前去，拍拍雷鸣的肩头，示意对方坐下，然后语气出奇凝重地说道：“我想问问大家，一个人一个家，乃至飞虎军上上下下数万号人，与天下社稷相比，谁最重要？”

列座众将都齐声回道：“天下社稷为重！”

黄天化满意地点头道：“不错，既然我们当以天下社稷、万千黎民为重，凡事又岂能拘于小义？”他再次扫视众将一眼，斩钉截铁地说道，“所以，我的本意便是不攻西岐！”

“不攻西岐？”此言一出，理应掀起轩然大波才是，但此时的营帐中却分外显得寂静无声。

黄天化反倒没有被这种反常的现象所震，只是轻松的一笑，继续说道：“在座都是父亲大人的旧部家将，天化没有什么可以在大家面前隐瞒的，说得都是实话，而且这些话大家其实都心知肚明。当今纣王昏庸无道，殷商当灭，圣主诞西，主西岐必将天下一统！飞虎军若想延续万千将士的前程大计，则必须另投明主，若此时与西岐结下冤仇，岂不等于自毁前程！”

一席话令营帐内众将陷入沉默中，帐外的耀阳更是震惊莫名，久久不能自持。

望着姜子牙眼中异芒湛现，云雨妍心中的惊讶也表露无遗，失声道：“照先生这么说，难道崇侯虎持久攻不下‘望天关’，是因为黄天化从中拖延战机的缘故？”

“天化贤侄果然不负道德真君的教诲！”姜子牙满是欣慰的一笑道，“尽管崇侯虎的策略非常成功，但是却估不到己方阵营会出这样的暗棋，而他为了有足够兵力围困‘伏龙山’的南宫适，现在已经分身乏术，所以只能倚仗这支他一直憎恶的飞虎军来攻‘望天关’！”

姜子牙再次掐指细算，然后顿了顿，又道：“天化贤侄果乃将才，险中用兵，避重就轻，更难得造成‘望天关’久攻不下的假相，还施虚实相应之计致使‘望天关’将士将崇侯虎增援的本部兵马一一击杀。难怪昨日姬发兵将一到，他便下令退兵，整军阵形将外部兵马尽数排斥在外，所以昨日在关前死伤以及受降的兵士都是崇侯虎的本部兵马！”

云雨妍凝思道：“看昨日关前大战，飞虎军的死伤损失虽然不多，但总归是本家的兵士，而黄天化每日见到本家兵士在为自己的策略死生挣扎，竟还能冷静如斯，尽管有些残忍，但仍然不愧是武成王的爱子——虎父无犬子！”

姜子牙缓缓点头道：“这的确需要置生死成败于度外的大将气度！”

云雨妍想到耀阳今晚的行动，不由怔住了，急声道：“先生，那耀将军今晚岂不是……”

姜子牙仰面向天，轻轻摇头道：“雨妍无须担心，今晚的‘东吉岭’是龙虎际会之局，天意如此，便自然有属于他们的机缘运数，我们如今最好是静观其变！”

云雨妍见姜子牙如此说，知道先生必然有把握掌控事态的发展，只是不知是何缘故，她心中始终有些乱糟糟的，仿佛有种不祥的预感一般，脚下禁不住莲步轻挪，焦急的望向“东吉岭”方向。

姜子牙淡笑道：“雨妍是关心则乱！”

“怎么会？”云雨妍玉面一红，呐呐细语道，“我只是看天降细雨，觉得有些不妥……”

姜子牙在哈哈大笑中，挥袖扬手轻托万千雨丝，道：“冬雨先至，乃敛金藏锐之兆，雨妍无须担心哩！”

云雨妍秀眉微蹙，幽邃的目光透过飘散在天际的雨丝，再一次落在远景朦胧的“东吉岭”上。

果然，只见门内腾的闪电般扑出一个火红色的虚影，因为他们的及时闪躲而扑了个空，但是它也没追赶，只是用整个身躯挡在大门前，张开满是利牙的大嘴厉呼，满口的火焰随之向外喷吐，甚是吓人。二人看此兽高身高半丈长八尺，浑身冒火，像是一只凶烈的火麒麟，唯有头上双角成尖锐的牛角形状，一条有如龙尾的尾巴远比麒麟长得多。

“麟焱颵螭！”祝蚺冷笑一声，道，“凭你这畜生也想拦住本宗主，你莫不是以为自己是玄武凶兽不成？”

“麟焱颵螭”似能听懂祝蚺的话，闻言朝他怒吼一声，声如霹雳。

祝蚺喝道：“你这畜生也敢威吓老夫，找死！”掌指一伸，幻出“火神鞭”，照准“麟焱颵螭”便是一鞭甩去。

“麟焱颵螭”低吼一声，身子微仰刚刚躲开这一鞭。它虽然躲开了这一击，却被祝蚺的凶焰煞气激怒了，暴雷般大吼一声，张嘴就是一口烈火喷出袭向祝蚺。祝蚺与倚弦同时闪身避开，谁知那焰火却如同认人一般，随着祝蚺紧跟而上，快迅无比，打了他一个措手不及。

祝蚺急忙再次抽身后退，“火神鞭”匆匆砸下，火火对击，火焰在祝蚺前方爆开，流溢的余火还是溅到了他的衣衫。

祝蚺受挫不由大怒，挥灭了衫服上的火星，“火神鞭”狂舞如潮，扇起一片火海，热焰滔天，漫天盖地的向“麟燚犻螭”席卷而去。但那“麟燚犻螭”本是火性神兽岂会畏惧，吼叫着迎火而上向祝蚺扑了过去。

祝蚺急忙闪身避开，祭起“火神鞭”回旋轨迹，朝“麟燚犻螭”当头劈下。虽然不惧怕鞭上火焰，但若是被夹带祝蚺千年法道元能的“火神鞭”击中，也是非同小可，已经通灵的“麟燚犻螭”自然不敢顶上，后腿一弹，吼啸着斜跃而起，同时尾巴闪出像是鞭子般横向朝祝蚺击去。

“畜生，好胆！”祝蚺大喝出声，随着身子急速后退拉回“火神鞭”不差丝毫地卷住了“麟燚犻螭”之尾。但“麟燚犻螭”岂是寻常凶兽？当即尾巴硬是一拉，竟将措手不及的祝蚺整个身子都甩了出去。没想到“麟燚犻螭”如此力大无穷，弄巧成拙的祝蚺大惊失色，手腕忙急转而回，急急将“火神鞭”脱出。

“麟燚犻螭”也不追赶，只是低吼几声，红色的双眼紧盯着祝蚺，露出强烈的挑衅意味。祝蚺虽然气得七窍生烟，但又顾忌到旁近的倚弦，自是不想倾力对付此兽，看到旁边倚弦一副袖手旁观的模样，目中魔芒流转，扬声道：“易公子，老夫请你同来，可不是为了让你来看热闹的！”

倚弦原本就有看热闹拖时间的想法，此时闻言无奈之下，只能对着祝蚺致以抱歉的微笑，翻掌祭出龙刃诛神，和祝蚺站在一起。

“麟燚犻螭”摆头警戒地看了倚弦一眼，口鼻间喷着焰火，右爪在地上示威般刨了几下。

祝蚺厉喝道：“这次看你这畜生还能嚣张几时！”

“麟燚犻螭”仿佛不屑地瞪了祝蚺一眼，猛然大吼一声，奔雷般跃起扑向祝蚺。祝蚺叱声连连，身形后退，狂舞“火神鞭”向“麟焱艴螭”铺天盖地地砸去。“麟焱艴螭”甩起尾巴竟硬是将祝蚺的“火神鞭”尽数挡开，同时张口就是烈火如涛向祝蚺涌去，同样用的是三昧火劲，“麟焱艴螭”丝毫不怕火烧，但祝蚺虽是火族祝融氏的宗主，然而毕竟还是魔神邪体，受本身修为所限，怎敢任由此烈火劲烧，祝蚺立即变得有些手忙脚乱起来。

倚弦虽然可以看出祝蚺没有使出全力，但此时已经不得不出手了，低语道：“兽兄，为了有炎氏族人的性命，我也只能对不起你了!”手腕一转，龙刃诛神斩出一道凌厉的剑气直扑“麟焱艴螭”。

尽管“麟焱艴螭”不怕真火焚烧，但并不是不怕剑器斩，特别是面对“龙刃诛神”如此天地神器，即使只是剑气也是对它的极大威胁。“麟焱艴螭”急忙躲开犀利剑气后，舍了祝蚺，转身就喷出一口足能焚金熔铁的烈火，“砰”地向倚弦急速窜去。即便是冰晶火魄之身的倚弦也不敢小看此火，身形急退，龙刃诛神暴斩三剑将烈火尽数反卷，混着无坚不摧的剑气反弹向“麟焱艴螭”。

此时祝蚺也不失时机地运足魔能，“火神鞭”向“麟焱艴螭”满头鞭去。“麟焱艴螭”左右受敌，一时无法兼顾，躲开倚弦的剑气后，身上吃了“火神鞭”一记，顿时火焰四溅，却似鲜血一般。“麟焱艴螭”吃痛之下勃然大怒，猛地发出惊天吼叫，尾巴飞快甩出刚好缠住“火神鞭”，然后它低首像是投石般一头向祝蚺撞了过去。

祝蚺见“火神鞭”受制，自是心忧手中魔器，正待运转元能收回，却不料连“麟焱艴螭”也顺势带来，当他看到“麟焱艴螭”那尖锐异常的牛角，大惊失色，欲要抽鞭而遁，怎奈“麟焱艴螭”的尾巴硬是将“火神鞭”拽住。面对近在咫尺的“麟焱艴螭”，祝蚺又不愿舍去掌中魔器，急得虚空一踢，身子凌空翻了几个跟斗，才险险躲开了这一撞。

倚弦也没想到“麟焱艴螭”会专攻祝蚺，转眼间就见祝蚺陷入危机，他马上风遁疾去，近了就是一剑潇潇洒洒地挥出。不过凭龙刃诛神之利，便是这轻松一击，也不是“麟焱罴螭”吃得消的。“麟焱罴螭”无奈地放过祝蚺，转身应付倚弦的攻击。

祝蚺好不容易松了口气，见到倚弦凭着龙刃诛神与“麟焱罴螭”作战远比自己轻松，不由更恼。本来论修为，倚弦再厉害也不会比祝蚺强，但此时祝蚺的“火神鞭”却碰上天生火性的“麟焱罴螭”，根本发挥不出魔器威力，而倚弦的龙刃诛神却对“麟焱罴螭”保持强大的威胁力，这使得倚弦对付它轻松不少。

“麟焱罴螭”处处忌惮龙刃诛神之威，对付倚弦使它无法取得明显优势，聪明的它立即又转身攻击祝蚺，以牵制倚弦的行动。祝蚺也清楚这点，见这畜生把自己这个祝融氏宗主当成软柿子对付，差点没气爆肚子。但本身魔器被制的他再暴怒也没用，“麟焱罴螭”还是理所当然地把他当作弱者。

在两人合击之下，倚弦凭着神器之利，自然占了上风。不过他从“麟焱罴螭”的行动迹象感觉到它意不在伤人，而是为了保护“伏羲武库”。倚弦心中不忍伤害此兽，所以有意无意地留了情，好几次可以击伤甚至诛杀“麟焱罴螭”的机会都放弃了。

祝蚺被逼得几乎疯了，怒喝中“火神鞭”震弹如雷，鞭鞭实在，奈何火威无用，单凭鞭身之力，“麟焱罴螭”可以轻易破解。不过“麟焱罴螭”身受两大高手合击，也是落于下风，无法对祝蚺做出更猛烈的攻击，使得祝蚺有不少的时间反击。

两人一兽中就属倚弦最为轻松，手中龙刃诛神挥洒自如，长发激扬中剑气破空纵横，宛若饮酒当歌一般。但倚弦并不太着意的每一剑劈出，却奥妙异常，如混沌，似阴阳，化五行，成八卦，剑气总是出现在对“麟焱罴螭”最具威胁的方位上，却留有一个生门，不至于对它赶尽杀绝。

其实，“麟焱罴螭”若全力攻击倚弦，倚弦虽仗有龙刃诛神之威，一时半刻恐也不能制住它，但祝蚺毕竟不是庸手，论法力修为和战斗经验远在倚弦之上，“麟焱罴螭”还无法把他忽视。如此三番四次的争斗之下，

“麟猋甝螭”就处处被倚弦压制，落了下风。

不知不觉中，倚弦的每一剑更具威力，也更加玄妙。在破解“八卦符气”之时，他通过《轩辕图录》领悟八卦真义，虽未透彻却已获益匪浅。此时无意中，他将此用在作战上，对龙刃诛神的运用更加得心应手，对全局的把握也更精确。

地心宫殿之前，人影闪烁兽踪莫测，战斗持续不下。倚弦始终占据主动，进退自如。“麟猋甝螭”以寡敌众，已落于下风。祝蚺几次受辱，对“麟猋甝螭”憎怒无比，下手丝毫不留情，狠辣无比，务必要置它于死地。“火神鞭”像是一条毒蛇般盯着“麟猋甝螭”，伺机咬上一口。

“麟猋甝螭”纵腾翻越，尾巴甩飞，口中烈火四喷，祝蚺吃了几次亏，自然不会跟它纠缠，“火神鞭”尽是避开它的尾巴不断偷袭。“麟猋甝螭”避开“火神鞭”的同时更得注意剑气，前后难顾，激战下来更是顾此失彼。祝蚺乘机空出一手催运魔能成刀连连怒斩，以祝蚺积年魔能形成的刀劲岂可小觑，“麟猋甝螭”更是陷入困境，但它的眼中仍是斗志昂然，决不肯在眼前的两人攻击下退让。

祝蚺更是得势不饶人，“火神鞭”疯狂抽出，配合魔能刀劲网硬是封锁“麟猋甝螭”的所有退路。“麟猋甝螭”进退失据，倚弦的剑气已经临身，它悲鸣一声，纵身就将刀劲网冲破，不顾身子被刀劲所伤，一头顶向祝蚺。

“畜生！还来这手，看你怎么死！”祝蚺怒喝一声，手一晃，“火神鞭”魔芒暴射，幻化出数个圆环正好套住“麟猋甝螭”的前爪。“麟猋甝螭”吼声震天，用力一蹬马上挣脱了“火神鞭”的束缚，但就慢这一下，祝蚺已欺近。“麟猋甝螭”欲退不及，唯有甩尾喷火，谁知祝蚺冷笑一声，左手凌空一指，右手长袖挥出。脱手的“火神鞭”像是活了一般将“麟猋甝螭”的尾巴勒住，而那熊熊烈火也被祝蚺尽数收入袖中。

而祝蚺毫不迟疑地一脚踢出，正中斜身急闪的“麟猋甝螭”身侧，“麟猋甝螭”吃痛又被“火神鞭”纠缠行动顿缓。祝蚺狞笑一声，运足魔能就是一拳砸在它不及躲闪的额头。

“麟焱虺螭”发出痛苦地嘶叫声。倚弦一怔，想要阻止祝蚺。但祝蚺已经狂笑着再一拳击中“麟焱虺螭”额头同样的地方。吼声震得地底颤抖，只见耀眼的火焰四处爆射，“麟焱虺螭”的额头像是开了火山口，喷出来的不是血而是团团火焰。“麟焱虺螭”痛苦的扭动身体，无力地坠下地去。

“畜生，给老夫粉身碎骨吧!”祝蚺哈哈大笑，再加上一拳。魔能狂冲，“麟焱虺螭”发出惊天动地的吼声，整个身子蓦地爆开，空中就似放了一个礼花，巨大的火焰成为碎片飞射而开，火焰在半空燃烧至尽，半点渣子也没留下来，地底下也清静了，就像从来就没有其他事物一样。

倚弦怔怔地看着火焰逐渐逝去，闭目惆怅地轻叹了口气，这样的结果他实在不忍心。但事已至此再后悔也没用了，更何况为了有炎氏千余族人，他根本没有后悔的资格。他心中对祝蚺也愈加警戒起来，没想到祝蚺一直留了几手，到了关键时候才一举击杀“麟焱虺螭”，实在是老谋深算，狡猾得很。

祝蚺长吁了口气，收了“火神鞭”落地，得意道：“如此一个畜生竟想跟老夫作对？也太不自量力了!”

倚弦厌恶地看了他一眼，往符门处伸手一领，道：“祝宗主，请!”

祝蚺阴鸷的眼光扫了倚弦一下，嘿嘿阴笑道：“请!”祝蚺回头看看虚掩的大门，打了个哈哈，道，“多亏易公子帮忙，才能诛杀此兽。老夫感激不尽，岂敢为先，不如公子先请!”

倚弦知道祝蚺是怕里面还有机关异兽之类的，所以才想到让他开路。不过倚弦看了一下殿宫的布局，下意识的思感中感觉到这大门之内应该没有危险，也懒得跟祝蚺多费唇舌，嘲讽地冷笑道：“宗主刚才不是很威风吗？难道现在还担心什么?”然后不理祝蚺的反应，推门大步进去。

祝蚺气得脸色发青，哼了一声，逐步跟上。

推开尘封千年的厚重符门，入目的竟是一片狼藉，足以让所有人都震撼的庞大大厅之中竟布满了无数酒坛，或整齐放着，或斜倒在地，或乱七八糟，或破碎成片。这些酒坛完全将这大厅庄严宏伟的气氛破坏，而非常强烈地给人一种桀骜不驯又狂野落魄的感觉。

此时，倚弦的第一想法就是伏羲是一个个性鲜明飞扬的酒鬼。

接着另一个景色又吸引了他的注意力，大门对面的大厅石壁上写着："神魔玄妖，天地蠢材。"八个字占了整一石壁，而这大厅至少高达五十丈，占地十亩，可见这些字之大。这八个字体写得狂野不羁，没有任何束缚，其意也嚣张得很，一句话竟将神魔玄妖四宗全都得罪了，天地间万千年来恐怕也就只有伏羲有这样的豪气了。

大厅内除了酒坛再也没别的东西，祝蚺自然没有心思去研究伏羲的性格，骂道："这么大个地方居然全是酒坛，这伏羲莫非只是一个只知喝酒的浑人不成?"

倚弦不想跟他争论这个，径直向前而去。

经过大厅，就是一条五人高的石制通道，前面看起来竟似漫漫无际，让人产生一辈子也走不完的感觉。倚弦站在通道口处，仔细打量了通道布置，不由再次为伏羲的才能所震撼。即使这很普通的通道也是环环相扣，每一节通道前后扣着另外两条通道，前后长短深合八卦至理，更产生了另一种变化，使人自觉地产生通道无底之感。

专注于研究通道布置的倚弦没有注意到祝蚺在后面看向他的阴冷目光。祝蚺瞬间眼神又变，到了他身边和气地笑道："怎么，易公子不前进了?"

祝蚺的靠近让倚弦有所警醒，所谓伸手不打笑脸人，虽然祝蚺其人很是憎厌，但此时也不好发作，只是微微一笑，信步向前行去。

通道极长，而且走得谨慎小心，所以走起来看似漫漫无期，过不多久，祝蚺的耐心被磨光了，怒骂连连。倚弦道："祝宗主修为高深，应该不会连多走这点路也要叫苦?"

祝蚺冷眼一扫倚弦，道："谁想到这见鬼的通道居然会有这么长。"

倚弦步子依旧，随口道：“如果宗主嫌慢，就尽请施展遁法来加快速度吧。”

祝蚺翻翻白眼，没有作声，他自然也不敢真的傻愣愣冲去，他何尝不是怕此处有机关，否则早就率先冲进去了，毕竟伏羲的名号拿出来的确是威震天地三界的大人物。

倚弦平心静气，细思着刚领悟的八卦妙法，漫步前进丝毫不觉烦躁。而祝蚺却没这么好的性子，一心想要找出“伏羲武库”的他却因惧于机关而不得不缓步前进，心中懊恼可想而知。

终于，当祝蚺的耐心达到临界点的时候，通道前方的大门出现了。

同样石制的大门却甚是坚固，门上的八卦图案又有变化，整个门户所透出的磅礴气势让明眼人一看便知，这门内定有玄机。

倚弦的手轻轻一触，石门便自动打开了。

此时，帐外的耀阳被黄天化的一番话震住了，心中犹豫再三，既不敢肯定黄天化的意图，但想到昨日关前一战，他又不得不心存疑问，毕竟他可以完全感觉到黄天化的一身修为脱胎于玄门正宗，一身的凛然正气绝非妖魔邪道，而且在昨日比斗中明显有留手的痕迹。

营帐内，黄天化稍候了片刻，道：“天化不会勉强各位叔伯的意愿，只是局势发展至今，飞虎军如果再继续为虎作伥下去，最后只能落得千古骂名，受后人百世唾弃！”

邓凯犹豫再三，起身道：“请问少将军，这是将军的意思吗?”

闻听此言，所有将士抬起头来，望定黄天化，等待他的答复。

黄天化心中微叹一息，知道这些一辈子作为父亲亲率飞虎军部属的将士只会听从父亲的调遣，对他始终不会认同，当即道：“其实，你们应该知道父亲大人与西侯素来交厚，西侯当年更有相助父亲之恩，而此次西征，崇侯虎摆明陷飞虎军于不义，但父亲受困于皇命不得不从，只能托病不起，让天化来协助各位叔伯，原本便是希望我可以处理好这场不得不接的战事。”

黄天化说到这里，终忍不住叹了一口气，接着道：“但是战场上不是你死便是我亡，如何容得下心存侥幸之念，虽然从进军金鸡岭到现在，我一直在避免与西岐军的交锋，但两军对决始终在所难免，所以这才千方百计拖延战机，直到昨日关前一战后，‘望天关’才算得以暂时守住！”

众将中一名老将立起身来，身旁诸将均望向他，眼神中不敢露出不敬的神色，包括黄天化见他起身，也躬身规规矩矩的行了一礼，显见此人的身份颇高。

老将一身乌甲战衣，须发半白，眼神中透出无尽威严，眉目间镌刻出饱经风霜的苍老痕迹，缓缓道：“少将军，请恕老夫倚老卖老，且不论任何缘由，事已至此，敢问少将军下一步的战略又将如何部署？”

黄天化知道这员老将云赫一生随父亲东征西战，一身赫赫战功被父亲赐以家姓——黄，在飞虎军中的威信自是不言而喻，同样的话只要能得到他的赞同，便是得到飞虎军上下一心的支持。他向着老将微微颔首做足礼数，然后不紧不慢地说道：“黄老将军问得好，天化自当将余下来的部署一一解说明白。”

他清了清喉，干练锐利的目光横扫众将一圈，道：“如果能够得到大家的认同，天化会暗中放弃与西岐军的正面对抗，而且对于崇侯虎下一步的兵马调度也会借故推掉，然后班师回朝歌！”

黄云赫紧紧盯住黄天化，问道：“少将军想以诈败为由班师？”

“不行！”雷鸣愤然起身，怒瞪双目道，“飞虎军数十年如一日，素有纵横不败的赫赫威名，怎能因此坏了武成王数十年艰苦打出来的名声呢？”

“雷将军此言差矣！”黄天化微微一笑，道，“不错，飞虎军声名如此鼎盛，全赖在座各位与父亲大人多年艰苦才可以营造出来，只是雷将军细想一下，此时领兵的非是父亲大人，而是我！所以飞虎军此败乃因我之过，而非飞虎军之败！”

邓凯心神为之一震，惊道：“此乃少将军发兵首战，如果呈现败绩，定会影响日后前程大计……”

黄天化哂然道：“所谓的前程大计不过都是些徒添虚名的东西，不足道哉！更何况能以黄天化的个人虚名换取飞虎军日后的忠义千秋之名，着实划算之至，不知各位叔伯意下如何?”

雷鸣早已被邓凯重又拉回到席座上，训斥了几句，不再作声。

黄云赫沉思良久，再问道：“少将军决定如何诈败呢？照现在的情形看起来，‘望天关’的兵马已经被我们逼入进退维谷之境，恐怕只会形成僵持的局面!”

众将闻言均点头表示赞同。

黄天化轻轻摇头，目光似乎透过营帐看到了“望天关”，嘴角轻扯出一丝微微笑意，道：“昨日我见识过今次西岐增援兵马的二位将领，不论是兵法策略，还是武道法技，他们都绝对可算是西岐年轻一辈高手中的佼佼者，所以我有理由相信对方肯定不会坐以待毙!”

邓凯细思道：“但是对方应该不会愚蠢到公然出城挑衅……”言语骤然一顿，他跟席下所有将领全都反应过来，失声道：“少将军是说，他们会用暗袭的手法?”

黄天化点了点头，道：“除此之外，别无他法!”

第七十九章　九龙护主

帐外的耀阳更是心中一惊，他曾经想过黄天化可能会猜到己方的行动，但当他观望到黄天化此时说出这番话的表情仍然是那样波澜不惊、镇定自若，心中难免会有些忐忑，忖道：“难道他已经有把握对付我这次暗袭，否则怎会表露出这般自信的模样？”

雷鸣当即起身请命道：“少将军，末将即刻去加派巡逻人手与警戒……”

黄天化挥手喝止道：“其实大可不必，依现时‘东吉岭’与‘望天关’之间的地势来看，对方有任何的风吹草动，都会被我们看在眼里，所以西岐军不会做出让我们窥破行藏的举动，最大的可能便是派遣高手级数的人前来劫营，只要能够制住我与在座诸位的任何几个，飞虎军上下自然只能俯首听由其摆布！”

邓凯闻言不惊反笑道：“如此这般作为，定是不知少将军出身玄门道宗，一身修为更是臻至当世年轻一辈中罕有的高手之列，否则怎会做出如此以挛卵击石的举动！”

黄云赫面凝重地道：“此事万万不可小觑！少将军的意思……”

黄天化点头应声道：“老将军放心，天化自问尚能掌握其中分寸。所以对于诈败退兵之计，只要征得老将军以及在座诸位将军的同意，其他的事情请尽管交予天化去做便是！”

在座诸将尽将目光落在黄云赫身上，黄云赫沉思良久，再次望定黄天化坚毅非凡的目光，摇头轻叹道：“难怪武成王在临发兵之时跟老夫说，天化凡事自有主见，权衡方便自可任你为之！起初老夫始终不敢相信，却在经历过前几日‘望天关’之战以及今夜的举动，这才放下心来！”

说到这里，黄云赫放声大笑道：“既然少将军已经胸藏甲兵之计，老夫自是全力支持，任由调遣，不知在座诸位意下如何？”

在座诸将登时同声附和，哪还有方才半丝沉闷不畅的气氛。

黄天化感激地望了黄云赫一眼，向着众将躬身行礼道：“天化感谢各位叔伯的支持，今夜天色已晚，请大家各自回帐歇息，明日怕是便要班师了！”言罢，行至邓凯身旁，轻声吩咐了几句话。

虽然众将不清楚黄天化葫芦里卖的是什么药，但是本着对这位少将军的信任，众人纷纷起身向黄天化行礼，然后陆续退出了营帐。

耀阳隐在营帐外，风中夹杂的雨丝沁进颈背，却丝毫不能引起他的注意，因为他与散去的诸将一样，对黄天化所说的诈败之策持怀疑态度，这源于黄天化言语间始终透露出的那一丝镇定，让他感受到一种高手的压力，仿佛对手已经掌握到自己的每一步计划，并已经做出了相应的对策，对初学兵道一直在进步中的耀阳来说，这是一种彻底的失败，不管对手的意图是善意还是恶意。

营帐中透出的灯火令耀阳精神为之一震，再次睁眼往帐内窥望去，不看倒还算了，一看之下登时大吃一惊，归元异能的特殊感应让他心神不由为之一凛。

营帐内竟然再也没有半个人影的存在，甚至连体内异能也感应不出任何痕迹的存在。耀阳惊忖道：“方才明明看到黄天化在场，怎么突然会不见人影呢？”

正当耀阳大感诧异之际，体内异能骤然浮动，警兆立生，新近刻意多加修持的“无间遁法”自然而生，原本寂然不动的身形在瞬时遁化三丈开外，回头往时，方才立足之地已经多出一个人！

正是当今殷商第一将“武成王”黄飞虎之子，“东吉岭”飞虎军少将军——黄天化！

黄天化俊毅的脸上神色轻松，轻抬手掌拍了二声，赞道：“好身手！

就凭你方才如此神速的应变反应便可以看得出来，你绝对是我出师下山以来，碰到的年轻一辈法道高手中可称上品级数的寥寥几位之一!”

耀阳此时才发现，身旁营帐四周的兵士早已不知去向，想来定是趁着方才众将离去的时候一起撤了，这才想起众将离去前黄天化曾与邓凯说了几句话的一幕，恍然大悟，然后耸耸肩故作轻松的一笑道：“想不到还是被少将军发现了!”

黄天化不以为然地露齿一笑道：“耀将军不愧是西岐虎将，竟敢孤身独闯我营，难道就不怕被我军万千将士围而攻之，能来不能回吗?”

耀阳好整以暇地答道：“少将军此言差矣！凡事岂能只看表面，耀某既然打算来了，就自然不会轻易被寥寥只字片言吓退！再则说来，少将军以为仅凭你所谓的万千兵马便能奈我何吗?”

“好胆色!”黄天化扬声大笑道，“我早已风闻西岐‘落月谷’之战乃耀将军的杰作，对你自是不敢小觑！就算单论玄门法道来说，我对于耀兄力胜刑天抗的事实也是佩服不已!”说到此处，黄天化言语一顿，双目中精芒乍现，加上语气中对玄门法道所透出的热忱，足以看出他心中的确对此十分重视。

耀阳暗自一惊，他想不到“落月谷之战”的消息居然传得这么快，当即飒然一笑道：“少将军过奖了，那‘落月谷之战’不过是耀某侥幸得胜而已，哪里担的起如此夸赞。至于对刑天抗那个魔崽子之战，不提也罢，反倒没有昨日关前与少将军一战来得爽快!”

此言一出，二人顿时相视大笑起来。

“与耀将军交谈果然痛快!”黄天化伸手一领，道，“暂且抛开你我敌对的立场，今夜我想邀耀将军‘东吉岭’一游，不知君意下如何?”言罢，黄天化又自哂然一笑，道，“当然，如果耀将军仍然对我飞虎军万千将士有所惧怕，倒是可以考虑就此遁走，黄某定然不会横加阻拦!”

耀阳已经感觉到黄天化的诚意，怎会还有所怀疑，道：“耀某何惧之有！不过仍然希望少将军可以回答我一个疑问!”

黄天化道：“耀将军但问无妨!”

耀阳不好意思地搔搔头，将方才憋了半天的问题说了出来，道："请教少将军是何时发现我已经潜入营中的？"

"原来如此！"黄天化随即大笑着将手向前一领，道，"我们边走边说，如何？"

耀阳点头道："也好，请！"

"请！"黄天化率先起步，领着耀阳绕过层层营帐，从后营辕门行出。一路上巡逻或路过的兵将见了黄天化，都恭敬地尊称一声"少将军"，毕恭毕敬的表情透露出对黄天化的绝对忠诚，而非是寻常的礼节招呼。耀阳尽数看在眼里，尤其是众人见到身着西岐军将战甲的他，并不表露出丝毫的怀疑。他知道这是因为黄天化在身旁的缘故，心中对"飞虎军"更是惊慕不已。

耀阳走在僻静的山道上，回首再次望了望辕门里外，不由长叹了一口气。

黄天化奇问道："耀将军为何叹息？"

耀阳摇了摇头，对黄天化说道："我只是在叹息自己为何没有一支像'飞虎军'这般的兵马将士！"

黄天化淡然笑道："其实，这都是我父亲大人多年练兵的结果！"

耀阳点头道："难怪很小的时候就听说过武成王的大名，想想也是，率领如此一支劲旅东征西战，自然是攻无不克，无往而不利了！"

黄天化谦逊地客套几句，道："还是让我来回答方才耀将军的问题吧！"

耀阳听到感兴趣的东西，自然是迫不及待做出一副洗耳恭听的模样。

黄天化轻笑一声，正容道："说实话，相信耀将军一定可以感应到营外方圆的法阵！"看到耀阳点头称是，黄天化又自苦笑道，"其实那层法阵已经是我一身所学的极至，但结果还是没能用它发现将军的潜入！"

"哦？"耀阳心中一震，终于再次肯定"归元异能"的无与伦比，心中的大石落了下来，但还是有些奇怪，既然已经无法感觉到自己的潜入，又怎会发现他的存在呢？

黄天化道："耀将军不必奇怪，我能够及时发现将军，完全是因为你在营帐外听到我与众将谈话时露出了思感神识上的些微破绽，所以才会被我自幼苦修的‘玄灵道心’感应出来！”

耀阳想到当日在陈塘关兄弟俩被太乙真人看穿行藏的经历，恍然大悟，同时对“玄灵道心”大感兴趣，道：“想不到少将军的‘玄灵道心’竟能感应到对方思感神识的波动，果真厉害！”

黄天化摆了摆手，不以为然地说道：“我玄宗的‘本灵道心’原本便最重思感神识的定性修炼，所以当时能查知耀将军的丝微情绪波动，感应到你的存在！”

耀阳回想《幻殇法录》中有关这方面的记载，结合从前的法道修持经验，若有所思地点了点头。

“好了，题外话暂且不说！”黄天化干咳二声，打断耀阳的沉思，道，“我邀耀将军一游‘东吉岭’的目的，相信将军在帐外已经听得很清楚了！”

耀阳点点头又摇摇头，苦笑道：“尽管听得真切，但不明白少将军葫芦里面卖的是什么药？”

黄天化在山崖前转过身，面向夜色中的“望天关”方向，缓缓道：“耀将军，不管你相信与否，我乃是玄宗嫡传弟子，不会做出助桀为虐、逆天而为的事情，所以我希望得到耀将军之助，现在的局势下自助助人，想来将军定然不会拒绝才对！”

耀阳从他眼中看出诚意，耸耸肩笑道：“不管从哪一方面考虑，我都没有理由不接受少将军的提议！”

黄天化听耀阳回答的口气，心中一喜，问道：“记得昨日你我在‘望天关’前一战，我可以感应出耀将军体内的浩瀚玄能，理应也是我玄宗弟子吧！”

耀阳摇头否定，但又不愿在这个同辈少年高手面前落了气势，道：“耀某出身低微，机缘巧合之下修成一身所学，实在不足挂齿！虽然我不是玄宗弟子，但还是识得几位玄宗大师，像昆仑山的姜尚先生……”

黄天化顿时大讶一声，问道：“姜师叔？你可知他现在何处？”

耀阳心中略微顿了一下，犹豫片刻道："我也只是听说姜先生来了西岐，辗转寻了很久仍然见不到!"

黄天化遗憾地叹息道："我临下山之时，师尊曾嘱咐我脱开凡情俗务的困扰，可以跟从姜师叔左右，不但可修入世之道，而且助天运圣主平定八方，建不世之功勋!"说到此处，黄天化禁不住再次感叹道，"可惜我受累于家族荣辱，不得不领兵犯境，真是罪过！所以耀将军一定要帮我这一次，成全'飞虎军'的一世英名!"

耀阳被黄天化言语间的至诚所感，道："少将军千万莫要客气，应该是耀阳谢你才对！若不是因为少将军肯舍弃自身声誉，这'望天关'之围何日才得以解脱呢？古来征战杀戮太重，不合天道伦理，能不战而战，纵横捭阖自有法度者，你是耀阳出道以来最为佩服的同辈中人!"

这后几句正是《龙虎六韬》中对"天战之道"的描述，此时耀阳有感而发，的确是因为心中对黄天化大生敬佩之意。

黄天化忙自谦让道："耀将军夸赞了，天化如何担当得起!"

耀阳笑道："方才听闻少将军在营帐中与众将商谈，知道你已经将一切运筹于心，所以有什么吩咐请尽管说，耀阳一定照办!"

黄天化见耀阳生性爽朗不羁，大喜道："耀将军成事不拘小节，果真大丈夫也!"一番夸赞过后，黄天化正容道，"我与众将所说的班师回朝的确不假，只是需要耀将军从中帮个小忙!"

耀阳点头道："尽管说!"

黄天化遥望细雨纷飞中的"望天关"，嘴角轻扯出笑容道："耀将军，相信你来之前一定准备好了后继行动，只要你放出行动成功的信号，'望天关'中静待的兵马便会一涌而出，杀奔'东吉岭'而来，对吗?"

耀阳点了点头表示承认，道："不知少将军的意思……"

"这正和我意!"黄天化欣然道，"我希望是——东吉岭的'飞虎军'不但被'望天关'兵马深夜突袭，而且被追袭数十里，一路溃败元气大伤，然后灰溜溜地逃回朝歌!"

耀阳忍不住道："其实，少将军何不此时携'飞虎军'弃暗投明，也好过回朝歌领罚受过！”

黄天化苦笑道：“耀将军有所不知，我父武成王尚在朝歌，我若是兵败，至多不过受罚而已，但如果此时投奔西岐，则必将连累父亲以及家族宗亲，所以凡事不得不慎重啊！”

耀阳点头以示理解，此时的他比谁都更能体会此中的厉害关系，一想到人儿、冰儿与妲己现在仍然落在外人手中，至今下落未明，他心中不由凄然心伤，叹息一声，道：“那少将军要保重了，耀阳谢过将军此次解围之恩！而且定然会将‘飞虎军’的义举如实禀告西侯，请少将军放心！”

黄天化点头抱拳谢礼，道：“看耀将军眉目间圣武之气渐浓，相信经此一役之后，名声威震八荒之日也已不远，好自珍重！不过，就算我‘飞虎军’撤出‘东吉岭’，希望将军还是不要掉以轻心，那个崇黑虎虽然兵法策略并不怎么样，但是却不是一个可以小觑的对手，将军千万小心了！”

耀阳默念一遍“崇黑虎”的名字，点头抱拳回礼道：“蒙少将军今日之助，耀阳没齿难忘！”

黄天化蓦然抬眼望向“东吉岭”上的连绵营帐，突然掌中元能聚而成形，化为一团七彩焰火，腾空而去，疾速的元能划破夜空的静寂，带出一阵刺耳的鸣音，紧接着“东吉岭”上开始灯火齐明，人鸣马嘶不绝于耳，不到半刻钟的时间，“东吉岭”却又再次安静下来。

耀阳从方才营帐中人影穿梭的场面看出来，“飞虎军”近万余名将士在半刻钟内已经整装待发，速度如此之快令他不得不为之咋舌道：“今天才知道‘飞虎军’果然名不虚传！”

黄天化微微一笑，道：“耀将军过奖了，练兵千日，用在战场上争的仍是朝夕之间，这些都不算什么，平日校场练兵，速度比现在还快很多！今次派驻‘望天关’的兵马都是随军不足三年的新兵，所以让耀将军见笑了！”

耀阳心中倒抽一口凉气，又是惊叹又是羡慕，寻思着日后如果想要达成建功立业的梦想，也必须操练出像“飞虎军”这样的兵马才行。

黄天化倒是没有看出耀阳此时的心事，伸手在空中虚托了几下，道：

“雨停了！我会领兵撤离‘东吉岭’，这里的一切就交给你了！想来，耀将军定是又要像‘火烧落月谷’一样，将我三军营帐化为灰烬吧！”

耀阳心中又一愣，随即跟黄天化二人不约而同地大笑出声。黄天化掌中信号再起，三军兵马立时浩浩荡荡从营中驰骋而出，他的身形当即随之翩然遁走，留下一串长笑回音：“不出三日，将军‘火舞耀阳’之名将威震四方，西岐此次能否击退崇侯虎的大军，一切就要倚仗将军了，珍重！”

“火舞耀阳？”耀阳再次怔了怔，想到出师以来，已经经过“火烧落月谷”一役，如果再在这“东吉岭”上放上一把火，的确够得上“火舞”的称号。他反复念叨这个词，心中越觉得有一种畅快淋漓的感觉。

眼看整齐划一的“飞虎军”从容不迫地渐渐离去，耀阳知道时机已到，仰天长啸一声，跃身腾空遁起，体内五行玄能合而化一，强悍的“乾天龙炎诀”狂涌而出，冲天烈炎朝绵延营帐席卷而去，只看此等元能所凝的三昧真火用来焚烧树木布绫搭建的营帐，火势在瞬时间便冲天而起。

耀阳回身望向“望天关”，只见无边夜色中厚重的关门早已洞开，尘埃扬起，蹄声阵阵，大队人马呼啸着奔杀而至，伴着映天的火光，形成一幅狂野至极的生动画面，令耀阳激昂的心中更觉热血沸腾。

还是一条长长的通道，除了颜色全黑外，没有任何特别的地方，但倚弦和祝蚺都清楚，这里面暗藏杀机。

闭上双眼，倚弦在心中将充盈归元异能的思感放在通道之中，立即产生一种模糊而又清晰的怪异感觉，生门闭死门开，其他六门偏转不已，变化多端。

祝蚺岂会感应不到其中变化，皱眉问道：“易公子有办法破掉此机关吗？”

倚弦叹道：“以八卦循替相生之气生出法阵，气势虽弱于‘八卦符气’，却将‘八卦符气’的缺点尽数弥补，想破谈何容易？”

祝蚺眼中精光烁然，沉声道：“老夫刚好有一策。”

“什么计策？”倚弦一讶，思感一震，心中略有不安，转头看去，正见祝蚺杀机暴露的目光。

“你给老夫过去不就安全了！”祝蚺狞笑声中一掌斩出，如此近的距离之下，未能防备的倚弦躲无可躲，唯有低喝一声双掌挡在身前，“砰！”一声重响，口喷鲜血的倚弦勉强凭着祝蚺之力身形向后退入黑色通道之中，这才卸去祝蚺的大部分魔能。

“砰！”倚弦的身形一过石门，本来没有什么动静的整个通道突然气流暴动起来，就像是星星之火顿成燎原之势，通道内无处不为之骚动。气流越来越猛，祝蚺却是雪上加霜地再来一鞭，“火神鞭”搅得通道中焰火爆散，将倚弦唯一的退路都封死了。

倚弦清楚祝蚺是想以自己的突入造成法阵运转，然后借法阵中八卦符气相生相克的运转法能将自己灭除，待到符气法阵转换的契机出现，自然可以破除其中法阵的禁制。

炽热的气劲就如几个高手同时出招一般，强大的压力还在逐步增强，似乎非要将倚弦捏成粉末不成。阴气拉阳气压，阴阳之气又化成生、伤、休、死、惊、杜、景、开八种不同的属性，每种属性都有奇特的攻击方式，扯、吸、拽、钻……变化无穷，即使倚弦对八卦之法已有了解，一时也应付得手忙脚乱，而且面对不断加强的压力，他只能且挡且退。

倚弦见情况不对，急喝一声，立即祭出龙刃诛神，剑光华然，搅动漫天符气，硬是破出一条路来。倚弦不顾一切地向前冲去，龙刃诛神急挥，光芒爆发，剑气风卷而出，不断破开连绵不断丝毫没有停滞的八卦之气攻击。

阳之生、杜、景、开四气与阴之伤、休、死、惊四气循环转化，之间用千丝万缕连接起来，密不可分。倚弦根本无从下手，想以破解“八卦符气”的方法应付的念头马上破灭。

八卦气劲层层叠浪，一波猛过一波向倚弦铺下，欲将倚弦吞没。倚弦持剑横扫，乘风破浪，直向前行，此时他根本没有可以退的后路。

通道之中只有八卦气劲的冲击，再无其他机关法阵，但只是如此就不是常人所能抵挡的，若非倚弦拥有冰晶火魄之身，以他现在的修为恐怕已经非死即伤。即便如此，手持龙刃诛神的倚弦还是被这八卦气劲逼迫得狼狈不堪。

倚弦拼了全力向前冲去，可是就在看到前面似乎有一间房间之时，通道之中猛地气劲大变，本来四面八方、方向各异、无处不在的压力，骤然全部集中在倚弦的头上，由上而下强大的压力顿时将倚弦硬生生地向地上压去。

“轰!”一声巨响，烟尘碎石四溅而来开，倚弦整个人硬是被压了下去，竟在通道上砸出了一个大窟窿。倚弦被压得砸破两尺后的地板，下面却是一条井道，向下黑乎乎一片不见底部。头上又有巨大的石块自动移来堵住窟窿，但强大的压力不减，倚弦只有顺着井向下落去，而他每下一丈上面即被巨石封住。

良久，倚弦不知落下几十几百丈，头上最后一块充满八卦力劲的巨石将上面封住后，压力蓦地消失，再下三丈就是一个庞大无比的地下石室。少去那折磨人的八卦压力，倚弦默运冰火异能，稍愈伤势，身子落势也渐缓，轻轻落在地上。

倚弦的到来，顿时打破了地下石室中一个奇怪的对持局面。

倚弦定睛看去，却见在石室的另一边角落上有两个窟窿洞，一大一小，其中一个小洞前面却是一副巨大的野兽骨架匍匐着。

此时，骨架下有个很可爱的小异兽，身躯像只小猫一样大小，浑身红黄相间的皮毛非常漂亮，四爪有尾，似龙非龙，似虎非虎，也非麒麟，头上还稚嫩的双角竟是相互交叉，极是奇特。小异兽有些怯弱地躲在骨架之下，看着眼前两头巨大的凶兽相互对持。

两头凶兽的身型比“麟焱鮑螭”还要庞大，一头如牛但却是龙嘴利牙，一头像是蜥蜴但头上有角颈上生刺，看情况两只凶兽的目标就是那只可爱的小异兽，冲突的根源有可能是小异兽的归属问题。

两只凶兽彼此忌惮，不敢轻易进攻，但当倚弦一落地，这个微妙的局势就起了变化。两只凶兽一见倚弦就认定他也是想争抢小异兽的对手，立即警戒起来。倒是小异兽不知是否感应到什么，趴在地上用一副可怜兮兮的样子看着倚弦，泪水盈盈的眼中露出乞求冀望的目光。

倚弦看着心中着实不忍，当即下定决心准备救助这只小异兽，掌指虚张之间，龙刃诛神隐然乍现，斜持在手，缓步向它们走去。两只凶兽被倚弦的无匹气势骇得退了一步，转头狠狠地盯着倚弦，张牙露齿，扬起利爪示以威胁。

倚弦轻笑不语，龙刃诛神轻轻挥洒，龙吟低响，神光流彩，光华四射，神器之威顿时震撼得两大凶兽不敢妄动，随着倚弦的前进而不断退后。倚弦慢慢到了骨架旁，偏头向小异兽微微一笑。小异兽略感疑惑，但还是趴在地上眼巴巴地看着他，不敢靠近。

倚弦知道小异兽对他始终有戒心，微笑着伸出手相招，表示善意。

此时，两只凶兽终不甘手中猎物被抢，猛地大吼出声，同时扑向倚弦。

倚弦虽然看似轻松自如对着小异兽示好，其实却在时刻警戒，此际立即反应跃起，龙刃诛神潇洒斩出，剑气纵横，凌厉非常。两兽对龙刃诛神此等神器甚为忌惮，不敢撄其锋芒，跳身起避开剑气，对倚弦进行合围，牛形凶兽用角顶向倚弦，蜥蜴形凶兽却是一口咬来，迅猛有如雷电。

倚弦低喝一声，手捏“灵悟剑诀”，龙刃诛神闪电挥出数十道凌锐剑气飞飙而出，将全身完全封住，不让两只凶兽有靠近他的机会。两凶兽无法靠近，嘶吼着瞧准机会就是一击，利爪快速无比，两兽同袭倒让倚弦略有为难。

倚弦风遁而疾，身子幻成光影，躲开两兽的攻击，运起冰火异能，“傲寒诀”加持龙刃诛神之上，顿时倚弦周围十丈内的空气立即冷了下来，倚弦每一剑击出便是冰寒入骨的剑气逼人，迫得两凶兽不敢轻近。在与“麟焱艴螭”战时，倚弦不想伤它并没用上全力，但面对此两充满杀机的凶兽自无此顾虑。

不过两只凶兽虽不如“麟焱艴螭”厉害，却也相差不多，两只联手的威力更是不下于“麟焱艴螭”，本来对峙的两兽合击起来却配合得很好，攻守之间少有破绽。倚弦不由暗暗叫苦，但此时必无抛弃小异兽独自逃生之理。

两凶兽凶猛异常，无不利用自身的行动迅猛攻击，倚弦以一敌二，越来越难以应付。倚弦越发觉得两兽之强，心念电转，反思八卦妙法，隐约感觉可以应用在剑法上。想及此事，倚弦立即细思八卦奥妙，忖道："如果以自身周围方向分为八卦，入生门退死门……"

倚弦仗剑飞驰，发挥龙刃诛神神器的威力，光彩闪华，突然领悟的八卦妙法让他如鱼得水，虽然仍在两兽的围攻下，但形势已然改善不少。倚弦知道如若能完全领悟八卦之秘，自己或许还能胜过这两兽，但这当然不是一时之事，伏羲创出的八卦奇法岂是这么容易能领悟透彻的？不过即使了解部分，倚弦用以配合"灵悟剑诀"还是能顶住两兽攻击的。

倚弦越战越勇，剑气如虹，通过八卦妙法，他更能清楚地把握两兽的攻击轨迹，每一剑使得恰当其位，决不拖泥带水。倚弦挥出一剑挡开蜥蜴形凶兽，却不见牛形凶兽攻来，立觉不妙，转头望去，却见那家伙见久攻不下，已然趁机张开血口向吓得浑身发抖的小异兽冲去。

倚弦大惊，不顾蜥蜴形凶兽的攻击，奋不顾身地向牛形飞去，却感到背上剧痛入心，倚弦知道被蜥蜴形凶兽击伤，但行动丝毫不缓，忍痛中龙刃诛神斩出一道有如实质的狂猛剑气直袭牛形凶兽。

牛形凶兽也知倚弦这一剑之威，不敢硬接，只能放弃到手的猎物，急忙躲开。剑气斩在对面的石墙上，顿时狂风怒旋，碎石飞崩，石墙裂出一道巨大的口子。

倚弦全力使出风遁，抢在牛形凶兽之前抱起小异兽钻入洞口。前方溶洞交错，让人眼花缭乱，倚弦顾不得这些，风遁全速前进。他知道现在受伤的他还抱了这只小异兽无法挡住两异兽的攻击，只能先逃了。

两只凶兽不甘心地跟在后面紧追不舍，让倚弦无暇理会背上的伤口。怀中的小异兽突然动了一下，倚弦低头看它可爱的小爪子指向远处一个小洞。倚弦不假思索就望那个小洞而去，洞口很小，他缩着身子才勉强冲了进去。两只凶兽追到小洞外，因庞大的身躯无法进去，在外面怒嚎几声，突然又互相敌视起来，不久就凑在一起厮打起来，越打越远。

倚弦喘了口气，背上的阵痛提醒他伤势不轻，倚弦运起冰火异能治疗背上的伤口。小异兽从他怀中跳下来，原地蹦跳了几下，高兴地叱喝几声。

随着冰火异能的作用，倚弦背上的伤口不再流血。但伤势不可能一下子就好，他睁开眼睛，小异兽见他醒了，高兴地“嗷嗷”大叫，还飞起来用湿润的舌头舔了舔倚弦的脸，它虽小却也是通灵异兽，看倚弦这样不顾自身安全来救它，自然知道倚弦不是坏人，对他再无戒心。

倚弦摸摸小异兽的头，微微笑了一下，打量四周环境。这里是个小溶洞，几丈方圆大小，到处都是石钟石笋石乳等物，微微发出荧光，将整个溶洞装饰得朦胧美丽。让倚弦吃惊的是那些石笋之类晶莹剔透，荧光流动有如流质，这些石钟石笋石乳竟全是由菱湟玉堆积而成，这一片不知有多少。

这时小异兽扑通扑通跑过去，一会儿就叼了两颗菱湟玉质的小石头过来，吐了一个在倚弦的掌心，把另一颗吃了下去，还用舌头舔了舔嘴唇，一副味道很好的模样，敢情是让倚弦也吃。倚弦哑然失笑，道：“小家伙，我不吃这个，你自己吃吧。”把手中的菱湟玉给了小异兽。

小异兽看似能听懂倚弦的话，露出倚弦不识货的眼神，高兴地一口吞了菱湟玉，又长长地吁了口气，后爪站起，前爪拍拍挺起的小肚子，还打了个饱嗝，样子可爱极了。

倚弦忍着笑意查看四周，到处都是封闭的，不过有一处石壁显得明显不甚为厚实，倚弦当即一掌劈出将石壁击穿，发现却是一条不断向上的甬道。

倚弦回头看看小异兽，遗憾道：“小家伙，保重，我要走了。”

小异兽却咬住他的脚后跟，小爪子指向甬道。倚弦心中一动，问道：“小东西，你也想跟我一起走。”

小异兽“嗷嗷”几声，露出恳求的眼光，看得出它的确听懂了倚弦的话。倚弦略思片刻，点头道：“也好，你留在这里也不安全，不过要等一下，让我给你准备一点你的干粮。”

小异兽高兴地翻了几个跟斗。倚弦摇头苦笑，脱下外衣，包了几根菱湟玉石笋之类，他暂时只能带这么多，也不知足够小异兽吃多久。然后他将小异兽包起，使出风遁，很快就掠过了这条甬道。

他们又碰到了一道石壁，倚弦顺手一击将它击破，发现却是另一个石室，里面放了各种类似神器的东西，但都是破损不堪，看起来像是被人力破坏了一般。

倚弦不敢肯定这些东西是否有所用处，但又不愿舍弃机会，便随手拿起一个灯台样的神器，因为思感中觉得上面还有些神力似的，然后再环顾其他，发现多数器皿就算有神力也应该流失光了。出了房间，却是那放满酒坛的大厅，进来的时候竟没发现这大厅四周还有几个房间。

倚弦心里惦记土行孙他们，而且不知幽云有无救出有炎氏族人，或是否危险，当即不再去看其他地方，匆匆从原路回去。

快出甬道的时候，倚弦使出“千符隐”，轻易避开周边祝融氏族人的耳目，重又回到了地宫，却发现里面已经乱成一团，嚣闹声、怒喝声、匆匆脚步声混合一气，杂乱之极。

倚弦心中大定，地宫内此时没有打斗，还如此慌乱，看来有炎氏族人已经被救出。他趁乱出了地宫，自然更是无人发觉。

出了地宫，倚弦看到“牛头山”坡上山石崩坏、树折草毁，分明是大规模打斗的痕迹，不由暗暗为之着急，寻着踪迹而去。

第八十章　无敌劲旅

绝崖之上，雨收月出。

云雨妍望着“东吉岭”的冲天火光，心中骤然一惊，道：“难道耀将军与黄天化二人……”

姜子牙面色轻松，笑道：“只看这火光由弱到大，不过顷刻间发生的事情，而且观火势便知应是耀阳体内的五行玄能所化，由此足以证明耀阳施展法诀之际，天化已经不在场了，老夫料定天化此时已经率‘飞虎军’班师回朝歌了！”

云雨妍有些半信半疑的娇嗔道：“刚刚怎么没想到，应该用幻水元相的办法看看那边的形势！”

姜子牙看着云雨妍一副小女儿娇嗔认真的模样，禁不住慈颜一笑，道：“放心，这场火势更加奠定了耀将军在西岐军中的声威，日后若是能够避过小人的嫉妒与妨害，他日必将磨砺成大器！”

云雨妍似乎听出姜子牙的话中藏话，脸庞极不自然地偏过去，娇羞地说道：“他大器小气……关人家什么事，先生说话真奇怪！”

姜子牙轻笑摇头，正准备说话之际，“玄灵道心”恍然一震，神色紧张地掐指一算，仰望夜色中南方天际，忽明忽暗的贪狼星若隐若现，似乎预示出尘世间的万种可能。

云雨妍心细如发，早已娇呼出声，道：“先生，怎么了？”

姜子牙面色凝重，摇头道：“云霁雨收，孤月东升，西南贪狼星入座，不是好预兆啊！”

云雨妍疑惑问道："那先生可推算出什么来？"

姜子牙默然不响，在崖顶上来回踱了几步，道："西岐这场战怕是越来越不好打了，就算耀阳、姬发他们能够成功救出困守在'伏龙山'的南宫适，只怕仍会落于下风！"

云雨妍道："如果耀将军他们能够成功救出南宫适，两军汇合退守'望天关'，再一步一步击退崇侯虎，收复'金鸡岭'，应该困难不是很大！难道……难道是'伏龙山'业已失守？"

姜子牙摇头道："南宫适乃是西岐老将，当年谈笑用兵助西侯平定各方蛮夷，傲视四方群雄，其才不在殷商第一将武成王黄飞虎之下，况且'伏龙山'地势险要易守难攻，就算在失粮的情况下靠山吃山，定然仍可坚持十天半月，所以失守的可能性不大！"

云雨妍问道："那先生认为会是怎样的情况？"

姜子牙深邃睿智的目光透过夜幕投向远方，道："若是只靠崇侯虎一方的力量，自然无法攻破西岐现在的防线，但是如果西岐此时腹背受敌，前后难以兼顾的话，事情就不堪设想了！"

云雨妍沉思片刻，道："西岐所虑的无非是背后的鬼方，但是鬼方现在正准备与西岐联姻，而且'落月谷之变'被证实乃是鬼方亳垄王所为，鬼方理应不会再出兵扰境才对！"

姜子牙眉头一皱，道："不论此事真假与否，一旦发生变数，则必成大乱，所以万万不可小觑！"

云雨妍点点头道："即使西岐骤生变乱，姬发尚有数子可以为之应敌，想来那姬旦乃是鼎鼎大名——妖帝卓长风的弟子，一身所学岂是泛泛之辈！"说到这里，她莞尔一笑道，"这样一来，原本觊觎西岐社稷的妖魔中人反而会出手相助西岐，真是有趣！"

姜子牙道："妖魔二道中人皆是利益为先，既然已经触及到本身利益悠关，自然会奋起争先，何况在此危难之际能够建立功业，更是有助于日后权势地位的争夺，他们怎会放弃此等良机！只是，现在担心的倒不是这些……"

云雨妍柳眉紧蹙，显然已经猜到姜子牙的担心，惊道："先生是在担心还有其他兵马会趁机夹击西岐？"

姜子牙面色沉重地点了点头，负手立于崖旁，不再言语。

在一众兵士欢呼声的拥护下，耀阳迈着轻盈的步子下了"东吉岭"。姬发、毛公遂与众将士在山下夹道欢迎，从山道上远远俯视山下如此整齐划一的万千兵马，以及所有兵士眼中流露出对他的崇敬，这一切都让耀阳心中油然生出热血翻涌的莫名冲动。

毛公遂早已当前几步行至耀阳身前，大笑着一拳击在他肩头上，兴奋道："好小子，果然厉害！"

耀阳不好意思地搔搔头，道："其实不是……"话还没有说到一半，耀阳环视到周遭热切的崇拜目光，最终还是没有将心中的话说出口，只是憨憨地笑了笑。

姬发随后跟了上来，习惯性地微笑道："耀将军辛苦了！"

耀阳心中正在担心黄天化退兵是否顺利，忙关切地问道："公子，现在敌我双方军情如何？"

毛公遂拍着他的肩，道："耀将军，你无须担心，金吒将军已经领命带了万余兵马前去追赶，以免黄天化窜入'伏龙山'附近，与崇侯虎重新拉成一条阵线，阻碍我们解救南宫老将军！"

耀阳知道黄天化甚至整个"飞虎军"对崇侯虎都素来鄙夷，自然不会有这种打算，而且追击也正是黄天化回朝所必需的借口，再则负责追击的又是玄宗出身的金吒，他如何不放心，当即点头道："金吒将军处事冷静，一身所学也无可挑剔，应当足以胜任！"

姬发仰首望向此时火势冲天的连绵营帐，大有深意地说道："耀将军真是奇才，居然可以只身火烧东吉岭，击退威震四野的'飞虎军'，姬发一直在担心将军的安危，几次想出城相助，但是顾虑到将军是否安全完成任务的缘故，所以一直等到方才东吉岭火起才敢发兵！"

耀阳明知他这是假惺惺的态度，但还是客气回道："耀阳谢过公子夸赞！不敢当！”

姬发的一双俊目环视整个火场，有意无意地说道：“只看这些烧毁物件的痕迹，以及黄天化带兵离去时有条不紊的阵形，‘飞虎军’此次所受的创伤似乎不重！”

耀阳清楚姬发是在换方法询问此次火烧“东吉岭”的经过，略一思忖，答道：“此次耀阳可以侥幸偷袭得手，而不用早先所提过的擒将要挟的方法，是因为黄天化对此早有防备，而且布下法阵策应，不但根本无从下手，且被他发现了我的行踪……”

听到这种关键处，四周所有将士都不由屏住呼吸，听耀阳慢慢叙述紧张刺激的过程。

耀阳迫于无奈只能瞎编一通，继续说道：“我与他激战数合，或许因为当着‘飞虎军’众多将士，他为了顾全自己的颜面，始终没有采用合围的战术，以至于拖延时间一长，被我有机可乘所击伤，我当即大喜，正准备上前擒住他之际，他手下众将齐齐围拢过来相救，而那些将领又哪里是我的对手，登时被我打得七零八落，阵脚大乱。”

耀阳思绪已乱，稍顿了顿，抬眼却看到众人听得津津有味，当即心中暗自苦笑不已，他想不到自己还是编故事的好手，但面对众人期待的目光，只能接着续道：“虽然当时局势比较乱，但是‘飞虎军’毕竟是‘飞虎军’，又岂会如此轻易便被我得手，他们合围的阵势很快将我困住，而且不乏高手在其中守卫，我权衡再三,，只能暂时退守，于是趁乱换成‘飞虎军’寻常兵卒的装扮，正当我准备夺路而出的时候，竟被我发现他们的屯粮之地，于是我索性放了一把大火，趁乱大呼‘西岐军打进来了’……”

毛公遂赞道：“耀将军不但艺高胆大，而且果然是西岐的福将，今次真是多亏将军机警啊！”

听毛公遂如此一说，一旁的众多副将也跟着连番夸赞起来。

耀阳连忙谦逊地推让了一番，低头之际瞥了姬发一眼，正撞上姬发投射来的深不可测的眼神，耀阳情知此时回避只能证明自己心虚，便无所畏惧的直视过去，飒然道：“这次能够得以如此顺利的完成任务，是托了公子与诸位将士，乃至西岐万千英勇男儿的鸿福！耀阳这把火就是要证明给所有企图侵占我们家园的奸臣贼子看——西岐军乃是纵横天下的无敌劲旅，敌不犯我，我不犯人，敌若犯我，我必除之而后快！”

这些话被耀阳刻意以五行玄能震声说出，语声自是洪亮清晰，虽然在玄能控制下没在空旷的山间形成回音，但却响彻在当场所有兵士的耳中，顿时使得所有兵士群情激昂，一呼百应，同声震喝——

“无敌劲旅，纵横天下！”

立时间，万众齐呼的回音涤荡整个“东吉岭”上空，着实有一种声彻寰宇的震撼。

此时此刻，姬发感受到万千兵士将领目光中对耀阳的崇敬，不由震惊当场，因为包括他在内，都切实体会到耀阳逼人的不世神采，双目中浓浓的杀意瞬时间一闪而逝。

耀阳岂会看不出姬发此时的心机，不过想到连他师父“邪神”幽玄都对自己没办法，也不在意地瞥了姬发一眼，识机地上前跪礼请命道：“东吉岭‘飞虎军’已退，请公子下令开赴‘伏龙山’，营救南宫老将军！”

姬发的神情回复自然，知道此时士气鼎盛，怎会丧失此等良机，当即淡然若定的翻身掠上身旁的马背，魔能震声发音，对所有将士扬声道：“毛公遂将军率本部兵马继续镇守‘望天关’，不得有失。其余将士听令，随我即刻连夜赶往‘伏龙山’！”

万千兵将齐声轰应，在众将的调派下顷刻间分作两支兵马，毛公遂率领本部五千兵马赶回“望天关”，而其余两万兵马在姬发率领下，开始浩浩荡荡赶赴“伏龙山”。

几个亲兵为耀阳牵来坐骑，耀阳微笑示意感谢，然后一手拉住缰绳腾身上马，策马立在“东吉岭”下的一处石崖边上，俯视此刻万千兵马聚散离合的壮观场面，他胸中充斥着一种难以名状的激动，令他的心情随之亢奋到顶点，甚至渴望立即去到“伏龙山”下，在千军万马的战场上快意驰骋。

耀阳回首再望向火势仍然熊熊燃烧的“东吉岭”，心中明白黄天化说得对，经此一役之后，他——耀阳的名字不但会在殷商天下震动四方，而且更因“落月谷”中力挫刑天抗一战名闻三界四宗。

“小倚，不管你现在在哪里，当你可以听到关于我的消息，相信我们兄弟再相见的一天就不远了!”

想到失散已久的兄弟倚弦，耀阳心中叹息一声，拨转马头策马随着大军向“伏龙山”方向急驰而去。

“伏龙山”距离“望天关”一百八十里，距离“金鸡岭”已经不到五十里路程，挟“金鸡岭”与“望天关”之间的驿道而立，山势连绵，高约百仞，地势险恶，乃是东西贯穿西岐的必经之道。

姬发率领西岐军经过连夜急行军，在拂晓前终于接近了“伏龙山”地界。不过，姬发并没有径直领兵向崇侯虎挑衅，而是在距离“伏龙山”二十里外的“风林岗”驻寨扎营停了下来。

耀阳清楚这是最稳妥的方法，毕竟崇黑虎虽然被黄天化几次大战施计折损不少兵力，但是百足之虫死而不僵，他所剩余下来的兵马仍然足以威胁到行军一宿已成疲兵的西岐军，这也是姬发委派金吒佯装追击黄天化，实则探路寻访崇黑虎兵马的目的。

而且，崇侯虎一直屯兵“伏龙山”下，虽屡屡与山中的南宫适大军交战，但依靠后方已占领的“金鸡岭”之便，源源不断将殷商的粮草调往军中，所以大军的士气并没有因此而减弱，如果此时趁西岐军行军劳顿之际，调拨兵马配合崇黑虎的突袭，那么后果不堪设想。

所以，此时最好的应对之策莫过于寻一处易守难攻之地驻寨扎营，与“伏龙山”、“望天关”形成遥相呼应之势，既可以以静制动牵制崇侯虎的进一步行动，又令暗处的崇黑虎不敢轻举妄动，而且令兵马得以休息整顿的时间，实有百利而无一害。

当西岐军兵马驻寨扎营完毕，天色已然大亮，金吒已经领着兵马循迹而回，待到金吒进了中军帐复命完毕，耀阳早已在帐外等他，二人甫一见面，金吒便要揖身见礼，被耀阳一把拦住，道：“金吒将军远途征伐，一定累了，所以就不用这么客套俗礼了！”

金吒自“落月谷”一战便对耀阳遵从倍至，再经过昨夜火烧“东吉岭”之事，他对耀阳更是从心敬服之至，闻言忙回道：“耀将军始终是我军龙翼将军，卑职怎敢违逆西侯圣令，对将军妄自免礼呢？”

“现今将军已经交令回营，所以在未再次接受军令委派之前，完全无须过分遵从礼数规矩，何况你我现在还身处中军营外！”耀阳哂笑道，“其实，金吒将军与我年龄相近，平常军令之外，理应兄弟相称才是！况且我与你弟弟哪吒还是旧交。”

耀阳说到这里，不由想到从前在陈塘关的经历，心底不免有些暗笑自己兄弟与哪吒所谓的旧交，但是想到哪吒最后随四海之水而去的时候，心神免不了还是一阵黯然，毕竟是他们兄弟间接造成了当日“陈塘关之变”，不由忖道：“哪吒兄弟，希望你在天之灵莫要责怪我们，因为我们是善意想帮你，只是想不到结果会……”

“不敢，不敢！西岐军素来军纪严明，尤其战场之上岂能与平常相比！”金吒一听耀阳说到哪吒，轻咦了一声，问道：“只是想不到耀将军竟跟舍弟是旧交，记得那日在‘落月谷’中，你与刑天抗一战，用的也是玄门五行正法，不知将军究竟师出玄宗哪位师叔伯门下？”

耀阳轻笑一声，道：“我说出来，你或许根本不会相信，耀某的一身修为完全来自本身机缘巧合的修炼，并没有像金吒大哥你这样师出名门。”

金吒着实吃了一惊，难以置信的脱口说道：“自身修炼能达至耀将军这等境界？”

耀阳重又将当日对姜子牙说过的修持过程复述一遍，听得金吒半懂不懂，对耀阳更是佩服不已，于是二人在营外散步，相互又交谈了一些关于玄法修持上的经验之谈，耀阳身兼《玄法要诀》、《阴阳法要》、“轩辕图录”与《幻殇法录》等数家之长，一席话说来自是头头是道，令金吒大受裨益。

耀阳停住对玄法的侃侃而谈，望了金吒一眼，道：“对了，昨晚追击黄天化遇到什么异常情况没有？”

金吒摇了摇头，道：“黄天化一身兵道玄法果然了得，虽然败退但却可以使得军形队列丝毫不乱，让人无法寻到分毫可乘之机，而且我觉得……”言下之意，金吒有些犹豫了。

耀阳轻笑道：“有什么说什么！”

金吒见耀阳并没有见责，这才缓缓道：“我觉得黄天化的‘飞虎军’并不像是在败退，而是在有计划、有步骤的撤离‘东吉岭’，然后绕道‘金鸡岭’，甚至连去‘伏龙山’的打算都没有，这在现时的形势下，不应该是一个明智主帅所做的选择，所以我认为黄天化一心只是想班师回朝歌，根本没有继续助崇侯虎西征的意图！”

“观察仔细！完全正确！”耀阳不假思索地点了点头，负手而立道，“黄天化的确没有相助崇侯虎西征的意思，而且从头到尾不但都在想方设法拖延‘望天关’的战事，更在昨夜放手让我火烧‘东吉岭’……”说着，耀阳将事情从头到尾说了一遍。

金吒哪里知道内情如此复杂，惊诧了半晌，喃喃道：“原来如此，天化师兄果然没有忘本！”

耀阳想到一个一直在担心的问题，问道：“你在一路的追袭过程中有没有发现崇黑虎的可疑踪迹？”

“很奇怪，一直没有发现崇黑虎的兵马！”金吒摇了摇头，不无担心的说道，“这不但是公子嘱咐我小心提防的地方，而且也是昨夜追袭的主要目的之一！不过，我们绕着‘东吉岭’附近方圆五十里地兜了好几圈，也无法探知这个崇黑虎到底隐藏在什么地方？”

耀阳点了点头，想到黄天化临走前的提醒，沉思片刻道：“看来这个崇黑虎的确是一个不容小觑的敌手！”言罢，耀阳续道，“天色尚早，金吒将军不妨回帐稍事休息，估计午饭过后会有众将议会，耽误不得！”

金吒抱拳行礼告退而去。

耀阳回首望见此时“风林岗”上空的晨曦天际，想到了什么但又有些丧气地叹息一声，喃喃道：“看来，现在唯一的办法只能是这样了！”

循迹行了不久，倚弦就听到断杀声连连而起，便全力使出“风遁”到了后山崖。眼前果然是百多祝融氏族人跟随幽云等蜀山弟子与一众祝融氏魔人激战，土行孙和紫菱则分别在照顾一众身负镣铐禁制的有炎氏族民，焦急地看着纷乱不已的战局。

祝融氏族人出手狠辣无比，甚至抽空便去袭击在一旁无力回击的有炎氏族人。倚弦登时看得大怒，跃身至土行孙旁，不等他们问话，顺手将灯状神器、小异兽和一包菱湟玉尽数交给紫菱。

紫菱看到正惊奇晃头晃脑的小异兽吓了一跳，道：“‘紫龙神兽’?”转头正欲问倚弦。倚弦已祭出龙刃诛神，飞身向祝融氏众人冲去。

倚弦将冰火异能催至极点，龙刃诛神发出震天龙吟，光华暴射，剑气冲天而起，扫去如风卷残云，顿时击退十数祝融氏族人。

幽云正在跟数名蜀山弟子抵御强敌，此时感应到龙刃诛神的威力，回眸正好瞥见倚弦投来的问询目光，两人相互交替了一个胜似千言万语的眼神，便又投入彼此的战圈之中。

此时，祝融氏一白发老人大喝一声，叱道：“小辈，吃老夫一杖!”龙头杖挥出烈烈火焰向倚弦猛然袭去。

倚弦在地宫看到过的那个白发长老正是为首之人，倚弦冷笑一声，“傲寒诀”出，龙刃诛神飞挥，剑气风卷而上。狂风怒起，强大的压力向祝融氏长老疯狂窜去，直如无坚不摧的超级暴风雪，将火焰尽数席卷而回。白发长老大惊，舞旋龙头杖成一道罡墙，勉强将剑气挡住。

此时龙刃诛神已近，强悍无匹的一击向白发长老扑去。白发长老大喝，龙头杖狂舞，炎热火劲蒸得四周闷热无比，在火劲相助下，祝融氏魔功大幅度提升，顿时犹如火上加油，火焰凭空焚烧起来，火势向倚弦疯狂涌去。

火势之猛连倚弦也不敢小觑，当即收回攻势，异能飞运“寒星变”卷出冰寒风暴向四周扩散开去，瞬间将猛烈火势尽数消融。白发长老也没想过能一举击退他，紧接着就是杖影满天罩下，倚弦也不退让，信心十足地指剑杖影。

“噼……啪！”交戈之音发出，杖影消去，两人同时后退，双手发麻的白发长老大骇，怎么也想不到以倚弦这样的年龄竟有如此深厚的元能。

倚弦其实是凭着刚领悟一些的八卦奇法借力加力，论法能修为他毕竟才修行不久，一时似乎还无法与修炼了千百年的老怪物相比。不过以倚弦短短时间就有如此修为，进度之快，万千年来还从未出现过，也只有同样吸收归元异能的耀阳能比。这事说出去都没人相信。

白发长老虽然吃惊，手底下却丝毫不敢怠慢，热火冲天，龙头杖带着无边火劲扑向倚弦。但倚弦凭敏锐触觉和八卦奇法早就快一步知道他龙头杖的目的，长腿一弹，身子像是飞燕般飘然而起，闪过这一杖，龙刃诛神舞起剑气飓风，寒气冰冷中晃若万剑齐发，剑气在“傲寒诀”的运行下竟如同成了无数冰剑，飓风卷起万千锐利冰剑铺天盖地般直冲向那长老。

转眼间所有方位都被倚弦这一剑封死，白发长老惊惧失色，唯有全力舞出杖风如罡，冰火再次交击，寒热交加中气流四狂窜，将周围的祝融氏弟子尽数抛飞。倚弦瞬间又是一剑向白发长老当头斩下，还未缓过气来的长老飞身急退。谁知倚弦却早料到此点，趁早晃身急追劈出龙刃剑气直袭长老身后。

看似劈空的一剑却正击在长老必退之路上，白发长老哪想得到倚弦对他行动预测竟拿握如此精确，惊天剑气已迫在眉睫，他顿时魂飞魄散，勉强舞杖来挡。

“锵！”剑气竟如金铜实体，与龙头杖相击发出金戈之声，风火怒冰滔天，根本反应不及的白发长老被当场震飞，冰火异能侵入他的身体肆虐，他的白发一半被烧焦一半被冰湿，样子狼狈不堪。

知道这一击虽然完全占了上风，但没这么容易击伤他，倚弦得势不饶人，加上一脚着实踢在身子一时失去自主的长老胸口。

“砰！”满口鲜血喷出，白发长老重伤坠下，被祝融氏其他人救下。倚弦确定那长老已失去作战能力，没有兴趣再次追杀，而纵身冲进祝融氏人群之中，舞起龙刃诛神，暴射光彩中剑气四飞如激，搅得祝融氏族人个个人仰马翻。

形势陡然大变，手持龙刃诛神的倚弦纵横战局，凭着把握全局的能力每一次都出现在最关键的地方，任何一剑都有如神来之笔，恰当得无可挑剔。祝融氏越战越惊，加上长老受创，士气大落，被蜀山弟子乘机反击，胜负之机骤变。

幽云此时俏目望定威势无可匹敌的倚弦，心中的惊讶可想而知，从殷商皇廷到蜀山剑宗，再由轮回集惊变到现在，她亲眼目睹着倚弦的改变，她同样也是唯一一个看着耀阳与倚弦他们兄弟俩从下奴慢慢走到今天这一步的人，她无法想象倚弦的这种进步究竟预示出什么，只能露出无法相信的惊慕目光。

倚弦独当一面，龙刃诛神剑气惊霄，所向披靡无可抵挡，惊人威力震撼在场众人。祝融氏族人亦是为之震惊，在倚弦的打击下，开始萌生退意。

倚弦见祝融氏族人斗志皆无，不愿再造成伤亡，暗忖只要将他们逼退就行了，当即猛地大喝一声，光芒耀眼亮起，龙刃诛神幻出紫色光龙呼啸而出，势欲吞天，这正是他的攻心之策，以无边威势将所有祝融氏魔族人骇退。

果然，祝融氏族人无不骇得魂胆俱丧，纷纷后退，大有一溃千里之势。

但就在此时，远处蓦地响起一声暴吼，一条人影遽然遁至，火红色的长鞭正中紫色光龙，“轰”的一声巨响，来人与倚弦同时后退一步，但倚弦所发出的紫色光龙已被击得烟消云散。祝融氏众族人顿时爆出惊天喝声，来人站定，自然就是祝融氏一宗之主——祝蚺。

倚弦站定身形，没有再行出手，而是退后一步，目光中满含嘲讽地看着祝蚺。祝蚺仍然是那副阴阴冷笑的目光盯着倚弦。

随着祝蚺来到，形势再度发生变化，蜀山弟子和祝融氏自动地罢手各自退回己方，形成对峙局势。幽云关切的与倚弦对望了一眼，便退到后面照顾有炎氏族人去了。

倚弦暗暗调整体内元能，刚才击伤白发长老再搅战局，被祝蚺偷袭的伤势略有加重，此时正好乘机调息一下，表面上他却讥笑道：“没想到祝宗主这么快从‘玄武兽穴’出来了，还以为宗主至少要去找找易某的尸体。”

倚弦是在嘲讽祝蚺在“伏羲武库”里的偷袭，不过狡猾异常的老狐狸丝毫没有一点脸红，反而哈哈笑道：“易公子乃是何等人物，岂会丧命那等地方，所以老夫自是不必为你担心。现在特地来看看可否能关照一下有炎氏，只是没想到易公子这么心急，还未完事就先来要酬劳了。”

倚弦哂然道：“祝宗主有心，易某若不急，此时早已连尸骨也找不到了。何况有炎氏劳你们祝融氏照顾久矣，实在不必麻烦你们！”

祝蚺道：“哪会，易公子修为过人，哪需要老夫担心。至于有炎氏可是我魔门五族的功臣，我祝融氏怎么能小气，能照顾的时候自然得全力关照了。”言语间，祝蚺突然眼神一闪，看向倚弦身后。

倚弦识机地回头看了一眼一众有炎氏族人，见到土行孙正用极度仇恨的眼神死盯着祝蚺，眼中杀意正盛，相信如果他有能力的话，恐怕已经扑上去了，显然是土行孙看到有炎氏一个个被折磨得不成人样，对祝蚺更是仇视万分。

倚弦眼神示意土行孙不要冲动，回头指着有炎氏族人，略带悲愤地道：“有炎氏族人被你照顾成这样，难道还不够吗？”

祝蚺哼道：“有炎氏当年之功可不止于此，那可是轰动三界之事。”

倚弦明白他说的是当初有炎氏反对蚩尤之事，冷笑道：“此事除了九离族外，恐怕其他魔门几族反而会拍掌庆贺的吧？祝宗主恐怕还在为此而自喜吧？”以魔门五族自私自利的性格，定是不甘屈居人下，被蚩尤号令必然多是不服之人。

祝蚺断然道：“易公子此言差矣，那时由蚩尤大人引领我魔门是何等昌盛，若非有炎氏背离魔门，此时早将所谓神玄两宗取而代之。岂会有人因魔门之落而幸灾乐祸？”

倚弦淡淡一笑道：“此事已过去千年，至于魔门各族有何想法，事过境迁不说也罢，此时既然祝宗主目的已经达到，何不就此离去？”

祝蚺嘿然一笑，道：“此事岂有这么容易解决的？就这样让你们把人带走，我祝融氏岂非太没面子?”

倚弦打量一下祝融氏的阵容，道：“祝宗主若以眼下这些人与我方继续缠斗下去，定是两败俱伤之局，宗主何必要自寻烦恼?”

祝蚺双眼精光一闪，道：“你以为凭你们现在这些人，能挡得住我祝融氏几个回合的攻击吗?”

倚弦针锋相对，丝毫不让地道：“难道宗主想试试不成?”

祝蚺眼神一冷，道：“未尝不可!”

倚弦沉声道：“易某不想做到如此地步，但那也得看宗主是否肯网开一面?”

祝蚺突然大笑起来，连道：“好，好……”

倚弦冷然看着他，没有吭声。

祝蚺眼中厉光一闪，道：“好，老夫给你一个机会！我魔门一向以强者为尊，这样吧，你我以十招为限，谁能胜就听谁的！生死不论!”他对倚弦亦是很忌惮，心中已下定决心要将倚弦当场诛死。

倚弦爽然长笑道：“如此甚好，不必废话，就让我好好领教领教宗主的高招!”

祝蚺回头扫了一眼，祝融氏族人马上后退。

倚弦向幽云微笑一下，幽云心领神会立即率众蜀山弟子纷纷退后，当地就空出了一大片场地来。

倚弦手持剑光如洗的龙刃诛神，淡然道：“宗主请!”

祝蚺眼中杀机大盛，一勒“火神鞭”，喝道：“小辈，今日就看看你有多少能耐!”

倚弦眼神炯炯，龙刃诛神凭空一轮，剑光暴闪，刃锋惊人直指祝蚺，滔天压力迫了过去。祝蚺暴喝一声，“火神鞭”蓦地惊起化成火蛇抽向倚弦。

龙刃诛神挥舞如雷，剑气如狂风暴雨倾出，寒风飙出剑气更冷。现场仿佛就是冰天雪地，将“火神鞭”的烈焰尽数压灭。倚弦使出“风遁”，身如疾风，剑影化万千，剑气成海浪涛震天，剑剑直逼祝蚺要害。

祝蚺将“火神鞭”舞得铮然作响，火焰熏天，几丈周围内热浪如火山爆发，瞬间将倚弦击出的剑雪冰寒全部蒸腾。

冰寒热火交接而起，剑气鞭影碰撞而爆。倚弦身如飘絮，龙刃诛神挥击如电，冰冷剑气强悍飞袭，剑气刚出身形已幻，倚弦已将“风遁”使得出神入化，伤势未愈的他面对法能远比他深厚的祝蚺，不得不依靠遁法躲开攻击。

不过，此时的倚弦却更能精确把握到祝蚺的行动轨迹，当日在轮回集的奇湖湖底遇袭令他首次领悟到攻守节奏的运用，此时再对部分八卦妙法的领悟令他的感触更加敏锐，清楚地预测到祝蚺的下一步，龙刃诛神挥洒出惊天剑气，强劲地冲击祝蚺必守之处。

祝蚺身为祝融氏宗主，一身魔能修为非同小可，岂会死守，一脚虚踩，身形陡然加速提起，堪堪避开倚弦的攻势。祝蚺展出“火神鞭”，轰然爆出烈焰狂炸，火红乃至炽白的极度烈焰在空中围着倚弦，并发出一连串爆炸，从未有过如此高温的焰火有如岩浆崩裂般爆开，以铺天盖地之势包围倚弦所有方位。

自从“伏羲武库”跟“麟焱龅螭”一战以来，倚弦一直戒备祝蚺是否还留有几手，攻守之间无不留有余地，此时只是微惊而已，自然也不敢小看祝蚺的修为和“火神鞭”的威力，避无可避之下，同时全力使出“寒星变”和“绝龙壁”，龙刃诛神舞起天地寒霜爆散，骤然四周冰雪连天，与“火神鞭”发出的烈焰刚好相反。冰冷和狂热在那时发生迸裂，虚空之中惊心的迸爆声连片而响。

冰火同消，倚弦行动如风，毫不犹豫趁早挥出龙刃诛神，“灵悟剑诀”荡起剑气成冰浪状，直涌向祝蚺而去。无数剑锋交织成网，锋刃锐利冰寒，仿佛能割裂一切。

祝蚺没想到倚弦动作如此之快，来不及吃惊，“火神鞭”迅速展出幻成火龙，怒腾在剑浪之中，剑气迸消，“火神鞭”如狂蟒出穴般忽地窜出，鞭身化成三条巨型火龙数个方向奔腾而出。

焰火如滔，猛烈非常，倚弦自是不会硬接，体内元能激荡，龙刃诛神舞起寒风起时，他已风遁而避。冰晶火魄的异能疯催而起，冰寒剑气勃然而发，将祝蚺的再一波攻击抵消。

祝蚺暴喝一声，“火神鞭”脱手砸出，双手张扬身子飞舞，魔能散发有如实质，凭空而现的烈火倏地狂扬飞旋，炎热的气流猛然爆发，从未有过的强势让所有人都清楚地知道祝蚺不再保留实力。

魔门五族之一祝融氏的宗主面对一个小辈已不得不使出全力，无论结果如何，这点就足以让倚弦名扬三界。

在祝蚺魔能的控制下，“火神鞭”像是活了一般，化成一条炽白色的巨大炎龙，张开巨嘴向倚弦奔腾而去，飞过之处无不焰火焚烧。

炎龙来势有如奔雷，倚弦不及躲闪，大喝一声运足“傲寒诀”，配合蜀山剑宗“凤鸣九天”的无上剑势，龙刃诛神向着巨龙劈出满天剑气。剑气覆盖了十丈方圆，巨龙无法绕开躲闪，“砰!”响声震颤山崖，火焰飞溅四处激射，寒风呼啸而开。

倚弦借劲后退，但还是被震得气血沸腾，强大的炎热魔能让他差点无法控制身体，加上身体在“伏羲武库”中所受的两次伤，他在空中勉强站稳身形，但仍然似是摇摇欲坠一般。

第八十一章　独门火咒

耀阳顺着体内异能的探测，施展传音秘法给云雨妍，然后按照云雨妍的指点，果然在“风林岗”营寨外的一处山崖上找到了姜子牙与云雨妍。

耀阳首先礼貌客气地向姜子牙、云雨妍行礼问好，问道：“先生，耀阳又有事情前来求教！”

云雨妍双目绽出异彩，炯炯注视耀阳。

姜子牙点头笑道：“你定是来问，如何才能破崇黑虎这个隐藏的威胁，对吗？”

耀阳心悦诚服地连连点头，道：“还请先生教我！”

姜子牙反问道：“你认为崇黑虎是一个怎样的人物？”

耀阳微一沉思，道：“虽然从未打过交道，但听军中众将说起此人是个厉害角色，就连黄天化也曾提醒我一定要提防此人。”

姜子牙点头赞赏道：“耀将军胜而不骄，如此重视对手，着实很难得。”

耀阳谦逊答道：“小子始终不敢以胜为恃，是因为自落月谷一战以来，一直都是先生教导有方，才让我有此数胜，所以始终不敢托大，唯恐有误先生所教！”

姜子牙满意地轻笑问道：“孺子可教！”言罢，姜子牙沉吟片刻，道：“这崇黑虎本是崇侯虎之弟，年幼就入魔门学修法道，并且分别师从好几个魔门高手，修为较是精深，擅长驱使魔虫妖物，他在正面交战方面毫无长处，但他却对奇袭方面甚有心得，尤其最精通暗袭战术，绝对是不易对付的对手。”

“魔门?”耀阳沉吟片刻道，“他是崇侯虎之弟，怎么会入魔门的?”

姜子牙道：“三界之内，如今各方权贵哪个没有跟神魔玄妖四宗挂钩?崇侯虎又岂会例外，同样的道理，崇黑虎能够师从多家，也是因为北侯的势力才能获得魔门青睐。”

旁边云雨妍亦出言道：“不错，神魔玄妖四宗争斗从很多方面都体现在代理者的身上，他们自身并不轻易动手，一旦如果他们全部插手那就会变成全面战争，天下震惊、三界动乱，如同第二次神魔大战。”

姜子牙道：“雨妍这话说得不错，现在形势复杂，魔门妖宗空前强大，只是各自为政，缺少顶尖人物，但魔妖两宗始终都野心勃勃，各有想法，所以难以有强者统合，否则三界早就乱成一团了。当然，二宗当中也多有不理三界争端的人物，如雨妍之师——元中邪就是一个不管俗事之人，推崇伏羲大神，丝毫没有神魔玄妖的执念。但这对于其他妖宗人来说就是很不可思议了。”

“伏羲大神?”耀阳惊问道，“经常听人说起，他究竟是个什么样的人?”

姜子牙点点头，双目中亦是流露出悠然神往的神情，道：“他是一个传奇，一个神话，号称太昊，连三界第一狂人刑天也不敢小觑他。如果说数万年来三界之内有谁人与他可比，就只有刑天、广成子和轩辕黄帝了。不过据说除了刑天外，其他三人都真正达至天道极至的境界，去向成谜，可能已不在三界之内了。”

耀阳大为佩服道：“居然会有此等人物?”

姜子牙淡笑道：“他们是三界的传说，虽然已不再现身三界内，但无不留下各类宝物，像是刑天的‘归元魔璧’、广成子的‘龙刃诛神’、轩辕黄帝的‘轩辕剑’等俱是三界无双的顶尖奇宝。而伏羲留下的‘武库’所藏宝物之多，现在即使三界所有神器加起来也未必能跟它相比，他的‘八卦妙法’更是三界奇法，跟黄帝所创‘轩辕图录’的强势浩瀚和魔门奇书《幻殇法录》的诡异博深不同，‘八卦妙法’重分阴阳五行，将天地玄妙至理阐述得无比清楚，端的是玄奥无比。”

耀阳听到“归元魔璧”心中不由一惊，不过他掩饰得很好，根本没让姜子牙和云雨妍发觉异样。此时他不由为姜子牙的话所震惊，这四人真是如斯之强，足以震撼天地，若自己也能闯出如此成就，那可是虽死犹荣啊。不过“归元魔璧”精华让自己和倚弦所得，《幻殇法录》也在他的手中，自己未必没有这种机会，想及此处不由精神大振。

姜子牙只当他为四人的事迹所震，继续道：“伏羲虽是才能通天，法力无穷，但他却未曾参加第一次神魔大战，甚至同时与神魔玄妖几宗的朋友来往，也只有他才不把这宗派之争放在眼里。”

耀阳肃然起敬道：“伏羲大神果真是高人。”

姜子牙笑了笑道：“好了，扯得有些远了，这个暂且不说，还是耀将军说说该如何应付崇黑虎的办法吧。”

耀阳闻言苦恼异常地瞟了姜子牙身旁一直笑意盈然望着自己的云雨妍，耸肩做无奈状，道：“崇黑虎这家伙难道就不会光明磊落地来一仗吗?”

姜子牙哑然失笑道：“这句话从‘火舞耀阳’将军口中说出来还真有些稀奇。”

云雨妍也不由调皮地努嘴窃笑。

耀阳无语，苦笑道：“我真的这么不堪吗?”实际上耀阳有自知之明，他对付敌人的手段虽然不会卑鄙，但也未必正大光明。

姜子牙道：“兵道，诡也！是不是应该光明磊落都要看形势而定，此时崇黑虎面对优势明显的西岐大军，用最拿手的策略以奇对正无疑是最正确的，但西岐大军却只能应以正击奇，以不变应万变。相信只要时刻不忘警戒，崇黑虎哪怕再如何厉害，也必不会为其所乘。”

云雨妍道：“耀将军可还记得先生在蟠溪的直钩垂钓?”

耀阳点头道：“当然记得，直钩垂钓，愿者上钩!”说到最后，耀阳言语一顿，脑中灵光闪过，恍然大悟道，“愿者上钩!”

姜子牙点头道："你只要记住一点，是否直钩或上钩都并不重要，重要的是大家一样都在垂钓！"

耀阳感激道："先生高见，耀阳明白哩！"言罢，他躬身行礼，"耀阳谢过先生和云姐姐指点，如此我就先行告退了！"耀阳拜别姜子牙与云雨妍，欣然转身回营而去。

云雨妍怔怔望着耀阳远去的背影，道："先生，雨妍觉得每次看到他的感觉都完全不同，尤其是言语动作之间的魄力更让人……"话到嘴边又咽了下去，粉颊不由一阵发烫。

姜子牙抬目远眺山峦起伏，若有所思地长叹一息，道："他在成长……老夫已经没有把握，也不敢肯定他最终的天命所归！"

天色依然明朗如常。

当晚，姬发在"风林岗"营地召开众将军事议会。一众将领济济一堂，围着身前圆桌上的兽皮地图。

姬发沉声道："我军欲直击敌军，救南宫将军突围，奈何崇黑虎带兵窥视一旁，时刻威胁我军进退维谷，众位有何应对之策？"

一名年轻将领首先起身道："崇黑虎不过是跳梁小丑，实不足惧也，崇侯虎布下阵形围困伏龙山南宫将军，定然不敢轻易挪动兵力来抵御我们，否则一旦包围圈被破，我西岐两支兵马会合，后果实非崇侯虎所乐见，所以我们只需分出部分兵力对崇黑虎进行围剿，不日可除。"

另一将领当即反对道："崇黑虎岂是泛泛无能之辈，听说还擅长妖法，如果如此容易就能将他除掉，现在又何须为此苦恼呢。何况我们现在连崇黑虎在什么地方都弄不清楚，谈何围剿？"

年轻将领显然不服，又道："既然如此，我军更应集中力量先行击溃崇黑虎再说！"

二人的争论引发众将之间议论纷纭。

姬发抬手示意，席间顿时平静下来，淡淡道："崇黑虎素来诡计多端，如果不能尽早将这个隐藏的黑手找出来，势必让我们陷入进退维谷的险境，延误救援大将军的战机事小，如果因此累及我军‘望天关’一线的安全，那就大事不妙!”

另一位将领沉声道：“估计崇黑虎率军隐于山林之间，时刻都在盯着我军，一旦我们有什么行动，他都能及时作出反应，敌暗我明，恐怕不易对付。”

耀阳道：“不错，崇黑虎此人老奸巨猾、行事诡秘，让人着实捉摸不透，所以想要尽快将他找出来，的确是有难度的。”

金吒曾经衔尾追击黄天化，就是为了能够引出崇黑虎，但是始终无法达成目的，所以比在座诸将更能知道现状，苦笑道：“何止是有难度？简直是不可能，只要他存心跟我们捉迷藏，以现在的情况，我们在明处根本奈何不了他。”

姬发缓缓点头，再问道：“各位以为我们此时该怎么做?”

营中众将一片沉默，显然在这样的情形下，没人能够想到办法。

耀阳扫视众将一圈，开口道：“其实我军不能太过在意崇黑虎的兵马，我军首要目的理应是救出大将军的队伍，只要能够与南宫将军的兵马会合，崇黑虎也好，崇侯虎也罢，都不足惧也。”

姬发赞赏地点头道：“耀将军所言正是！不知耀将军是否已经有了应对之策!”

耀阳道：“据耀阳所知，崇黑虎最为擅长暗袭，但正面交兵作战并无特殊之处。他狡猾多端，所以断不会舍长取短，如果我军时刻对他警惕，分出部分兵力随军防备，然后在最短的时间内击破崇侯虎的包围圈，只有这样才能不让崇黑虎乘虚而入。”

姬发沉思半晌道：“大将军的粮草将尽，我们绝不能因为担心崇黑虎的存在而畏缩不前，否则不利于此次‘伏龙山’的整体会军计划。在这样的情况下，我军还有什么其他的办法吗?”

众将领苦思良久，始终商量不出更好的策略。

姬发环视一下众人，道：“看来只能如此了！算起来，大将军的弓箭、粮草、药草等等无不短缺！迟恐生变，我军必须趁早派出一队人马带这些物资突破重围，闯入‘伏龙山’，与大将军互通声息，商定合军之策，同时也务必要借此机会查探清楚崇侯虎的大军布置。”

耀阳等的便是这一刻，当即应声道：“末将愿率军前去伏龙山！”

姬发心中一惊，他虽然不清楚耀阳为何会接下这个任务，但无可否认，他的确是最适宜的人选，沉声问道：“耀将军，这个任务甚是艰巨，而且关系到我西岐大军安危，绝对大意不得，你可有十二分的信心？”

耀阳毅然道：“末将愿立军令状！”

“既然这样……”姬发猛地提高声音，喝道，“耀将军听令！”

耀阳震声应道：“末将在！”

姬发拿出虎符大印，授命道：“命你率五千人马突破‘伏龙山’之围，务必将粮草、药草带给大将军，并约定后日午时整，我军跟大将军合力共破崇侯虎之围。切记，此事事关大局，慎之！”

“末将领命！”耀阳道，“不过，末将想请金吒将军同去，以便策应！”

姬发略微思忖一下，道：“好的，相信有金吒将军做策应的话，更便于应付各种突发状况！”

耀阳首次奉命领了完全属于自己的五千兵马，心中既兴奋又紧张，等到会议一散，耀阳便领兵五千，在金吒的协助下，他将出兵前的准备一一布置妥当，然后召集副将金吒与各偏将议事。

营帐中，耀阳摊开兽皮地图，与几位偏将共同研究行军突袭的路线。

耀阳扫视一下众将，问道：“我军现在将以五千兵马突破崇侯虎分布伏龙山下的十万大军，各位可有什么策略吗？”

大家指点地图，商议崇侯虎最有可能大量驻军的地点。

耀阳看着地图，略有皱眉，他也在想如何才能避开崇侯虎主力兵马的防线，顺利潜入“伏龙山”。

顺着地形一路看下来，耀阳在“伏龙山”北山口上突然看到一个比较奇怪的标志，却同时看见金吒兴奋地用手指着这个标志道：“有办法了！”

几位偏将忙围拢过来，耀阳大喜道："金吒将军有什么良策，说来听听！"

金吒指着方才发现的标志笑道："此处地方，末将曾经去过，那是'伏龙山'北麓的一个瀑布湖，叫作'独龙潭'。"

几位偏将问道："那又怎样？"

金吒极有把握地说道："首先，那里水势极大，水声震天，而且覆盖范围很大，崇侯虎就算在那里驻兵，恐怕在这个前提条件下，也定不可能将此处地方完全监视起来；而且我军完全可以借这瀑布水声遮掩我们大批兵马的行进，若是小心，决不会让敌军发现。"

耀阳喜道："竟有这样的妙处？"

金吒继续道："而且'独龙潭'地势险要，湖水横截山脉，不但可以掩饰大队人马行进的各种踪迹，就算一旦出现敌情，对方将碍于潭水湖的阻隔而无法集中兵力，这将为我们顺利潜入'伏龙山'提供更多的时间。"

耀阳欣然点头道："这倒是不错的办法，但不取四面上山的捷径，而是绕道从'独龙潭'那里过去，恐怕反而会耽误时间。"

金吒摇头道："这个不用担心，我昨晚已经前往'独龙潭'探查过，那处还有一条捷径可以直接进入山中，甚至更省时间，尤其像我们此次只有五千兵马，只要抓紧时间，即便是万一被崇侯虎大军察觉，那时候，我们也已脱离他们的兵力掌控范围。"

耀阳心中欢喜之极，大力拍了拍金吒的臂膀，深刻体会到一个得力部将的莫大好处，沉吟道："按照金吒将军所说的，崇侯虎的主力兵马只要在一定时间内没有发觉我们，就完全不用担心，即使遇到他们的分散兵力，相信我们也容易对付得很，但问题是崇黑虎，此人性喜暗袭，到时如果来插上一脚就麻烦了。"

金吒也同意道："这个的确需要考虑。"

"不过，无论如何也不可能因为崇黑虎的因素而放弃。"耀阳权衡再三，深知毕竟崇黑虎虽然是个变数，却不能始终因为这个顾忌而止步不前，否则大局拖延下去，必败无疑。

耀阳沉思半晌，双眼蓦地睁开看向众人，问道："我觉得金吒将军提议不错，各位可有更好的建议吗？"

几名偏将齐声回道："金吒将军所提意见甚佳，我等无不赞同！"

耀阳一拍桌子，赫然道："好！就这样定了，我们从伏龙山北麓的'独龙潭'逼近敌军，然后争取一举将敌军的包围圈突破。大家立即回去准备，听我号令，连夜动身。"

"是！"金吒与几名偏将领命离开。

倚弦借劲后退，但还是被震得气血沸腾，强大的炎热魔能让他差点无法控制身体，加上身体在"伏羲武库"中所受的两次伤，他在空中勉强站稳身形，但仍然似是摇摇欲坠一般。

紫菱吓得惊呼起来，差点把手中的"紫龙神兽"都掉了，恼得小神兽"嗷嗷"直叫。幽云神色自如，但眼中担忧之意却是久久不散。此时，无论是有炎氏族人还是蜀山弟子也不免为之担心，只有土行孙没有特殊表情，却有些反常地盯着祝蚺，仿佛在沉思什么一般。

"小辈受死吧！"祝蚺暴喝出声乘势欺近，环身烈火猛地焚烧起来，双手聚齐魔能向倚弦一拳击出，炎风悍然如狂。倚弦刚稳住身形，便立即遭到祝蚺与炎龙的前后夹击，在这种情况下如果纵身躲闪，他必会先机尽失，挡不住祝蚺下一次的攻击。

倚弦双眼猛睁，冰火异能毫无保留地运至极限，强悍气势勃然而发，似是在空中旋起一股气劲，眼神炯然如电，身形仿佛就在这时增大十倍，有如天神发威。倚弦神色凝重，冰火异能窜起身子微颤，抡起龙刃诛神光华自闪，龙吟震天，紫色光龙霍然纵出，"傲寒诀"下十几丈身躯有如冰铸，寒风朔然中冰龙迅猛飞旋，更舞起冰寒朔风狂猛无匹。

"崩！"巨响连片震耳欲聋，巨大冰龙爆裂成无数冰片满天激射，"火神鞭"化成的炎龙也被震得焰火散尽。祝蚺的一拳凌空击在龙刃诛神之上，他在瞬间改变主意，借力飞身而起接住“火神鞭”，集起魔能催出更强的焰火，挥出鞭影如滔向倚弦劈头砸下。

倚弦虽然体内伤势转重，但却丝毫不惧，龙刃诛神毅然挥出。

本来狂烈异常的“火神鞭”却突然变软，蓦地围在龙刃诛神之上，低鸣中将龙刃诛神束缚了一下。祝蚺就只需要这一阻，全身魔能磅礴压出，在刹那间魔能将倚弦锁住，耀眼炎光蓦地闪烁而起，祝蚺一拳如迅雷轰出，炎热至极的魔能以无可抵挡之势暴然倾出，其意便在这第十招攻倚弦一个出其不意。

但是灵思敏锐的倚弦已预测到他的行动，及时运起冰火异能，全力挥出一掌，毫无花哨地跟祝蚺拳头对击！“砰！”元能对击，震开罡风四飙。

倚弦首次摆出如此硬碰硬的架势，体内冰晶火魄之能已然运转至极限。此时，祝蚺终于也暴露出本体受伤的本质，两人同时喷血震退，一时间身形都无法自行控制。

倚弦推断出祝蚺定是在强闯“伏羲武库”时受了伤，所以才会在此时吃了暗亏，他大感解恨，强自压住伤势，刚要说话之际，突见满脸恨意的土行孙蓦地出现在同样受伤的祝蚺身后，周身元能幻出一把利剑刺出。

倚弦大惊失色，暗叫不好，顾不上伤势，风遁疾驰去救。

祝蚺正因方才一击引发伤势，但随即察觉到土行孙的攻击，立即闪身躲开，却受伤势所碍，稍微慢了一线，勉强避开要害部位，但利剑还是从他肩膀处擦过，溅出一连串鲜血。

“小辈找死！”愤恨难休的祝蚺在受伤之后更是暴怒，缓过一口气，魔能如丝般飞出，毫不留情地发出祝融氏独门魔咒“天火炼狱”，将来不及抽身遁走的土行孙困住，魔能炎劲喷涌而出，直欲把土行孙烧得形神俱灭。

近身救助的倚弦一见情形不妙，龙刃诛神跃然闪现，不顾一切从祝蚺背后刺出，虽然因为受伤而致使功力大减，但他自信仍能凭此击将祝蚺逼退。祝蚺自然不肯为了一个土行孙让自己陷入险境，无奈只能放脱对土行孙的束缚，就要放手避开龙刃诛神之际，异变骤生——

此时，土行孙不乘机偷逃，反而闪身跃前，猛地喷出一蓬鲜血洒在龙刃诛神之上，然后不顾一切纵身一把将急欲脱身的祝蚺紧紧抱住。

就在污血洒在龙刃诛神之上的瞬间，龙刃诛神突然爆出七彩光芒，幻成一条吞天噬地的庞大紫色巨龙直冲云霄，天地骤然一暗，风云变色，龙吟声震撼整个天地。倚弦匆忙之下凝集了冰晶火魄、归元异能之功的龙刃诛神竟发挥出从未有过的威力，毁天灭地的惊人剑气在这一刹那将措不及防的祝蚺完全吞没。

龙刃诛神仿若活了一般，以石破天惊之势破入祝蚺的身体，刃身尽入。

“啊……”在所有人难以置信的震惊中，祝蚺发出惊天动地的嘶吼，满身是血的身子不由自主地向后反震坠下，土行孙被祝蚺体内魔能余力震得朝反方向落下，擦地划出五丈开外。

祝蚺的吼声惊醒了双方的人，祝融氏族人大惊失色将祝蚺救下，不说废话，只是仇视地盯了倚弦和土行孙一眼，迅速齐齐退走。

倚弦飞身接住陷入昏迷的土行孙，怔怔地看着上百祝融氏族人离开，目光被掌中龙刃诛神流动的异常光泽所震惊，方才那一击着实天惊地动，令他自己也不由为之震撼莫名。

有炎氏族人之中的老者土附也是呆了，只是口中喃喃念道：“龙刃启锋，三界诛神！天又要变了……”

紫菱抱着“紫龙神兽”，跑上去关切地问道：“易大哥，你没事吧？”

倚弦摇摇头，道：“我没事！”

紫菱看倚弦除了脸色略显苍白之外，没什么其他不妥之处，便放下心来，望着已经陷入晕厥的土行孙，问道：“那土行孙这小子不会有事吧？”

倚弦默默用冰火异能替土行孙驱除侵入体内的魔能，道：“他受了祝蚺的魔咒，而且最后更被魔能反噬身受重伤，虽然我可以将侵入他体内的魔能驱除，暂时不会有事，但一定要及时治疗才行。”

此时，幽云轻移莲步行过来，微启朱唇轻声道：“不如就让我们蜀山弟子替他医治吧!”

倚弦知道玄宗素来擅长药医方术，岂会拒绝，当即将土行孙交给了蜀山弟子。

幽云柔声道：“放心，土行孙会没事的，只是你……”她欲言又止。

倚弦示以微笑，回道：“我没事!”

幽云心细如丝，自然看出倚弦神色中不只是对土行孙的担心，问道：“易大哥，你是不是有什么心事?”

其实，倚弦是对刚才从背后偷袭祝蚺一事愧疚在心，道：“我真的没事，只是在担心老土的伤势罢了。”

幽云自然不信，反问道：“真的如此吗?”

倚弦淡笑道：“除此之外，还能有什么?”

幽云幽然一叹，道：“易大哥眼中除了担忧还有愧色，是否因为刚才背后一剑伤了祝蚺的事?”

没想到自己的心思被幽云看了出来，倚弦迟疑一下，道：“我……”话未出口，耳际听到旁近紫菱和蜀山弟子的吵闹声，当即皱眉看去，发现紫菱正跟附近负责医治土行孙的蜀山弟子吵闹。

倚弦摇头歉意的与幽云对望一眼，走过去问道：“怎么了?”

紫菱小心翼翼地怀抱小异兽，冷哼一声，道：“我看他们医治的方法不对，怕他们反而让土行孙陷入更危险的境况……”她表面上这么说，其实是看着倚弦跟幽云态度亲密，心里实在酸溜溜的，当下鸡蛋里挑骨头，硬是跟蜀山弟子吵起来，希望引起倚弦的注意。

那名蜀山弟子气恼道：“你又不懂，瞎捣乱什么?”

倚弦俯下身去看土行孙，见他脸色已然稍见缓和，哪会不知紫菱是在胡闹，刚要准备轻责紫菱几句，忽听土行孙呻吟一声，双眼微睁，醒了过来。

蜀山弟子得意又微恼地瞪了紫菱一眼，紫菱不服气地回瞪他们，不过她的目的已经达到，自是不会再瞎闹下去。

倚弦懒得答理他们，只是轻声问道："老土，老土，你还好吧？"

土行孙干咳了一下，使尽气力勉强挤出一丝笑容，道："放心，我……死不了……"

倚弦扶住他，道："你伤势还没好，尽量不要说话。"

土行孙喘了口气，双眼还是睁不大开，以微弱的神志问出了一个倚弦难以想象的问题："倚大……哥，祝蚺……会死吗……"

倚弦心中咯噔一下，面部神色显得异常黯淡，犹豫了半晌，最后很是异常沉重地点了点头。

"那……就好……"土行孙不知从哪里来的精神，突然大笑几声，接着又陷入昏迷中，那名蜀山弟子忙过来医疗，埋怨道："太激动了，都不顾自己的身体！"

倚弦紧张地问道："他……没事吧？"

那名蜀山弟子道："他受伤较重，恐怕需要数月时间才能复原，不过应该没有生命危险。"

倚弦总算松了口气，但神色之间的愧色却是久久难去，幽云看出事有蹊跷，加上刚才倚弦未说完的话，便道："易大哥，你有什么心事就尽管说出来！"

倚弦犹豫一下，长叹一息，道："祝蚺必死。"

不久，耀阳整装率领五千西岐将士连夜从"风林岗"下来，借着无边夜色，径直选了伏龙山北麓的"独龙潭"方向。

耀阳率领五千兵马押运粮草、药物与弓箭等必备物品迅速前进，因为一律轻骑行动，很快在后半夜时分已经潜入"伏龙山"北麓附近。正如金吒所言，从北山进去，就可以听到水声轰然，将他们的行动声响遮掩了大半，如不是就在近处必是难以发现他们。

不过，耀阳与金吒均是法道高手，灵觉反应是何其敏锐，虽然在浩大水声的遮掩下，他们仍然可以感觉到前方的动静，相互对视一眼，看来崇侯虎用兵也不差，这里留派了不少人手。

耀阳当下命令全军暂停行进，分派了一千人守护粮药弓箭等物品，令剩下四千兵士整装束服，持械备战。

西岐军平素果然训练有素，用了不到半炷香的时间就已经准备好对战的一切，兵士们长戟利戈持在手上，肃然杀气勃然而发。

周围山林树木高参入天，荆棘遍山而生，杂草高齐半身，四千兵士统统下马放轻脚步，小心翼翼地随着耀阳指引的方向潜去。

耀阳抬眼望去，锐利的眼神首先找准好几个暗哨位置，然后远远地朝金吒挥手示意，传音告知他暗哨位置所在，金吒果然不愧为玄门年轻一辈有数的高手之一，只见他搭弓擎箭，贯入玄门元能的利箭不费吹灰之力便将几名暗哨一一干掉。

耀阳等待良久，感觉到敌军并未因为暗哨的解除而出现特殊反应，知道对方还未察觉到他们的动作。接着他挥出继续潜行的命令。

越来越近，已经不过数十丈距离，甚至能看到对方营帐的篝火，若非是水声的掩盖，西岐兵马必不可能行进如此近的距离。

耀阳蓦地长身而起，手举长戟，斜指向天，猛然大喝道："点火，放箭！"

数以百计的火光在瞬时间齐齐燃起，五百弓箭手成三列横队，拉了满弓将已经燃起火油的箭支尽数射出，接连三拨近千支燃火箭支划破夜空的孤寂，强劲地射入敌营之中。

耀阳望着团团火光从敌营升起，胸中一股难以抑止的勃然威势令他腾身掠起，掌中长戟借着五行玄能，幻化出七彩异芒舞过长空，同时扬声震喝："杀！"

四千兵士闻令同时长身立起，爆出惊天吼声，向前方营寨冲杀过去。本来已经习惯了附近激流水声的宿鸟，也被惊得四处乱飞。

敌军显然被猛然间的变化惊醒过来，来不及反应，整个营寨乱成一团，熊熊燃烧的火势，杂乱无章的呼声，马匹惊恐的嘶叫声……无不显示出对方疲于奔命。

数十丈距离根本没有让对方准备的时间，耀阳率先冲到敌营，看准对方将领模样的人物，挥手就是一戟，五行玄能混着炽热的天火炎诀挥洒而出，一个身材魁梧的敌将立即被击飞出去，落地即已倒毙。

耀阳回手再是一戟，戟劲爆然而发，立即将另外一个准备扑上前来的敌军将领轻易击毙。

两个领兵将领连出手的机会都没有就已被杀，本来慌乱的敌军士气更是低落，陷入极其混乱之中。嘶叫呼喊声中，金吒及四千将士已经冲至敌营四周，无论是事前准备、人数、素质还是士气都远在慌乱的敌军之上，双方差距实在太大，敌军根本没有抵抗的机会。

“都给我稳住!”敌军阵营之中冲出一名高大魁梧的主将，高喊着稳定军心的言语，手持巨斧向耀阳冲杀过来，看其来势汹汹，倒也有些本领。

但对于耀阳而言，刑天抗之类的高手都已不是他的对手，更何况眼前这个并无过人实力的敌军主将。他嘴角挂起一丝冷笑，挥起长戟对着来将就是三戟。这三戟暗含五行玄能，虽然并未用上全力，但实力相差悬殊。

敌军主将直感虎口欲裂，大斧脱手而飞，一股强大的元能瞬间侵入他的身体，根本不是他所能抵挡。“砰!”鲜血喷洒，那主将被耀阳一戟击飞，魁梧的身子重重地落在三丈外，滚了几圈，就再没有任何声响。

非是耀阳残忍，而是在这样的情况下，只能这样雷厉风行的手段，才能震得住那些仍然意图反抗的兵士，所以绝不能手软，时间拖得越长便越是不利。

见到自家主将抵挡不过对方三戟，剩下的兵士更是毫无士气，面面相觑之下，谁还敢再做顽抗，同时作鸟兽散了，不到片刻间，一座可纳两千兵士的营寨走得一个不剩，空空荡荡。

耀阳无奈地看着满地尸体，却顾不得为他们怜悯，没时间收拾一切，耀阳即刻集合大军迅速前进。在金吒的指引下，全军向“独龙潭”方向急驰而去。

很快，全军到了“独龙潭”瀑布湖之前，看那千百尺的瀑布浩浩荡荡飞流倾下，落在碧波荡漾的湖面上，顿时惊起激流狂涛，震天的咆哮声中满天的白色泡沫在空中幻灭，场面壮观惊人。

水声震耳欲聋，数千人马不由为之震撼莫名。

耀阳也震惊非常，看那瀑布以无可匹挡的强势冲下“独龙潭”，激起浪花如银练飞舞，水流落入湖中即没入广阔成片的湖水之中，立即被深沉厚实的湖水容纳，化成一体消失无影，但湖水却是突起狂涛万丈幻出无穷影像，那千奇百怪的影像永不停息地变化着，又如都集成了一惊天凶兽，强横无比，几欲噬天而上，却在半空遽然化若仙兽，缥缈若仙，消失无踪。

那瀑布自上而下的冲击，睥睨一切的气势，一去无回的决然让耀阳为之心神震荡，那跃然挥洒、水入沧海、风云突变、幻身万千的玄妙更让耀阳为之身心迷醉。耀阳的心仿佛回到了在初见“轩辕图录”那时，浩瀚无边的太极混沌，泾渭分明的阴阳两极，变幻莫测的五行生克，玄妙幻奥的八卦转化……

蓦地，耀阳脑海中陡然闪亮，那一幕幕的轩辕图录飞闪而过，心中似有所悟，但一下子都难以想清楚，就似在面纱外看到的东西，明明已经看到却无法清晰展现，心中的兴奋，更有一种企求。

耀阳从未像今日这般清楚地知道自己对《轩辕图录》有多深的了解，但一时之间又无法理清纷乱的头绪，那既像是在眼前又似在天涯的感觉让他难以用言语表达……

耀阳感觉自己似是经过了千百万年，但又像是在刹那间的事情。

突然间耀阳感到有人靠近，蓦地回头，看到的却是满脸惊讶的金吒。金吒诧异道：“没想到耀将军刚才一瞬间竟能达到‘心神入玄’如此境界，实在令金吒佩服，据金吒所知，若无家师这般修为，根本就不可能达到这样的玄乎境界。”

“怎么可能？你看到什么了？”耀阳也难以置信地说道，刚才他只是受瀑布启示，领悟到“轩辕图录”的真切内涵，虽然不清晰，却在那片刻间窥视到玄法的至高境界，拓宽了以数十倍计的视野，对他以后的修炼将有难以估算的助益。但现在他虽然因此修为有所提升，却决不可能一下跳跃到那个境界，因为那需要累年刻苦修炼所积，才可能有所顿悟。

金吒叹道：“末将怎么可能看差呢，虽不知将军这种境界是否是偶尔一现，已足以让我辈为之羡慕不已。耀将军果然非比常人，文才武略无不是人中翘楚，非常人所能及也。”

“金吒将军太抬举我了，你是玄宗嫡传弟子，一身修为岂是等闲可比。我这些本事又算得了什么，哈……我们还是快点赶路吧！”耀阳谦让着策马回骑，再次发出全速行进的命令。

耀阳大笑着一夹马腹，驱使坐骑跟上前行的兵马，金吒展颜一笑，策马跟上，旁边等候他们的几名偏将也跟随两人，并肩驱马前行。

还不等兵马绕过“独龙潭”，倚弦在马上蓦地感到一丝不安，骤然回头望向乌黑的潭面，面色肃然，缓缓道：“崇黑虎来了！”